KJB

© Sarah Weal

Mark Huckerby und *Nick Ostler* arbeiten als Drehbuchautoren für das englische Fernsehen und schreiben z. B. für die englische Kultserie »Danger Mouse«.

Band 2 von »Defender – Superheld mit blauem Blut« ist in Vorbereitung!

Weitere Informationen zum Kinder- und Jugendbuchprogramm der S. Fischer Verlage finden sich auf *www.blubberfisch.de* und *www.fischerverlage.de*

Mark Huckerby ☆ Nick Ostler

DEFENDER
SUPERHELD MIT BLAUEM BLUT

DER SCHWARZE DRACHE

Aus dem Englischen
von Leo H. Strohm

KJB

Erschienen bei FISCHER KJB

Das englischsprachige Original erschien 2016 unter dem Titel
›Defender of the Realm #1: Defender of the Realm‹ bei Scholastic Ltd, London

Covergestaltung: Punchdesign unter Verwendung einer Illustration von David Wyatt
Satz: Pinkuin Satz und Datentechnik, Berlin
Druck und Bindung: CPI books GmbH, Leck
Printed in Germany
ISBN 978-3-7373-4063-2

Für Anna und Melanie

Inhalt

1
Ausbruch

Ungefähr zwischen fünf und acht. So viele Knochen würde er sich brechen, vermutete Alfie, als er von der Regenrinne abglitt und drei Meter weiter unten mit dem Hintern im Blumenbeet vor den Gefängnismauern landete.

Alfie war vierzehn Jahre alt und ziemlich schmächtig. Ständig fielen ihm seine dicken, mausbraunen Haare ins Gesicht, ganz egal, wie viel Gel er hineinschmierte. Seine tiefgrünen Augen wirkten auf Fotos längst nicht so intensiv, wie wenn er einem persönlich gegenüberstand. Alle sagten, dass er die von seiner Großmutter geerbt hatte. Alfie wackelte mit den Zehen und stellte erleichtert fest, dass er seine Beine noch spüren konnte. Er setzte sich auf, rieb sich den Nacken und wischte die Erde von seiner Armbanduhr. Es war kurz nach halb zehn. Genau im Zeitplan. Er hatte diesen Ausbruch auf die Minute genau geplant. Wenn seine Berechnungen zutrafen, dann würde man ihn erst vermissen, wenn …

»BLEIB, WO DU BIST!«

Allerdings hatten Alfies Pläne die lästige Angewohnheit, immer schiefzugehen. Die schroffe Stimme kam aus dem Fenster, aus dem er gerade eben herausgeklettert – also gut, *herausgefallen* – war. Kaum hatte Alfie sich aufgerappelt, ertönten im Inneren des Zellenblocks laute Schritte. Sie kamen schnell näher.

Der Schwarze Mann, dachte Alfie. *Dieses Mal kriegt er mich nicht. Dieses Mal nicht!*

Er rannte über den Rasen Richtung Straße, sprang über eine niedrige Backsteinmauer und sah aus dem Augenwinkel das Wembley-Stadion in der Ferne schimmern. So sehr er dieses Gefängnis auch hasste, er musste zugeben, dass es dank seiner Lage auf einem Hügel vor den Toren Londons eine phantastische Aussicht bot. Alfie riskierte einen kurzen Blick zurück und sah, wie der breitschultrige Mann mit dem dunklen Anzug und dem akkuraten Kurzhaarschnitt über die Mauer setzte und ihm nachjagte.

»STEHEN BLEIBEN!«

Obwohl seine Oberschenkel brannten, gab Alfie noch einmal Gas und sauste an den parkenden Autos vorbei durch die schmale, von Bäumen gesäumte Straße. Doch der Schwarze Mann kam rasch näher.

»STEHEN BLEIBEN, HABE ICH GESAGT!«

Mit Schwung ließ sich Alfie auf dem feuchten Laub vorangleiten und bog dann scharf nach links ab, in einen Park. Er war vielleicht nicht so schnell wie sein Verfolger, doch die Dunkelheit war eindeutig ein Vorteil für ihn. Er zwängte sich durch ein paar dichte Büsche und kauerte sich hinter eine Eiche. Dann drückte er sich an den kalten, nassen Baumstamm und hielt die Luft an.

Zweige knackten ganz in der Nähe, dann brach der Schwarze Mann wie ein Panzer durch das Dickicht. Alfie rührte sich nicht und beobachtete, wie sein Verfolger sich zwischen den Bäumen einen Weg bahnte. Jedes Mal, wenn ein Zweig sein Gesicht streifte, stieß er einen wütenden Fluch aus. Als er sich ganz aus dem Unterholz befreit hatte, drehte er sich einmal im Kreis, verzweifelt auf der Suche nach seiner Beute, und rannte dann in die entgegengesetzte Richtung davon.

Endlich konnte Alfie den langersehnten, tiefen Atemzug machen. *Das war knapp.*

Wenige Minuten später, nachdem er sich mehrfach versichert hatte, dass ihm wirklich niemand mehr auf den Fersen war, überquerte er die Bahnhofsbrücke. Unter ihm ratterte gerade ein Zug zur Stadt hinaus. Jeden Abend, wenn er wach in seiner Zelle lag, lauschte er dem fernen Rumpeln der Waggons. Und jeden Abend träumte er davon, eines Tages einfach aufzuspringen und mitzufahren, ganz egal wohin. In die Berge vielleicht, in einen großen Wald oder eine einsame Moorlandschaft. Die Wildnis hatte Alfie schon immer magisch angezogen. Irgendein einsamer Ort, wo er ganz er selbst sein konnte und …

Ein Bus rollte vorbei, hinter den Fenstern ein paar leere Gesichter. Alfie wurde aus seinen Träumereien gerissen. War er eigentlich noch ganz dicht? Am Bahnhof gab es viel zu viele Kameras, zu viele Menschen. Außerdem hatte er sich etwas vorgenommen. Sein Entschluss stand fest. Er durfte sich jetzt nicht ablenken lassen.

Alfie beschleunigte seine Schritte, fischte eine zerknitterte Baseballmütze aus seiner Jackentasche und setzte sie auf. Was Verkleidungen anging, hatte er im Lauf der Jahre Eines gelernt: Weniger ist mehr. Falsche Bärte? Angeklebte Nasen? Vergiss es! Viel wichtiger war es, möglichst wenig Aufmerksamkeit auf sich zu ziehen, unterzutauchen, unauffällig zu sein. Das war sowieso Alfies Lieblingswort.

Hastig überquerte er die Brücke und gelangte auf die lebhafte Hauptstraße. Es war eine völlig andere Welt im Vergleich zu seiner normalen Umgebung, aber er fühlte sich pudelwohl. Es tat so gut, draußen zu sein. Alfie verfiel in einen Laufschritt, hielt sich möglichst im Schatten und wich den Passanten aus, die achtlos an ihm vorbeihuschten. Und dann, plötzlich, stand er direkt vor einem bescheidenen kleinen Häuschen mit einem grellen Neonschild im Fenster. Er hatte sein Ziel erreicht, hatte seine Mission erfolgreich beendet. Gerade wollte er die Tür öffnen, da erstarrte er schlagartig.

Scharfschützen.

Ein halbes Dutzend. Sie saßen da drin, hatten sich um einen Tisch geschart, schraubten gelangweilt an ihren Teleobjektiven herum und vertrieben sich die Zeit vermutlich mit irgendwelchen Heldengeschichten, während sie auf ihre Zielperson warteten. Auf *ihn*. Als Alfie seinen Fehler erkannte, war es schon zu spät. Er hätte nicht stehen bleiben dürfen, hätte einfach vorbeigehen sollen, anstatt seinen Feinden wie ein Volltrottel genau ins Gesicht zu starren. Sein Pech, dass ausgerechnet jetzt einer der Scharfschützen – ein bärtiger Kerl mit zerfurchtem Gesicht und einer kompletten Ausrüstung – aufblickte und

Alfie direkt in die Augen sah. Alfie konnte zwar nicht hören, was er sagte, aber er konnte seine Lippen lesen.

»DA IST ER!«

Mission abbrechen.

Zum zweiten Mal an diesem Abend rannte Alfie um sein Leben. Nur, dass es dieses Mal weit und breit kein Versteck gab. In der Einkaufsstraße war es viel zu hell. Außerdem war er nach dem Wettrennen mit dem Schwarzen Mann noch ziemlich erschöpft.

Hinter ihm stürmten die Scharfschützen bereits auf die Straße, machten sich schussbereit, klappten Stative aus und legten auf ihn an, noch während sie ihm hinterherliefen.

Alfie jagte über die Straße, zwängte sich durch eine winzige Lücke zwischen einem Bus und einem Taxi hindurch. Hupen dröhnten, und Luftdruckbremsen zischten. Er durfte ihnen keine freie Sicht bieten. Diese Typen waren Profis – mehr als einen Sekundenbruchteil brauchten sie nicht, dann war es um ihn geschehen. Auf der gegenüberliegenden Straßenseite entdeckte Alfie zwischen einer Kneipe und einem Handygeschäft eine schmale Gasse. Er huschte hinein, ohne zu wissen, wohin sie führte. Hinter sich hörte er schon die Rufe der Scharfschützen. Und dann sah er ihn: groß, eckig und grün, mit einem Deckel aus schwarzem Gummi.

Das war seine einzige Chance.

Alfie packte den Rand des Müllcontainers und sprang hoch, hievte sich über den Rand und ließ sich fallen. Dann knallte er den Deckel zu. Es stank nach gammeligem

Essen, und Alfie versuchte, sich krampfhaft einzureden, dass ganz bestimmt niemand erst kürzlich seinen Mageninhalt hier entsorgt hatte. Er hörte die schweren Schritte und keuchenden Rufe der Scharfschützen und hielt den Atem an. Er machte die Augen zu und betete. *Geht weiter, geht weiter.*

Die Schritte kamen näher und entfernten sich wieder. Dann … Stille. Sie waren weg.

Alfie hatte nur einen Gedanken. Er wollte den stinkenden Container so schnell wie möglich wieder verlassen. Trotzdem zwang er sich, noch eine ganze Minute zu warten, bevor er vorsichtig den Deckel lüftete und nach draußen linste.

BLITZ!

Lichtexplosionen zuckten und blendeten ihn, als der bärtige Scharfschütze einen sauberen Kopftreffer landete. Alfie schrie auf und fiel zurück in den Container. Tausend Supernovas tanzten über seine Netzhaut. Benommen hob er den Blick, als der Scharfschütze den Deckel des Müllcontainers weit aufklappte, sich hineinbeugte und das Teleobjektiv seiner Kamera direkt auf Alfies Gesicht richtete.

»Sagt Cheese, Euer Hoheit!«

Prinz Alfred Henry Alexander Louis, Prinz von Wales und Anwärter auf den Thron des Vereinigten Königreichs von Großbritannien und Nordirland, starrte den Paparazzo aus den Tiefen des Containers an und reckte ihm voll bitterer Ironie die emporgereckten Daumen entgegen.

»Sind Sie jetzt zufrieden?« Besonders böse konnte Alfie dem Mann gar nicht sein. Er machte ja nur seine Arbeit.

»Was glaubt Ihr?«, erwiderte der kleine Mann mit dem Rattengesicht. »Ein Foto des zukünftigen Königs von England, der sich in einer Mülltonne versteckt? Das macht zehntausend Pfund, recht herzlichen Dank auch.« Jetzt nahm der Fotograf den Duft wahr, der ihm aus dem Container entgegenschlug, und zuckte zurück. »Boooaahh. Habt Ihr Euch da drin etwa übergeben, Hoheit?«

Plötzlich wurde der Fotograf nach hinten gerissen. Das war der Schwarze Mann alias Brian, Alfies königlicher Leibwächter. Zum ersten Mal war Alfie froh, ihn zu sehen.

Brian brauchte dem empörten »Scharfschützen« nur einen kräftigen Schubs zu geben. »Das reicht jetzt. Du hast deinen Spaß gehabt.«

Der Fotograf wehrte sich kaum – er hatte mit einem Blick erkannt, dass es sich bei Alfies Leibwächter um einen ehemaligen Elitesoldaten handelte. Und wozu auch? Schließlich hatte er bekommen, was er wollte. Also steckte er seine Kamera ein und machte sich aus dem Staub. Gleichzeitig zückte er sein Handy. Das Wettbieten um seinen exklusiven Schnappschuss von dem Prinzen im Müll war eröffnet.

Erleichtert, dass die Bedrohung jetzt abgewendet war, drehte Brian sich zu Alfie um und blickte ihn genervt an.

»Also gut, Brian, du hast mich gefunden. Jetzt darfst *du* dich verstecken. Soll ich bis zwanzig zählen?«

Brian seufzte. Er war heute Abend nicht in Stimmung für Alfies Witze. »Was wolltest du denn diesmal? Indisch? Fish and Chips?«

»Pizza, ehrlich gesagt. Bei Ambrogio gibt es die beste Salami-Pizza der ganzen Stadt.«

»Und genau da ist zufällig jeden Donnerstag der Paparazzi-Stammtisch«, schnaubte Brian.

»Du bist sauer auf mich, stimmt's? Weil du wegen mir ständig durch die Gegend rennen musst«, sagte Alfie.

»Ich war sauer, das stimmt. Bis du in diesen Müllcontainer gehüpft bist. Da hat sich meine Laune schlagartig gebessert.«

»Und jetzt muss ich wieder zurück in den Knast, was?« Alfie streckte die Hand aus, doch Brian wich zurück und hielt sich die Nase zu.

»Falls du damit die Schule meinst, dann hast du recht, ja. Ich bin wirklich gespannt, wie du das morgen dem Direktor erklären willst.« Brian lachte.

Alfie wollte herausklettern, doch Brian schubste ihn wieder zurück.

»Moment mal. So, wie du stinkst, lasse ich dich nicht in mein Auto.«

»Aber ich kann doch nicht zu Fuß zurückgehen«, jammerte Alfie. »Mittlerweile liegen garantiert überall Scharfschützen auf der Lauer.«

Brian zog die Stirn in Falten und sah sich gründlich in der Gasse um. »Das ist ein Argument. Halt mal die Luft an.«

»Wieso?«

Alfie duckte sich, als Brian den Deckel des Containers über ihm zuknallte.

»BRIAN!«, brüllte Alfie in die Dunkelheit.

»Jetzt sei mal brav und halt die Klappe. Wer weiß, vielleicht hast du ja Glück und findest da drin noch ein Stückchen Pizza.« Der Leibwächter grinste, als er die Bremsen des Containers löste und ihn die Gasse entlangschob. Dabei pfiff er fröhlich »God Save the King« vor sich hin.

2
Die Schlüsselzeremonie

Wenn das alles war, was der Tower von London zu bieten hatte, dann wollte sie ihr Geld zurück.

Hayley Hicks schob sich eine widerspenstige Haarsträhne hinters Ohr und schlug den Kragen ihrer Jacke hoch, um sich vor dem eisigen Nieselregen zu schützen. Sie hatte keine Ahnung, dass ihr Leben sich in wenigen Minuten für immer verändern würde.

Seit einer gefühlten Ewigkeit stand sie jetzt schon hier und sah einem Soldaten in einem roten Umhang und einer hohen Bärenfellmütze dabei zu, wie er ein Gewehr in den Händen hielt und ansonsten gar nichts tat. Na ja, das stimmte nicht ganz. Er stand regungslos da und bewachte ein großes Eichentor am Fuß eines mächtigen, alten Turmes. Hayley hatte den Kerl noch nicht einmal blinzeln gesehen. Die nächsten ein, zwei Minuten lieferte sie sich ein Blickduell mit ihm, doch dann gab sie auf. *Also gut, du hast gewonnen*, dachte sie und seufzte. Jedes normale vierzehnjährige Mädchen mit auch nur einem Hauch Selbstachtung hätte sich geweigert, seinen Dienstagabend so zu verbringen – frierend und durchnässt inmitten einer Touristenherde vor einem gammeligen alten Schloss. Sie wackelte mit den Zehen, um sich zu versichern, dass sie noch nicht abgefallen waren, und stampfte ein paarmal mit den Füßen.

»Jetzt sei doch nicht so unruhig, Kind. Das Warten lohnt sich, du wirst schon sehen.« Hayleys Großmutter saß im Rollstuhl und blickte mit gerunzelter Stirn zu Hayley hinauf. Sie gab sich alle Mühe, verärgert auszusehen.

»Du hast gut reden in deiner fahrbaren Kuschelecke. Ich sterbe gleich an Unterkühlung, Gran«, erwiderte Hayley, aber sie lächelte dabei.

Heute war Grans siebenundsiebzigster Geburtstag, und ihr Geschenk war eine Besichtigung des Towers von London und vor allem der Kronjuwelen. Bevor sie losgegangen waren, hatte Hayley ihre Gran in jede Menge Decken eingemummelt. Außerdem steckten in ihrem Rucksack: eine Thermoskanne, ein zweites Paar Strümpfe, eine extra dicke Wollmütze sowie, nicht zu vergessen, Grans Medikamente in fein säuberlich beschrifteten Döschen. Fast drei Monate lang hatte Hayley auf diesen Tag gespart. Mittagessen, Eintrittskarten und ein rollstuhlgerechtes Taxi, das alles kostete in London eine ganze Stange Geld, aber sie war froh, dass sie es gemacht hatte. Seit Jahren hatte sie ihre Gran nicht so aufgekratzt erlebt. Den ganzen Tag lang hatte sie ununterbrochen geredet, vor allem über die Königsfamilie (ihr absolutes Lieblingsthema) und über englische Geschichte (ihr zweites Lieblingsthema).

Doch der beste Teil ihres Ausflugs stand immer noch bevor. Hayley hatte nämlich zwei Eintrittskarten für die sogenannte Schlüsselzeremonie besorgt. Und heute Abend hatten sie, zusammen mit ein paar anderen Auserwählten, die Ehre, dabei zuzusehen, wie die Kronjuwelen für die Nacht weggeschlossen wurden. Von dieser Zeremonie hatte Hayley erst erfahren, als sie sich etwas näher mit dem Tower beschäftigt hatte. Ihre Gran wäre beinahe aus dem Rollstuhl gehüpft, als Hayley ihr die Tickets gezeigt hatte.

»Siebenhundert Jahre, Hayley! Seit siebenhundert Jahren wird der Tower an jedem Abend immer genau mit derselben Zeremonie abgeschlossen, bei Wind und Wetter, bei Sonnenschein und Sturmgebraus.« Ihre Gran hatte fast immer eine ziemlich seltsame Art sich auszudrücken.

»Ehrlich? Ist ja toll.« Hayleys Begeisterung war nicht echt, aber das schien ihrer Gran gar nicht aufzufallen.

»Obwohl, das stimmt nicht ganz. Einmal ist sie ausgefallen, im Krieg, als eine Bombe eingeschlagen hat.«

Hayley war sich ziemlich sicher, dass ihre Gran sich von einer Bombe nicht einschüchtern lassen würde. Sie war in den fünfziger Jahren aus Jamaika nach England gekommen und hatte einen Weißen geheiratet, als alle Welt so etwas noch völlig unmöglich fand. Sie wurde eine der ersten U-Bahn-Fahrerinnen in London, machte gleichzeitig einen Abschluss in Geschichte an der Fern-Universität und führte ganz allgemein ein Leben, das vollgepackter war als das der meisten anderen Menschen. Sie scheute sich nie, laut und deutlich ihre Meinung zu sagen, und Hayley konnte nur hoffen und beten, dass sie die ganze Zeremonie überstanden, ohne dass ihre Gran den Soldaten eine »hilfreiche Bemerkung« zurief. Sie hatte ja schon dem Wächter an der Tür schöne Augen gemacht und ihn mit »Hallo, hübscher Mann, lassen Sie sich doch mal anschauen!« begrüßt. Er hatte ihren Blick erwidert, ohne ein einziges Mal zu blinzeln.

Apropos Zeremonie. Wann ging es eigentlich endlich mal los? Hayley blickte auf ihre Armbanduhr und …

»HALT!«

Der Wächter riss das Gewehr von der Schulter. Auf dem Bajonett glitzerten Regentropfen. Der Wächter legte auf fünf andere Soldaten an, die sich jetzt dem Tor näherten. Sie blieben ruckartig stehen. Drei von ihnen hatten ebenfalls Gewehre in der Hand, der vierte eine Laterne, die ein unheimliches Licht auf die hohen Mauern warf. Der fünfte Mann war klein und rundlich und trug einen buschigen, rötlich braunen Vollbart. Für Hayley sah er aus wie ein normaler Beefeater (so werden die Angehörigen der königlichen Leibgarde genannt, auch wenn niemand mehr so genau weiß, wieso eigentlich), doch ihre Gran flüsterte ihr zu, dass das der »Chief Yeoman Warder« war und dass er nicht etwa ein Kleid trug, sondern eine Tunika. Das Kleid (also gut, die Tunika) war schwarz mit roten Bordüren. Auf der Brust waren die Buchstaben »HR« aufgestickt. Gran sagte, dass das *Henricus, Rex*, bedeutete, also Lateinisch für »König Henry« war. Am Gürtel trug der Chief Yeoman Warder ein Schwert, das in einer Scheide steckte, und in der einen Hand hielt er einen Bund mit vielen, langen Eisenschlüsseln.

»Wer kommt da?«, bellte der Wächter.

»Die Schlüssel!«, ertönte es irgendwo unter dem Bart des Chief Yeoman Warder.

»Wessen Schlüssel?«

»König Henrys Schlüssel!«

Nach siebenhundert Jahren sollten die das langsam mal wissen!, dachte Hayley. Aber sie hielt den Mund und blickte ihre Gran an, die die Szene wie hypnotisiert beobachtete. Dabei klammerte sie sich mit ihren kleinen Händen fest an die Armlehnen des Rollstuhls.

Der Wächter schulterte jetzt zufrieden sein Gewehr und nahm Habachtstellung ein. »In Ordnung. Ihr dürft passieren.«

»Eskorte zu den Schlüsseln, durch die Mitte, Marsch, Marsch!«, brüllte der Sergeant.

Und schon bugsierten sie den Chief Yeoman Warder an dem Wächter vorbei.

Mittlerweile war noch ein Beefeater aufgetaucht. Er führte die Touristen jetzt unter dem Torbogen des sogenannten »Bloody Tower« (klingt irgendwie unangenehm) hindurch auf das Tower Green (das ist eine Rasenfläche neben dem Tower), von wo sie den Rest der Zeremonie beobachten konnten. Der Innenhof mit dem nassen, rutschigen Kopfsteinpflaster, das nur von einigen wenigen Laternen beschienen wurde, sah jetzt völlig anders aus als heute Nachmittag, als Hayley und ihre Gran im Kreis vieler anderer Touristen hier ihre Sandwiches gegessen hatten. Ein unsichtbarer Rabe krächzte von den Zinnen der Festungsmauer. Hayley schauderte. Nur wenige Meter entfernt, hinter einer Absperrung und mit einer Plakette versehen, befand sich der Richtblock. Hier waren etliche bedeutende Männer und Frauen geköpft worden. Hayleys Gran hatte ihr erzählt, dass der Geist einer Hingerichteten – Anne Boleyn – angeblich Nacht für Nacht mit ihrem eigenen Kopf unter dem Arm durch den Innenhof spukte.

Die übrigen Angehörigen der Tower-Wache standen wartend auf der breiten Mitteltreppe. Hayley schob ihre Gran ganz nach vorne, damit sie alles sehen konnte. Der Chief Yeoman Warder reckte seinen Hut in die Luft und brüllte: »Gott schütze König Henry!«

»Amen!«, riefen die Wächter im Chor.

»Amen!«, rief auch ihre Gran voller Begeisterung und erntete dafür Gekicher von den anderen Touristen. Hayley grinste verlegen und versuchte, nicht rot anzulaufen.

Hoch oben schlug die Turmuhr zehnmal. Hayley musste zugeben, dass die Zeremonie mit einer beeindruckenden Pünktlichkeit abgelaufen war. Jetzt fing ein einsamer Trompeter an zu spielen, so dass die Töne von den hohen Wänden ringsumher widerhallten. Der Chief Yeoman Warder setzte seinen Hut wieder auf und packte den großen Schlüsselbund mit festem Griff, während er die letzten Stufen zum »Jewel House« emporstieg, dem Gebäude, in dem die Kronjuwelen verwahrt wurden. *Wenigstens sind wir bald fertig*, dachte Hayley und bereitete sich innerlich schon auf die lange Fahrt nach Hause vor. Erst mussten sie ein Taxi nehmen und dann noch ein ganzes Stück mit der Bahn fahren.

»Das ist wundervoll, findest du nicht auch?«, flüsterte ihre Gran ihr zu. »Da wird Geschichte mit einem Mal ganz lebendig.«

Hayley wollte gerade etwas erwidern, da geschah etwas außerordentlich Merkwürdiges.

Ein seltsames Pfeifen ertönte, das sich anhörte wie eine fallende Bombe, und dann landete eine große, düstere Gestalt auf dem Innenhof, keine zwanzig Meter von ihnen entfernt. Der Aufprall war so heftig, dass Hayleys Zähne klapperten. Etliche Soldaten ließen ihre Gewehre fallen. Eine japanische Touristin schrie auf und schlug die Hand vor den Mund.

Hayley starrte die Gestalt, die da gerade vom Himmel gefallen war, an. Sie kauerte regungslos in einer Ecke des Innenhofs. Für einen kurzen Moment glaubte Hayley, dass eine Statue oder einer der hässlichen Wasserspeier des Turmes abgebrochen und heruntergefallen war. *Zum Glück ist niemand getroffen worden*, dachte sie.

Doch dann bewegte sich der »Wasserspeier« und richtete sich zu seiner vollen Größe auf. Das waren mindestens zwei Meter zehn! Er stand zwar da wie ein Mensch, war aber von Kopf bis Fuß mit dicken, glatten, schwarzen Schuppen bedeckt. Über seinem Gesicht, das wie eine schmale, grausame Schnauze aussah, ragte eine ganze Reihe spitzer Hörner in die Höhe, und an seinen riesigen Händen und Füßen wuchsen furchterregende Krallen. Das ganze Wesen sah aus, als sei es noch nicht ganz ausgereift. Es schimmerte feucht, wie eine Art neugeborenes Monster. Alle möglichen Gedanken jagten kreuz und quer durch Hayleys Kopf, während sie versuchte, sich das, was sie sah, irgendwie zu erklären. *Ein schwarzer Echsenmann?*

Ein junger, schlaksiger amerikanischer Tourist blätterte in seinem Reiseführer herum und starrte Hayley ratlos an. »Gehört das zur Show?«

Der Sergeant reagierte als Erster. Er trat einen Schritt vor und richtete sein Gewehr auf die aufrecht stehende, geheimnisvolle Schwarze Echse. »Wer da?« Seine Stimme klang allerdings sehr viel weniger kräftig und selbstbewusst als zuvor.

Die Schwarze Echse riss ruckartig den Kopf herum und fixierte den Sergeant. Dabei konnte Hayley zum ersten Mal ihre Augen sehen. Die Iris leuchtete dunkelrot, und die schwarzen Pupillen waren länglich, wie nächtliches Dunkel hinter einem halbgeschlossenen Vorhang. Die Kreatur ließ ihren wissenden, Unheil verheißenden Blick wie einen Suchscheinwerfer über sie und die Touristengruppe schweifen. Hayley wurde speiübel.

Dann stieß die Bestie ein ohrenbetäubendes Kreischen aus und sprang mit einem Satz auf die Soldaten zu. Als hätte jemand die Start-Taste gedrückt, rannten plötzlich alle durcheinander. Schreiende Touristen drängelten sich aneinander vorbei. Schüsse dröhnten, als die Soldaten die Schwarze Echse unter Feuer nahmen. Hayleys Gedanken schlugen Purzelbäume. *Die Gewehre sind ja geladen!*

Funken sprühten vom Schuppenpanzer des Echsenmannes, aber die Kugeln prallten daran ab, ohne Schaden anzurichten. Jetzt stieß das Ungeheuer ein erneutes Kreischen aus, sprang drei Meter hoch in die Luft und durchschlug die Außenmauer des Jewel House im ersten Stock. Steinbrocken und Holzsplitter regneten zu Boden.

Hayley packte Grans Rollstuhl und wollte ihn so schnell wie möglich zum Ausgang schieben, in Sicherheit bringen, doch auf dem nassen Kopfsteinpflaster war das eine fast unlösbare Aufgabe.

»Lauf los, Hayley! Lass mich zurück!«, rief ihre Gran.

»Niemals!«, entgegnete Hayley.

Da ertönte im Jewel House ein zweites Mal ein fürchterliches Getöse. Hayley blickte sich um. Die Schwarze Echse kam durch das Loch in der Turmwand wieder nach draußen und landete auf dem Innenhof. Sie hielt ein glitzerndes Bündel in den riesigen Klauen – ein goldenes Zepter, ein reichverziertes Schwert und eine mit Juwelen besetzte Krone. Hayley wusste, was das war, schließlich hatten sie erst vorhin lange angestanden, um diese Gegenstände hinter schwerem Sicherheitsglas ausführlich zu betrachten. Das waren die Kronjuwelen.

Sollte das etwa ein Raubüberfall sein? War der Echsenmann hinter den Kronjuwelen her?

Doch dann machte die Schwarze Echse etwas sehr Eigenartiges. Sie warf die Juwelen einfach beiseite, als sei es wertloser Abfall. Hayley musste daran denken, was Gran ihr erzählt hatte: Manche Leute waren fest überzeugt, dass die im Tower ausgestellten Kronjuwelen gefälscht waren und dass die Originale sicher verwahrt an einem geheimen Ort lagerten. Hatte der Echsenmann sie deshalb weggeworfen? Hatte er den Schwindel bemerkt?

Da ertönte ein Schrei, und Hayley sah zu ihrer Verblüffung, wie der Chief Yeoman Warder mit hocherhobenem Schwert auf das Monster zustürmte. Die Schwarze Echse drehte sich um und neigte den Kopf ein winziges bisschen zur Seite. Vielleicht hatte das Ding nicht damit gerechnet, dass ein kleiner, rundlicher Kerl mit Vollbart in einem rotschwarzen Minirock es mit ihm aufnehmen wollte, aber genau so war es. Hayley wollte noch rufen: »Nicht! Spielen Sie nicht den Helden!«, aber irgendwie schien ihre Stimme plötzlich nicht mehr zu funktionieren.

Der Gegenschlag war schonungslos und dauerte nur Sekundenbruchteile. Die Schwarze Echse rührte sich nicht einmal von der Stelle, sondern versetzte dem Angreifer einfach einen Rückhandschlag auf die Brust. Ein grauenhaftes Knacken ertönte, und der tapfere Beefeater wurde hoch in die Luft geschleudert. Dann landete er mit einem dumpfen Aufprall direkt neben Hayley und ihrer Gran. Hayley sah atemlos zu, wie der Mann seine trüben Augen verdrehte und vergeblich versuchte, wieder einen klaren Blick zu bekommen. Seine blutverschmierten Lippen öffneten sich, und er stieß seine letzten Worte hervor:

»Gott … schütze … den König.«

Das konnte doch nicht wahr sein! Das war doch völlig unmöglich! Hayleys Gran klappte den Mund auf und zu, ohne einen einzigen Laut hervorzubringen, während der schlaksige Amerikaner das Ganze mit seiner Handykamera filmte und dabei Grans Rollstuhl als Deckung benutzte. Hayley wollte ihn gerade anschnauzen, dass er sich gefälligst ein anderes Versteck suchen sollte, da nahmen die Ereignisse schon die nächste Wendung. Und jetzt wurde es *richtig* unheimlich.

Ein Pferdewiehern hallte von den Turmwänden wider. Hayley schöpfte Hoffnung. *Hat da jemand die Kavallerie gerufen?* Doch dann sah sie, dass hoch über den Burgzinnen ein Geisterpferd schwebte. Es hatte weder Flügel noch Düsen, noch konnte Hayley sonst irgendwelche Hilfsmittel entdecken, die dafür sorgten, dass es nicht einfach zu Boden fiel, aber es war ganz ohne Zweifel da: ein durchsichtiges Pferd mit einem Schutzpanzer um den Kopf und an den Flanken. Als es jetzt auf sie zu sauste, erkannte Hayley, dass ein Reiter im Sattel saß. Ein Ritter. Seine geschmeidige Rüstung glänzte strahlend weiß und bildete so den genauen Gegensatz zu der undurchdringlichen Finsternis der Schwarzen Echse.

Und obwohl Hayley ihren Augen nicht traute, wusste sie doch, wer dieser Ritter war: der »Defender«. Jetzt fehlten also nur noch Nessie und der Yeti, dann war die Runde komplett. Der Defender war doch eigentlich genauso ein Hirngespinst wie die anderen beiden auch. Alle paar Monate brachte irgendeine Zeitung eine Schlagzeile wie zum Beispiel »BRITANNIENS GROSSER SUPERHELD!« und daneben ein derart verschwommenes Foto, dass man nichts darauf erkennen konnte. Aber jetzt war er ganz eindeutig hier vor ihren Augen gelandet – ein Ritter in weißer Rüstung.

Anstatt darauf zu warten, dass sein Reiter abstieg, fiel

das Pferd einfach in sich zusammen, fast wie ein Klapprad, und verschwand in den Sporen des Defenders. Die Schwarze Echse sprang mit ausgestreckten Krallen auf ihn zu, doch der Defender hob lediglich den Arm. Ein schimmernder Schild klappte aus seinem Handgelenk. Damit wehrte er alle Schläge ab und ging dann selbst zum Angriff über. Er zog ein hellleuchtendes Schwert aus der Scheide und schlug mit einer geschmeidigen Bewegung nach seinem Gegner. Die verblüffte Echse wollte dem Schlag ausweichen, doch dafür war es bereits zu spät. Die Klinge streifte sie an der Schulter, und die Echse wurde mit einer Wucht wie bei einem Autounfall gegen die Turmwand geschleudert.

Bei dem Schwerthieb des Defenders hatten sich ein paar schwarze Schuppen aus dem Echsenpanzer gelöst. Eine davon flog in hohem Bogen durch die Luft und landete auf der Decke über Grans Beinen. Ohne nachzudenken, griff Hayley danach. Sie hätte sich beinahe verbrannt, so heiß war das Ding. Sirenengeheul dröhnte jetzt über den Innenhof. Blinkendes Blaulicht drang zum Torbogen herein. Der Defender drehte sich um. Das war die Gelegenheit, auf die die Schwarze Echse gewartet hatte. Sie rappelte sich auf und huschte, flink und behände wie ein Gecko, an der Turmwand empor, bis sie die Spitze erreicht hatte und nicht mehr zu sehen war.

Der Defender beugte sich über den leblosen Körper des Chief Yeoman Warder. Hayley und ihre Gran schwiegen andächtig, als er sich neben den Beefeater kniete und den Kopf zum Gebet neigte. Dann sagte er mit leiser, aber fester Stimme: »Auf dass Ihr nicht als Yeoman Warder sterben möget«.

Der Defender erhob sich. Seine Sporen glühten. Im nächsten Moment entfaltete sich das Pferd unter ihm und hob ihn lautlos in den nächtlichen Himmel empor, wo er davonschwebte. Niemand sagte ein Wort, niemand rührte sich von der Stelle.

Hayleys Gran lächelte schwach. »Siehst du, ich hab dir doch gesagt, dass es sich lohnen würde.«

Hayley betrachtete die schwarze Schuppe in ihrer Hand und steckte sie, ohne nachzudenken, in ihren Rucksack.

3
Erbprinz und Ersatzprinz

Was würde es dieses Mal werden? Nachsitzen? Ein Eintrag ins Klassenbuch? Ein Rauswurf?

Schön wär's, dachte Alfie, während er ganz langsam aus den Federn kroch und die Füße auf den kalten Fußboden setzte. Aber es wäre ganz bestimmt keine Werbung für die weltberühmte Harrow School, wenn sie den Thronfolger rausschmeißen würden. Wegen der Bestrafung machte er sich sowieso nicht allzu viele Gedanken. Viel mehr beschäftigte ihn die Frage, wie die Öffentlichkeit reagieren würde – was würden die Menschen im Land zum neuesten Malheur ihres Pannen-Prinzen sagen? Irgendwie fand er es immer noch merkwürdig, dass alle Welt ihn so aufmerksam beobachtete. Gab es nicht sehr viel wichtigere Dinge, über die sich die Leute unterhalten konnten? Kriege, Naturkatastrophen, grausame Verbrechen, ja, wegen ihm auch die neuesten Fußballergebnisse. Wen interessierte es eigentlich wirklich, dass ein Vierzehnjähriger sich heimlich eine Pizza besorgen wollte und dabei erwischt worden war? Vielleicht war es dieses Mal ja anders. Vielleicht hatte sich die Aufregung schon wieder gelegt.

Er schnappte sich sein Handtuch, öffnete seine Zimmertür und … trat in einen Papierkorb. Im ersten Moment glaubte Alfie, dass seine Augen ihm einen Streich spielten, aber nein, er hatte sich nicht getäuscht. Im Flur vor seiner Zimmertür türmten sich sämtliche Abfallkörbe, Müllkübel und Ascheimer der gesamten Schule – große und kleine, aus glänzendem Blech, aus staubigem Weidengeflecht oder aus grauem Plastik.

Jetzt ertönte auf der Treppe über ihm lautes Gelächter. Auch ohne nachzusehen, wusste er, dass sämtliche Mitschüler, die mit ihm im Haus wohnten, dabei zusahen, wie er durch ihr ach so witziges Mülleimer-Minenfeld wankte.

Alfie versuchte, zu grinsen und sich nichts anmerken zu lassen. »Also gut, ha-ha, sehr witzig.«

Doch jetzt kamen von allen Seiten Zeitungen herabgeflattert. Er kam sich vor wie in einem Schneesturm mit gigantischen Schneeflocken. Und auf jeder Zeitung prangte ein Foto von Alfie, wie er mit erschrockener Miene aus dem Müllcontainer nach oben starrte. Nur die Schlagzeilen lauteten unterschiedlich: »DER MÜLL-PRINZ«, »WIRD DIE KÖNIGSFAMILIE ENDGÜLTIG ENTSORGT?« und dann sein persönlicher Favorit: »SEINE MÜLL-ESTÄT!«

Die Aufregung hat sich wohl doch nicht so schnell wieder gelegt.

So war es von Anfang an gewesen, seit Alfies Ankunft auf der Harrow School an einem stürmischen Septembermorgen vor sechs Monaten. Er hatte versucht, sich so unauffällig wie möglich zu verhalten. Doch er hatte sehr schnell erfahren müssen, dass ein Titel wie »Seine

Königliche Hoheit« (und den trug er nun mal vor dem Vornamen) eine Art Scheinwerfer war, der ihn rund um die Uhr anstrahlte. Natürlich, er hätte es viel schlechter treffen können – immerhin hatte er das große Glück, nicht arm zu sein und nie hungern zu müssen. Das war ihm klar. Aber genauso klar war ihm auch, dass es etwas gab, was er niemals haben würde: Freiheit.

Die meisten Menschen leben einfach ihr Leben, ohne besonders beachtet zu werden. Aber Alfie konnte nicht einmal ein Zimmer betreten, ohne dass ihn alle anstarrten. Er konnte keine Straße entlanggehen, ohne dass die Leute mit Fingern auf ihn zeigten und sich gegenseitig etwas zuflüsterten oder, noch schlimmer, ihm etwas zuriefen oder ihn gar verfolgten. Wenn normale Vierzehnjährige eine Dummheit begehen oder mal über die Stränge schlagen – und, ganz ehrlich, genau das ist doch der tiefere Sinn der Teenager-Zeit –, dann bekommen sie vielleicht eine Standpauke von ihren Eltern oder werden von ihren Kumpels auf die Schippe genommen. Aber wenn Alfie sich einen Fehltritt leistete, dann wusste schon wenige Minuten später die ganze Welt Bescheid, inklusive Foto und eines ausführlichen Berichts.

Alfie konnte nicht verstehen, wieso es Leute gab, die berühmt sein *wollten*. Alle Prominenten, die er kannte – meist von den langweiligen Empfängen im Palast, die er besuchen musste –, schienen diesen ganzen Glitzer und Glamour zu verabscheuen. Er hatte den leisen Verdacht, dass die meisten, genau wie er, auf die öffentliche Aufmerksamkeit am liebsten verzichtet hätten, um stattdessen die Möglichkeit zu haben, alleine spazieren zu gehen, sich eine Pizza zu besorgen, auf einer Parkbank zu sitzen und die Welt an sich vorüberziehen zu lassen, anstatt ununterbrochen von der Welt begafft zu werden. Alfie hätte alles dafür gegeben, genauso zu sein wie alle anderen auch. Und wenn er zu lange darüber nachdachte, dann wurde er richtig sauer. Das war alles so ungerecht! Aber vor allem verunsicherte es ihn. Und so sagte er lieber nichts, aus Angst, vielleicht das Falsche zu sagen. Probierte lieber nichts Neues aus, aus Angst, sich vielleicht wieder zum Narren zu machen. Ging lieber …

»HEY! PRINZESSIN!«

Ja, genau, er ging Schlägertypen wie Mortimer lieber aus dem Weg. Es gab keinen Menschen auf der Welt, den Alfie so wenig ausstehen konnte wie Sebastian Mortimer. Schon mit elf Jahren war er deutlich über einen Meter achtzig groß gewesen, und zwar ohne den blonden Haarschopf, der wie eine Vanille-Welle auf seinem Kopf thronte. Alfie wusste nicht, was er getan hatte, um Mortimers Verachtung auf sich zu ziehen. Aber der hatte ihn vom ersten Tag an »Prinzessin« genannt, immer gefolgt von einem Lachen, das aus dem Mund eines solchen Schranks verblüffend piepsig klang. Den meisten anderen Jungs reichte es, Alfie mit Spitznamen, Streichen und harmlosen Hänseleien ein bisschen auf den Geist zu gehen. Aber Mortimer war sehr viel primitiver gestrickt, manche würden sagen: Er war hemmungslos. Faustschläge, verdrehte Arme, gequetschte Rippen und Beinstellen, so etwas war eher sein Stil.

Alfie lächelte, als ob er die Situation dadurch irgendwie entschärfen könnte. »Können wir heute die morgendliche Tracht Prügel ausfallen lassen? Ich habe eine ziemlich anstrengende Nacht hinter mir.«

Statt einer Antwort schnappte Mortimer sich einen Blecheimer und warf ihn in Alfies Richtung. Der konnte sich gerade noch rechtzeitig ducken, und der Eimer verfehlte ihn nur um wenige Zentimeter. Er sah sich hilfesuchend um – wo steckte Brian eigentlich, wenn er ihn mal brauchte? Achtung, jetzt kommt der Witz des Jahres: Das Schulgelände galt als sicheres Gebiet, darum sah Brian nur vier-, fünfmal am Tag nach ihm, anstatt ihn, wie draußen, ständig zu beschatten. *Toller Leibwächter*, dachte Alfie und warf sich zu Boden, um einem Metalldeckel auszuweichen, den Mortimer wie einen Diskus auf ihn zugeschleudert hatte.

»Was ist denn los, Prinzessin? Ich dachte, du stehst drauf, wenn's ein bisschen gammelig riecht? Erinnert dich wahrscheinlich an zu Hause, stimmt's oder hab ich recht?«

Alfie wusste, dass keiner der anderen Jungs, die die Szene mit großen Augen von der Treppe aus verfolgten, ihn in Schutz nehmen würde. Er steckte ernsthaft in Schwierigkeiten. Hastig überlegte er, welche Möglichkeiten ihm blieben. Er konnte sich wehren – ach, nein, dann hätte Mortimer nur *noch* einen Vorwand gehabt, um ihn ordentlich in die Mangel zu nehmen. Er konnte weglaufen – aber Mortimer hätte ihn vermutlich erwischt. Vielleicht war es das Beste, einfach stehen zu bleiben und die Schläge über sich ergehen zu lassen. Dann konnte er wenigstens ein paar Tage lang auf der Krankenstation liegen, sich die Zeit mit Videospielen und Eiscreme vertreiben und eine Weile vergessen, wer er war. Er machte die Augen zu und wartete auf den Schlag, auf Mortimers Faust in seinem Gesicht. Doch nichts geschah. Als er die Augen wieder aufschlug, stellte er verwundert fest, dass Mortimers erhobener Arm von einer starken Hand festgehalten wurde.

»Lass Alfie mal für einen Moment in Ruhe, ja, Morty? Sei ein braver Junge.«

Das war Richard. *Prinz* Richard, Alfies Bruder, ja, sogar sein Zwillingsbruder. Aber das sah man ihm nicht an, weil sie zweieiige Zwillinge waren. Trotzdem wussten es natürlich alle. Wirklich alle, auf der ganzen Welt. Es war ein Running Gag, der Alfie sein Leben lang verfolgte. Obwohl Richard gerade mal zehn Sekunden nach ihm auf die Welt gekommen war, hätten er und sein Bruder gar nicht verschiedener sein können. Alfie sah nicht schlecht aus, aber er war ziemlich tollpatschig, seine Arme und Beine schienen sich ständig zu verheddern, seine Haare standen völlig unberechenbar in alle Richtungen ab und seine Kleider sahen aus, als seien sie auf der Flucht irgendwo anders hin, wo sie nicht ununterbrochen mit Ketchup bekleckert wurden. Bei Richard war das alles anders.

»Lass mich los!« Mortimer wand sich unter Richards festem Griff, aber ganz egal, in welche Richtung er sich auch drehte und wie sehr er sich wehrte, er hatte keine Chance.

Das überrascht mich nicht, dachte Alfie. Richard war stark. Er war genau genommen größer, muskulöser, sportlicher, klüger – einfach in allem besser als Alfie. Während Alfie schüchtern und unsicher wirkte, gehörte Richard zu den Leuten, die nur so strotzten vor unerschütterlichem Selbstbewusstsein. Und das alles nur wegen dieser lächerlichen, ärgerlichen, bescheuerten zehn Sekunden! Die machten den Unterschied aus zwischen dem Erbprinzen, Alfie, und dem »Ersatzprinzen«, wie Richard manchmal genannt wurde. Wobei sein Bruder gar nichts gegen diesen Spitznamen einzuwenden hatte. Er hätte niemals tauschen wollen. Wenn man an erster Stelle der Thronfolger-Rangliste steht, dann sind die Erwartungen riesig – man soll verantwortungsbewusst sein und ernsthaft und klug, alles Dinge, mit denen Alfie allergrößte Mühe hatte. Für den, der an zweiter Stelle steht, so wie Richard, ist alles anders. Natürlich hatte man auch ab und zu ein paar Fotografen an den Hacken, aber das war nichts im Vergleich zu dem Druck, der auf dem Thronfolger lastete – in diesem Fall also auf Alfie.

Es war völlig klar, wen das ganze Land für den besseren Kandidaten hielt, wen sich das Volk als zukünftigen König wünschte (kleiner Tipp: sein Name fängt mit *R* an und hört mit *ichard* auf). Und die Zeitungen erinnerten Alfie daran, jedes Mal, wenn sie wieder einen Bericht über das nächste Pannen-Abenteuer des glücklosen Prinzen abdruckten. Richard hatte eben das »gewisse Etwas«, und Alfie hatte es nicht. So einfach war das.

Richard ließ Mortimer los und schubste ihn weg. So

viel Grips hatte der Klops immerhin, dass er das Glück nicht auch noch herausfordern wollte.

»Ist ja gut! Glück gehabt, Prinzessin.« Mortimer kickte einen Abfalleimer quer durch den Flur und schlurfte davon. Als den anderen Jungs dämmerte, dass die Show vorbei war, verzogen sie sich ebenfalls.

Richard half Alfie beim Aufstehen und pflückte eine bräunliche Bananenschale von seiner Schulter. »Interessantes Rasierwasser benutzt du da, Alfie. Ist noch alles heil?«

»Ja. Danke, Richie.«

Richard lächelte Alfie an und klopfte ihm auf die Schulter. Viele hätten jetzt die Gelegenheit genutzt, um ihren Bruder ausführlich durch den Kakao zu ziehen, aber Richard machte so etwas nicht. Dazu war er viel zu vernünftig. Manchmal konnte Alfie gar nicht glauben, dass sie überhaupt verwandt waren. Und dann auch noch Zwillinge!

»*Illegitimi non carborundum*, Bruderherz!«

»Tut mir leid, Rich, ich spreche kein … Was war das denn?«

»Latein, Alf. Lass dich nicht von den Versagern unterkriegen. Oder so was in die Richtung. Ich gehe mal eine Runde laufen. Wir sehen uns beim Essen?«

Alfie nickte. Jetzt war seine Schmach vollkommen. Sein kleiner Bruder hatte ihn gerettet. Wieder einmal. Richard schlenderte davon und warf die Bananenschale lässig und ohne hinzusehen über die Schulter. Sie landete direkt in einem Abfalleimer.

Nach einem hastigen Frühstück setzte Alfie sich an seinen Computer und warf einen Blick auf die Uhr. Er musste noch einen Aufsatz fertigkriegen, den er längst hätte abgeben müssen – genau das hatte er gestern Abend vorgehabt, bevor er beschlossen hatte, sich zuerst noch ein bisschen Hirnfutter zu besorgen und zu seiner gründlich misslungenen Exkursion gestartet war.

Klingeling.

Ein Skype-Anruf. Seine kleine Schwester, Prinzessin Eleanor. Sie konnte sehen, dass er online war, darum konnte er sie nicht einfach ignorieren. Außerdem, vielleicht brauchte sie ja etwas von ihm. Er drückte auf den grünen Hörer. Schon erschien das Gesicht seiner zwölf Jahre alten Schwester auf dem Monitor – Sommersprossen, rosige Bäckchen und ein Haarschopf, der fast so verrückt war wie seiner. Sie grinste über beide Backen. »Ein Müllcontainer? Echt jetzt?«

»Ich habe eben gedacht, das wäre eine gute Idee. Hör zu, Ellie, ich muss noch was für die Schule fertig machen, also …«

»Dann hättest du gestern Abend vielleicht lieber zu Hause bleiben sollen, oder?«

»Ja, ja, schon gut. Wie läuft's in der Schule?«

Ellie besuchte ein Internat an der Südküste. Alfie hatte das Gefühl, dass es ihr dort nicht besonders gut gefiel, aber das würde seine Schwester niemals zugeben. Sie war zwar klein, aber schon immer hart im Nehmen gewesen. In den Ferien zum Beispiel nutzte sie jede Gelegenheit, um zu reiten. Und Alfie hatte unzählige Male beobachtet, wie sie bei einem zu hoch angesetzten Sprung gestürzt war. Aber sie hatte nie geweint. Kein einziges Mal. Nicht einmal, als sie sich das Handgelenk gebrochen hatte.

»Schule ist Schule, weißt du doch. Hat Dad dich schon in die Mangel genommen?«

»Nein, aber das dauert bestimmt nicht mehr lange.«

»Er meint es nicht so, Alfie. Er will dir bloß helfen.«

Alfie lächelte, gab aber keine Antwort. Ellie verehrte ihren Dad, König Henry, immer noch, und Alfie wollte jetzt keinen Streit anfangen. Vielleicht war das so ein Vater-Tochter-Ding. Aber aus Alfies Sicht war sein Dad nur einer von vielen, die ihm ständig sagten, was er ohnehin wusste: dass er nicht gut genug war. Er versuchte schon lange nicht mehr, es seinem Vater recht zu machen.

Ellie merkte, dass Alfie nicht darüber reden wollte, und wechselte das Thema.

»Hey, hast du dir den Clip angesehen, den ich dir geschickt habe?«

Seine Schwester schickte ihm ständig alle möglichen witzigen Videos – nicht das übliche Zeug mit niedlichen Katzen oder Babys, sondern irgendwelche bizarren Filmchen von amerikanischen Vloggern oder Ausschnitte aus koreanischen Sendungen mit versteckter Kamera.

»Den mit den Zombies, die den Supermarkt überfallen?«, fragte er sie.

Ellie verdrehte die Augen.

»Nein, den von heute Morgen. Schaust du eigentlich überhaupt mal in dein Postfach?«

»Na ja, eigentlich nicht. Ich darf ja offiziell nicht mal

einen Account haben. Ist anscheinend zu leicht zu hacken.«

»Also, in deiner Haut möchte ich nicht stecken, Alfie. Na ja, schau ihn dir bei Gelegenheit mal an. Kaum war der Link gepostet, hat ihn schon wieder jemand rausgenommen, aber ich war schneller und hab das Video runtergeladen.«

Als sie sich verabschiedet hatten, schwebte Alfies Mauszeiger über dem Anhang von Ellies E-Mail. Er musste unbedingt mit seinem Aufsatz weiterkommen, aber dieses eine Video würde nicht schaden. Nach einem nervösen Blick auf die Uhr klickte er es an. Das Video wurde geladen. Angeblich stammten die Aufnahmen aus dem Tower von London und waren gestern Abend entstanden. Allerdings war zunächst nichts weiter zu erkennen als ein paar Touristen, die panisch durch die Gegend rannten. Doch dann sah Alfie, wie die Schwarze Echse die Soldaten in die Flucht schlug, und anschließend, wie der Defender auftauchte und in den Kampf eingriff. Natürlich hatte Alfie schon öfter Fotos des angeblichen britischen Superhelden gesehen, so wie jeder. Es waren alte, allgemein bekannte Schwarzweißaufnahmen, die ihn auf seinem schimmernden, silbernen Pferd zeigten, wie er ein von Kugeln durchsiebtes Kampfflugzeug sicher zu Boden brachte, ein in Schieflage geratenes Kreuzfahrtschiff aufrichtete oder Passanten vor einer Autobombe schützte. Aber noch nie hatte Alfie Aufnahmen aus solcher Nähe zu sehen bekommen.

Der Rest des Filmchens war sehr verwackelt. *Wahr-*

scheinlich, damit man die Tricks nicht sieht, dachte Alfie. Er war überzeugt, dass die Erzählungen über den »Weißen Ritter« nichts weiter waren als ein Jux. Aber hier hatte sich jemand richtig Mühe gegeben. *Schon erstaunlich, was manche Leute in ihrer Freizeit so alles anstellen*, dachte er, als das Video seinem Ende entgegenging. Da geschah etwas Seltsames, und er sah noch einmal genauer hin. Anscheinend wurde eine Schuppe des Echsenmannes abgeschlagen und flog direkt auf die Kamera zu. Dann landete sie im Schoß einer alten Dame im Rollstuhl. Das junge Mädchen, das neben ihr stand, nahm die Schuppe in die Hand. Sie sah sehr verängstigt aus, und es wirkte kein bisschen gespielt.

RRRRRRRING!!

Der Gong zur ersten Stunde riss Alfie aus seinem Tagtraum. Er klappte den Laptop zu und war sauer auf sich selbst. Jetzt hatte er keine Zeit mehr.

4
Die Hüterin der Schuppe

Hayley konnte nicht besonders gut lügen. Ehrlichkeit lag bei ihr in der Familie. Eine der vielen Millionen Redensarten ihrer Gran lautete: »Ehrlichkeit ist das erste Kapitel im Buch der Weisheit«, und ihre Mum, die zu Lebzeiten Besitzerin eines Elektrogeschäfts gewesen war, hatte immer gesagt: »Ehrlichkeit ist die beste Verkaufsstrategie.« Als Hayley also an diesem Vormittag bei ihrer Schule anrufen und so tun wollte, als sei sie krank und könne deswegen nicht zum Unterricht kommen, da erlebte sie eine ziemliche Pleite.

»Guten Morgen, Rock's Heath School, Sie sprechen mit Claire. Was kann ich für Sie tun?« Die Schulsekretärin klang ziemlich gehetzt.

»Hallo, ich bin's, Hayley Hicks. Aus der neunten. Ich kann heute nicht kommen ...« Hayley brach abrupt ab und kniff die Augen zusammen, um einen Hustenanfall vorzutäuschen. Schwerer Fehler. Das hatte sie letzte Nacht schon gemerkt, als sie (vergeblich) versucht hatte einzuschlafen. Jedes Mal, wenn sie die Augen zumachte, war das das Startsignal für eine Filmcollage, wie sie wahnsinniger gar nicht sein konnte. Ritter auf Geisterpferden. Schreiende Touristen, die kreuz und quer durcheinanderliefen. Ein Echsenmann mit roten Augen, der den Tower von London erklomm.

»Und warum kannst du nicht kommen? Hallo?« Die schrille Stimme der Schulsekretärin riss Hayley zurück in die Wirklichkeit.

Wie sollte sie heute irgendetwas anderes machen, als die erschütterndsten Ereignisse in der Geschichte der gesamten Menschheit irgendwie zu verarbeiten?

»Der Defender. Er ist echt! Haben Sie denn die Nachrichten nicht gesehen?«, schrie Hayley ins Telefon und knallte den Hörer auf die Gabel. Ups.

Superhelden, Monster, Zauberei – das gibt es alles wirklich! Diese Vorstellung war angsteinflößend, verrückt und aufregend zugleich. Es war, als hätte jemand der Welt das Dach abgerissen und den Inhalt einer riesigen Wundertüte hineingekippt.

Aber als Hayley ins Wohnzimmer schlurfte und den Fernseher einschaltete, brachten die Nachrichten nichts weiter als einen langweiligen Bericht über Fischfangquoten in der Nordsee. Es folgten ein Beitrag über Benzinpreise (steigend) und dann der Wetterbericht (es sollte regnen). Verblüfft zappte Hayley sich durch alle Sender, aber nichts. Wo waren denn die Sensationsmeldungen? »ECHSENMONSTER ÜBERFÄLLT TOWER VON LONDON!« vielleicht, oder »RITTER AUF FLIEGENDEM PFERD RETTET DIE STADT!«. Hayley konnte es nicht begreifen. Es kam ihr vor, als hätten die Verantwortlichen sich verschworen, ja kein Wort darüber zu verlieren.

Sie ging wieder in ihr Zimmer und fuhr ihren alten Laptop hoch, um im Internet nachzuforschen – nur um festzustellen, dass die Welt im Moment vor allem ein Thema kannte, nämlich dass Prinz Alfred aus seiner hochvornehmen Schule abgehauen und dann in einem Müllcontainer fotografiert worden war. Hayley konnte es sowieso nicht fassen, dass Großbritannien noch eine Königsfamilie hatte (*im einundzwanzigsten Jahrhundert? Ernsthaft?*), auch wenn sie das vor ihrer Gran niemals laut gesagt hätte. Aber wieso sollte Prinz Alfie überhaupt weglaufen? Er war reich und wohnte in einem Palast mit hundert Zimmern. Hayley und ihre Gran teilten sich eine Sozialwohnung mit zwei Zimmern und ernährten sich praktisch ausschließlich von Kartoffeln (Hayley hätte problemlos ein umfangreiches Kochbuch zum Thema Knollenzubereitung schreiben können). Sie konnten von Glück sagen, dass das Licht noch funktionierte – das Elektrizitätswerk drohte ständig, ihnen den Strom abzuschalten, weil sie die Rechnung schon wieder nicht bezahlt hatten.

Nachdem sie ihre störrischen Haare zu einem Pferdeschwanz zusammengebunden hatte, begann sie, gründlicher zu suchen und durchstöberte alle möglichen Foren, die sich mit dem Defender beschäftigten. Plötzlich schlug ihr Herz schneller. Sie hatte einen Link zu einem Video mit dem Titel: »TOWER VON LONDON: DER DEFENDER ERNEUT GESICHTET« entdeckt. Doch der Link funktionierte nicht.

In dem Eintrag darunter stand: Sie wollen nicht, dass wir es erfahren. Sie haben es gelöscht, weil sie uns zum Schweigen bringen wollen! #Defender#Wahrheit. Die Antwort lautete: Ihr habt wirklich eine blühende Phantasie. Soll ich euch mal was verraten? Es gibt keine Superhelden, und es gibt auch keine Monster!

O doch, die gibt es wohl!, dachte Hayley, *und ich kann es beweisen …*

Sie ging zum Schrank und holte ihren Rucksack heraus, zog den Reißverschluss der kleinen Innentasche auf und griff nach der Schuppe der Schwarzen Echse. Beim Tower war sie noch ganz heiß gewesen. Jetzt war sie zwar abgekühlt, aber trotzdem … Irgendetwas daran machte sie misstrauisch. Sie hielt die Schuppe vorsichtig zwischen den Fingern und drehte sie im Lichtschein hin und her. In die glatte, schwarze Oberfläche waren ineinander verschlungene Wirbel eingraviert. Es sah fast aus wie eine Tätowierung. Und wenn man sie lange genug anstarrte, dann wurden sie zu Schlangen mit blitzenden Augen und entblößten Giftzähnen. Sie sahen wunderschön aus, aber da war noch etwas anderes, irgendeine Energie, tief im Inneren verborgen und dennoch spürbar, so wie bei einem Fernseher auf Stand-by. Da konnte man ja auch immer noch ein Surren hören. Aber dieses Gefühl hier, das war unangenehm. Es fühlte sich irgendwie … böse an.

Hayley schauderte. Das, was sie heute Nacht am allermeisten beschäftigt und wach gehalten hatte, war die Erinnerung an den alten Beefeater gewesen, der zerschmettert im Schlamm gelegen und ihr seine letzten Worte zugeflüstert hatte: »Gott schütze den König.« Sie musste ununterbrochen daran denken, dass die Schuppe, die sie in der Hand hielt, von der unheimlichen Kreatur stammte, die ihn getötet hatte.

Pling!

Hayley zuckte zusammen. Ihr Handy vibrierte, und dann erschien eine SMS von ihrer Gran auf dem Display. »Tee!!!« Hayley hatte ein altes Handy umprogrammiert und es in ihr Netzwerk integriert, so dass keine Gebühren anfielen. Ihre Gran hatte zwar ein paar Wochen gebraucht, bis sie begriffen hatte, wie sie damit Nachrichten verschicken konnte, aber mittlerweile fragte sie Hayley ununterbrochen nach Tee oder der TV-Fernbedienung oder was es denn zum Abendessen gäbe (in der Regel lautete die Antwort: Ofenkartoffeln). Hayley seufzte. Superhelden hin oder her, ihre Gran musste versorgt werden. Hayley steckte die Schuppe wieder in den Rucksack, packte den Rucksack in den Schrank und schlüpfte in ihre Rolle als Altenpflegerin.

Als sie im Wohnzimmer an ihrer Gran vorbeikam, sagte sie: »Du könntest auch mal bitte sagen, Gran!«

Sie sah sich gerade eine Quiz-Sendung an und brüllte einen der Teilnehmer an: »Moskau! Die Antwort heißt Moskau! Nicht zu fassen, dass manche Leute so beschränkt sind!«

Wenigstens funktionierte ihr Gedächtnis heute Morgen. Es war also einer ihrer guten Tage. Nachdem Hayleys Mum gestorben war, hatte ihre Gran das Sorgerecht bekommen. Aber im Lauf der letzten Jahre hatten die Rollen sich umgekehrt. Hayley hatte nichts dagegen unternommen – dazu blieb ihr zwischen kochen, saubermachen, die Rente ihrer Gran verwalten und sorgfältig alle Medikamente in ihre selbstgemachte Liste eintragen gar keine Zeit. Ach ja, und zur Schule ging sie ja auch noch. Sie hatte sogar in jedem Zimmer eine rote Alarmschnur installiert. Wenn Hayleys Gran an einer dieser Schnüre zog, dann ging ein Notruf an Hayleys Handy. Natürlich hatte es schon den einen oder anderen falschen Alarm gegeben. Hayley war jedes Mal nach Hause gerast, nur um festzustellen, dass ihre Gran sich bei dem Versuch, die Vorhänge in ihrem Zimmer zuzuziehen, irgendwie verheddert hatte. Trotzdem, es war gut zu wissen, dass die alte Dame sich im Notfall bei ihr melden konnte.

Bis jetzt hatte sie noch keinem Menschen erzählt, was sie für ihre Gran tat. Hayley war kein Mensch, der sich gerne beklagte. Aber natürlich hatte das auch eine Kehrseite. Sie konnte keine Freundinnen mehr zu sich nach Hause einladen, weil sie nie wusste, ob ihre Gran vielleicht einen schlechten Tag hatte. Jungs waren sowieso kein Thema. Sie hatte sogar einen Platz im Leichtathletik-Team der Schule abgelehnt, obwohl sie mit Abstand die Schnellste aller Jahrgänge war. Aber das Training fand zweimal die Woche gleich nach dem Unterricht statt, und so lange wollte sie ihre Gran nicht alleine lassen. Ihr Sportlehrer hatte ihr daraufhin Faulheit vorgeworfen, aber sie hatte sich auf die Zunge gebissen und nichts gesagt. Es spielte schließlich keine Rolle, was die Leute dachten. Ihre Gran hatte sich um sie gekümmert, als sie jemanden gebraucht hatte, und jetzt tat sie dasselbe für ihre Gran. Punkt.

»Das war Admiral Nelson, du Dummkopf!«, brüllte ihre Gran jetzt den Fernseher an. »Was bringen sie euch heutzutage in der Schule eigentlich bei?«

Hayley war froh, dass das, was gestern Abend beim Tower passiert war, ihre Gran nicht allzu sehr durcheinandergebracht hatte. Bei der Rückkehr zu ihrem Wohnblock hatte sie im Fahrstuhl sogar einigen Nachbarn haarklein aufgezählt, was sie alles erlebt hatten: dass sie die Kronjuwelen besichtigt und dann im Café zu Mittag gegessen hatten. Dass Hayley Tickets für die Schlüsselzeremonie besorgt hatte. Dass eine Echse und ein Ritter direkt vor ihren Augen miteinander gekämpft hatten und dass der Ritter dann auf seinem Pferd davongeflogen sei. Das alles hatte sie in einem völlig beiläufigen Tonfall erzählt, als sei es nicht aufregender als eine verspätete Bahn. Doch Hayley wusste genau, was die Nachbarn gedacht hatten: »Die arme Mrs Hicks – jetzt ist sie wirklich komplett plemplem geworden.«

Während Hayley Tee kochte, kam ihre Gran am Gehstock in die Küche gehumpelt und blätterte die Post durch, die auf der Theke lag.

»Was suchst du denn, Gran?«

»Tsss, das ist doch wirklich das Letzte. Jetzt haben sie die Zeitung für Lawrence schon wieder nicht geliefert!«

Hayley verzog das Gesicht. Lawrence war ihr Großvater, aber er war schon seit zwanzig Jahren tot. Manchmal führte ihre Gran lange Gespräche mit dem leeren Sessel im Wohnzimmer, weil sie dachte, dass ihr Mann immer noch dort säße.

»Ich rufe sofort bei der Post an«, sagte Hayley und brachte ihre Gran ins Wohnzimmer zurück. »Hier, trink erst mal deinen Tee.«

Draußen vor dem Hochhaus fuhr ein Auto mit getönten Fensterscheiben an den Straßenrand. Die Frau am Steuer war so groß und breit, dass sie sich in keinem Autositz dieser Welt wohl gefühlt hätte, schon gar nicht in diesem Mittelklasse-Schrotthaufen. Den Sitz hatte sie so weit nach hinten geschoben, dass jeder Passagier auf der Rückbank zerquetscht worden wäre. Sie hieß Fulcher und war genau so hässlich, wie sie bösartig war. Und sie war sehr, sehr bösartig –, wenn der Auftrag es erforderte. Ihre mächtigen Schultern ragten bis zum Beifahrersitz hinüber, wo ihr sehr viel zierlicherer Partner saß, ein korrekt gekleideter Mann mit kalten Augen namens Turpin. Fulcher und Turpin hatten sich schon lange damit abgefunden, dass sie einander nicht leiden konnten. Sie plauderten nie einfach zum Spaß miteinander, sondern besprachen nur das Allernotwendigste. Aber sie bildeten ein sehr effektives Team, und das war alles, was für die außerordentlich geheime Regierungsstelle, für die sie arbeiteten, zählte.

»Und jetzt?«, raunzte Fulcher und riss ein Päckchen mit den stärksten Pfefferminzbonbons auf, die die Wissenschaft jemals entwickelt hat. Ganz am Anfang ihrer Zusammenarbeit hatte Turpin ihr einmal gesagt, dass schlechter Atem noch das kleinste ihrer Probleme sei. Dafür hatte sie ihm drei Zähne ausgeschlagen, und er hatte nie wieder den Fehler begangen zu glauben, dass seine Kollegin Sinn für Humor hätte.

»Jetzt …«, gab Turpin zurück, während er sein Hochleistungs-Fernglas auf die Fenster der Wohnung im vierzehnten Stock richtete, die Hayley und ihre Gran bewohnten, »… warten wir ab.«

5
Die Kette des Schicksals

»Wir brauchen einen Anführer!«

Alfie stand mit seinem Geschichtskurs mitten auf dem Kricket-Feld. Ihr Lehrer, Professor Lock, stolzierte mit langen Schritten vor ihnen auf und ab. Er hatte einen Metalldetektor in der Hand. Jetzt sah er Alfie mit seinen blauen Augen durchdringend an und lächelte ihm zu.

»Wie wär's mit dir, Alfie?«

Alfie schüttelte den Kopf und starrte auf seine Füße. Mortimer rammte ihn mit einem kräftigen Schulterstoß beiseite und schnappte sich den Metalldetektor. »Das mache ich.«

»Sehr gut, Sebastian. Wissbegierig wie immer«, sagte Lock. »Also dann, einschalten und los geht's. In Richtung Pavillon.«

Mit großspurigem Grinsen drückte Mortimer auf die EIN-Taste und begann, den Metalldetektor hin und her zu schwingen. Die Klasse schloss sich Professor Lock an, der jetzt quer über den makellos gepflegten Rasen schlenderte.

Cameron Lock war anders als alle Lehrer, die Alfie sonst kannte. Er war der jüngste Leiter der Geschichtsabteilung, den die Harrow School je gehabt hatte, und war seit einem Jahr an der Schule. Davor hatte er einige Bücher veröffentlicht, die aber nur den wenigsten überhaupt bekannt waren. Ansonsten hatte er nicht viel vorzuweisen. Trotzdem hatte man ihn etlichen älteren und qualifizierteren Bewerbern vorgezogen, und bald wurde auch deutlich, warum. Er war schlicht und einfach ein begnadeter Lehrer.

»Sebastian, was willst du mal werden, wenn du hier fertig bist?«, wollte Professor Lock jetzt wissen.

»Investment-Banker«, gab Mortimer, ohne zu zögern, zurück.

»Der perfekte Job für jemanden wie dich«, sagte Lock und steckte sich eine Zigarette an. Mortimer lächelte unsicher. Das war auch eine von Locks Eigenheiten. Manchmal wusste man beim besten Willen nicht, ob das, was er sagte, ernst gemeint war oder nicht.

»Und was ist mit dir, Jamie?«

Ein Junge mit leuchtenden Augen in der ersten Reihe erwiderte: »Chirurg, Sir.«

Lock nickte. »Ein vortreffliches Vorhaben … Tony?«

»Ein Superheld, der das Verbrechen bekämpft, Sir!«, ließ sich der kleine Chinese mit der roten Brille hinter Alfie vernehmen. Die Jungen lachten, und Tony verbeugte sich. Er war ein Exzentriker durch und durch. Es schien ihm vollkommen gleichgültig zu sein, was die anderen über ihn dachten, und genau deswegen mochte Alfie ihn.

»Das könnte vielleicht eine Nummer zu groß sein, Tony. Aber man weiß ja nie. Nicht so schnell, Sebastian. Wir wollen doch nichts übersehen!«

Mortimer zog eine Grimasse und ließ den Metalldetektor betont langsam über den Rasen gleiten.

»Und, Alfie, was hält die Zukunft für dich bereit?«

Alfie merkte, wie die Augen der ganzen Klasse auf ihn gerichtet waren. Er machte den Mund auf und suchte nach einer bedeutungsvollen Antwort. Hatte er tatsächlich ihn gefragt? Was sollte er denn darauf sagen? Die anderen Jungen kicherten, als er den Mund wieder zuklappte und von Sekunde zu Sekunde röter im Gesicht wurde. Dann wurde er vom plötzlichen *piep-piep-piep* des Metalldetektors erlöst.

»Ich hab was gefunden!«, brüllte Mortimer. Die ganze Klasse stand aufgeregt im Kreis um ihn herum.

Lock drängelte sich bis nach vorne. »Wenn wir aus der Geschichte etwas lernen können, dann, dass wir nie sagen können, was uns als Nächstes erwartet.« Er holte eine kleine Handschaufel aus seiner Tasche und warf sie Mortimer vor die Füße. »Also dann, ausgraben!«

Die Jungen blickten einander fassungslos an. »Aber … das ist das Kricket-Feld, Sir«, sagte Mortimer.

»Na, und? Wer den Schatz heben will, muss graben.«

Mortimer ging achselzuckend in die Knie und rammte den Spaten in das weiche Gras. Er löste einen Klumpen Erde heraus und schüttelte ihn so lange, bis in der Erde etwas Glänzendes zum Vorschein kam. Eine kleine Silbermünze. Lock zupfte sie heraus, wischte sie ab und hielt sie so, dass die ganze Klasse sie sehen konnte. Sie war ziemlich dünn, und der Rand war rau und uneben. Auf einer Seite war ein männliches Gesicht im Profil zu erkennen, auch, wenn das Bild nicht besonders kunstvoll war. Der Mann hatte eine Art Stirnband auf dem Kopf. Auf der Rückseite der Münze waren ein paar merkwürdige Symbole abgebildet, die Alfie noch nie gesehen hatte.

»Das ist ein Penny aus der Zeit von König Alfred dem Großen vor über tausend Jahren. Er war der Herrscher von Wessex. Manche bezeichnen ihn sogar als den ersten echten König Englands.«

»Was hat er denn Tolles gemacht?«, spöttelte Mortimer.

»Nun, zunächst einmal hat er hat das Land gegen die Wikinger verteidigt«, erwiderte Professor Lock. »Dazu kommt noch die Einführung des ersten systematischen Bildungs- und Rechtssystems. Aber jetzt kommt das eigentlich Interessante: Er hätte im Prinzip gar nicht König werden sollen. Alfred war der jüngste von fünf Brüdern. Es ist mehr als erstaunlich, dass wir heute überhaupt noch etwas von ihm wissen ... Such weiter, Sebastian.«

Mortimer stöhnte und schaltete den Metalldetektor wieder ein. Er war noch nicht weit gekommen, da piepste das Gerät schon wieder. Noch eine Münze. Auf dem Rand war eine lateinische Inschrift zu erkennen und in der Mitte das Bild einer Adligen. Sie hatte eine Krone auf dem Kopf und trug eine Halskrause.

»Elizabeth, die Erste«, erklärte Professor Lock.

»Wow!«, platzte Jamie heraus.

»Die hat er doch extra hier vergraben, du Pfeife«, zischte Mortimer ihm zu.

Lock lächelte und gab die Münze herum. »Niemand wollte sie zur Königin haben. Ihr eigener Vater hat sie verstoßen, und ihre Halbschwester hat sie ins Gefängnis gesteckt. Aber sie hat überlebt, den Thron bestiegen und fast fünfzig Jahre lang regiert, hat in dieser Zeit die spanische Armada besiegt und gilt heute als eine unserer bedeutendsten Monarchen überhaupt.«

Wieder piepste der Metalldetektor. Mortimer blieb stehen, bückte sich und hielt eine schmutzige, aber neue Zwei-Pfund-Münze in die Höhe. Sie trug das Bild von Alfies Vater, dem jetzigen König. Lock blickte die Münze belustigt an.

»Tja, die hat aber nichts mit mir zu tun«, sagte er. »König Henry, der Neunte. Nun ja, heutzutage ist der König natürlich in erster Linie ein Repräsentant. Wirkliche Macht besitzt er nicht mehr.«

»König sein ist eben auch nicht mehr das, was es mal war«, giftete Mortimer in Richtung Alfie.

»Weißt du was, Sebastian?«, sagte Lock, nahm Mortimer den Metalldetektor ab und trat die lose Erde wieder fest. »Dafür, dass du dich als so ein exzellenter Schatzsucher bewährt hast, darfst du eine dieser Münzen behalten. Du hast die Wahl.«

Mortimer schnappte sich die Zwei-Pfund-Münze. »Dann nehme ich die. Mit der kann ich mir wenigstens was kaufen«, sagte er selbstgefällig.

Lock zog eine Grimasse. »Du hättest lieber die nehmen sollen, die du verkaufen kannst«, erwiderte er, warf den antiken König-Alfred-Penny in die Luft, fing ihn auf und steckte ihn ein. »Ob Banker wirklich das Richtige für dich ist? Tja, ich weiß nicht …«

Die ganze Klasse lachte. Mortimer zog eine Grimasse und nuschelte etwas vor sich hin, das sich anhörte wie: »Geschichte ist doch sowieso bloß Zeitverschwendung.«

Da war plötzlich vom anderen Ende des Rasens ein empörtes »Hey!« zu vernehmen. Der Gärtner hatte sie entdeckt, und er sah alles andere als glücklich aus. Lock winkte ihm kurz zu und scheuchte die Jungen dann zurück Richtung Schule. Sicher im Geschichtssaal angekommen, nahm Lock Alfie beiseite.

»Kann ich dich kurz sprechen?«

»Wenn es um den Aufsatz geht, tut mir leid, dass ich ihn noch nicht abgegeben habe, Sir«, sagte Alfie. »Aber morgen habe ich ihn ganz bestimmt dabei, versprochen.«

Lock winkte ab. »Den Aufsatz? Hatte ich schon längst vergessen. Tun wir einfach so, als hättest du ihn gar nicht erwähnt, okay? Nein, ich wollte mich nur entschuldigen. Ich hatte vorhin nicht die Absicht, dich mit dieser ganzen Monarchie-Geschichte vorzuführen. Mir ist schon klar, dass das für dich nicht leicht ist.«

»In Geschichte lässt sich das vermutlich schwer vermeiden, Sir.«

Lock lachte. »Da hast du recht. Ich glaube, ich verstehe dein Problem.«

»Mein Problem?«

»In Bezug auf die Motivation. Es ist bestimmt nicht leicht, sich um die Zukunft Gedanken zu machen, wenn das eigene Schicksal schon seit dem Tag der Geburt besiegelt ist.«

Alfie war sprachlos. Es kam ihm vor, als hätte Lock

seine geheimsten Gedanken ausgesprochen, als hätte er mit einem hellen Strahl in die dunkelste Ecke seiner Gefühle geleuchtet und genau das erfasst, was er sein ganzes Leben lang empfunden hatte, ohne es formulieren zu können. Diese seltsame Leere tief unten in seinen Eingeweiden, dieses Gefühl der absoluten Sinnlosigkeit. Als ob es vollkommen gleichgültig wäre, was er tat oder nicht. Er versuchte, niemals an die Zukunft zu denken, weil er jedes Mal, wenn er es doch tat, nur die gleichen, eintönigen Bilder vor sich sah: ein Leben, das nicht sein eigenes war, das von dämlichen Regeln, Traditionen und Zeremonien bestimmt wurde, die er nicht verstand und die ihm nichts bedeuteten. Das Leben seines Vaters. Das Leben, das eines Tages auch seines sein würde. Er hatte immer versucht, dieses Wissen so weit wie möglich aus seinem Bewusstsein zu verdrängen, und hatte nicht gemerkt, wie sehr es ihn daran gehindert hatte, im Hier und Jetzt zu leben. Doch durch Professor Locks Äußerung wurde ihm das ganze Problem schlagartig bewusst.

Lock lächelte mitfühlend und zeigte auf das prachtvolle Porträt von Winston Churchill, dem größten Premierminister, den Großbritannien je hatte. Er hatte das Land zum Sieg im Zweiten Weltkrieg geführt und war – wie der Direktor bei jeder Schulversammlung wieder und wieder berichtete – ein ehemaliger Schüler der Harrow School. Noch so eine Legende, an die Alfie niemals heranreichen konnte.

»Er fand es grässlich hier, wusstest du das?«, sagte Professor Lock. »Hat die Prüfung nur mit Mühe überhaupt geschafft, hatte keine Freunde. Niemand hat große Hoffnungen in den jungen Winston gesetzt.«

Alfie staunte. »Aber er war … er war *Churchill.*«

»Ha, ja, sicher, irgendwann dann. Aber weißt du, was ihn zu einem wirklich Großen gemacht hat? Er hatte keine Angst davor, sein eigenes Ding zu machen, sich seinen eigenen Weg zu suchen. Auch dann, wenn die Leute ihm abgeraten haben. Weißt du, was er über das Schicksal gesagt hat?«

Lock stemmte die Hände in die Hüften und versuchte sich mit bellender Stimme als Churchill-Imitator: »Es ist ein Fehler, allzu weit nach vorne schauen zu wollen. In der Kette des Schicksals kann man immer nur ein Glied nach dem anderen bewältigen.«

Auf dem Weg zur nächsten Stunde hatte Alfie das Gefühl, als ob seine Füße völlig unabhängig vom Rest seines Körpers über den Boden des Flurs glitten. Locks Worte hatten ein Feuer in ihm entfacht. Er hatte endgültig die Schnauze voll davon, dass andere Leute ihm vorschrieben, was er zu tun und zu lassen hatte. Also beschloss er, ab sofort zur Abwechslung mal genau das zu machen, was *er* wollte. Von jetzt an würde er selbst entscheiden, welche Richtung sein Leben nehmen sollte.

»WALES!«

Eine kräftige Hand landete auf seiner Schulter und wirbelte ihn herum. Das war Mr Beakley, der stellvertretende Direktor. Er war ein gehässiger, kleiner Mann mit Schweinsäuglein, der nur eine Stimmlage kannte, und die hieß »Brüllen«. Er hatte eine Vorliebe für Alfies »offiziellen« Nachnamen. Das war einfach nur bescheuert. Wer hieß denn wie ein Land?

»Zum Direktor. Auf der Stelle, Wales!«

Alfie zögerte. Am liebsten hätte er zurückgebrüllt, so laut er nur konnte, und Beakley ganz genau beschrieben, wo er sich seine Regeln und Anweisungen hinstecken konnte.

»Ich komme, Sir.« Alfie drehte sich um und ging mit gesenktem Kopf hinter Beakley her den Flur entlang. Alle Luft schien ihm entwichen zu sein wie aus einem platten Luftballon.

Vor der gewaltigen Eichentür des Direktors angekommen, rückte Alfie seine Krawatte zurecht und holte tief Luft. Er würde sich alles anhören, nicken und sich für das Pizzaabenteuer entschuldigen, dann war alles erledigt. Kein Problem. Es war nicht das erste Mal, dass er beim Direktor antanzen musste, und es würde ganz bestimmt nicht das letzte Mal sein. Doch als Mr Beakley die Tür öffnete, dauerte es keine zwei Sekunden, bis Alfie klargeworden war, dass er a) keineswegs einen Anpfiff vom Direktor zu erwarten hatte (sondern etwas viel, viel Schlimmeres) und dass er b) wahrhaft königlich hinters Licht geführt worden war.

»Guten Tag, Alfred.«

Es gab nur einen Menschen, der diese drei einfachen Worte so aussprechen konnte, dass vierzehn Jahre Missbilligung und Enttäuschung daraus hervortrieften.

»Guten Tag, Vater.«

König Henry, der Neunte, saß hochaufgerichtet hinter dem gewaltigen Schreibtisch auf dem Sessel, den der Direktor bis jetzt garantiert noch nie jemand anderem überlassen hatte. Sein Bart war noch grauer als in den Weihnachtsferien, als Alfie ihn das letzte Mal gesehen hatte. Tiefe Sorgenfalten hatten sich in sein Gesicht gegraben, und seine Schultern wirkten verkrampft.

Hinter dem König lauerte die hagere Gestalt seines hochmütigen engsten Beraters. Er trug den Titel des »Hofmarschalls«. Er war schon immer da gewesen, so lange Alfie denken konnte, als ewiger Schatten seines Vaters. Die Kleidungsvorschriften für das Palastpersonal hatten sich im Lauf der Jahre ziemlich gelockert, aber der Hofmarschall war sehr konservativ und trug immer einen schwarzen Anzug, bestehend aus einer Jacke mit langen Schößen, einer Reithose und schwarzen Schuhen mit silbernen Schnallen. Es ließ sich unmöglich sagen, wie alt er war, aber wenn Alfie hätte schätzen müssen, dann hätte er so ungefähr auf zweihundert getippt.

»Alles klar, HM?«

Nichts ging dem alten Knacker so sehr auf die Nerven wie dieser Spitzname, und genau deswegen nannte Alfie ihn so. Er hatte sowieso keine Ahnung, wie der Hofmarschall mit richtigem Namen hieß. Vielleicht hatte er ja nicht einmal einen. Der alte Mann nickte kaum wahrnehmbar in Alfies Richtung und zischte knapp: »Euer Hoheit.« Doch die hochgezogene Augenbraue und die Falte in seiner Oberlippe verrieten genau, was der Blödmann von ihm hielt.

Jetzt erklang unter dem Schreibtisch ein leises Knurren, während eine längliche, schwarze Nase sich schnüffelnd ins Freie schob. *Na, toll*, dachte Alfie. *Den Killerköter hat er auch mitgebracht.*

»Platz, Herne!«, schnaubte der König.

Der riesige Irische Wolfshund mit den drahtigen Haaren zog sich zurück und wickelte sich um die Beine seines Herrn und Gebieters. Herne hatte Alfie von Anfang an gehasst. Einmal hatte er ihn durch den ganzen Palastgarten gejagt, bis Alfie sich schließlich auf einen Baum geflüchtet hatte. Dort hatte er den ganzen Nachmittag lang gehockt, bis Brian ihn irgendwann gerettet hatte.

»Nun?«

Offensichtlich erwartete sein Vater, dass er etwas sagte. Mehrere Tageszeitungen lagen ausgebreitet auf dem Schreibtisch, und alle hatten ein Foto von Alfie im Müllcontainer auf der Titelseite.

»Ich wollte mir doch bloß eine Pizza holen. Du solltest das Essen hier selber mal probieren – es ist wirklich grauenhaft.«

Der König stieß einen tiefen Seufzer aus und kratzte sich am Hals, so lange, bis die Haut sich rot gefärbt hatte. *Er sieht so müde aus*, dachte Alfie.

»Ich kann dich nicht mehr in Schutz nehmen, Alfie. Du bist kein Kind mehr.«

»Na ja, rein theoretisch schon. Noch ein paar Jahre jedenfalls.«

Wenn es um den richtigen Zeitpunkt für einen witzigen Spruch ging, lag Alfie jedes Mal daneben. Der Hofmarschall rümpfte die Nase und legte den Kopf in den Nacken, als sei ihm gerade ein besonders übler Gestank in die Nase gestiegen.

Der Blick des Königs wurde wieder stahlhart. »Du weißt genau, was von dir erwartet wird, Alfie. Ich verlange doch lediglich, dass du keine Schwierigkeiten machst. Ich habe wirklich keine Zeit, mich auch noch mit solchem Unsinn zu beschäftigen …«

»Wieso denn nicht?« Kaum hatte Alfie diese Worte gedacht, hatte er sie auch schon ausgesprochen.

Die Stelle am Hals seines Vaters wurde noch ein wenig röter. »Wie bitte?«

Alfie ließ nicht locker. Er würde sowieso untergehen, also warum sollte er sich jetzt zurückhalten? »Ich meine, ich weiß ja, du bekommst Besuch von anderen Königen, und dann müsst ihr festliche Abendessen und Zeremonien abhalten und so weiter, aber, mal ehrlich, da geht es doch nicht gerade um Leben und Tod, oder?«

Der Hofmarschall guckte mittlerweile so verkniffen aus der Wäsche, dass man befürchten musste, er könnte jeden Augenblick implodieren.

»Ich verstehe einfach nicht, wieso du ständig so gestresst bist«, machte Alfie weiter. »Es ist doch alles bloß Show, richtig? Den Menschen zuwinken, da ein Band durchschneiden, dort eine Flasche an einen Schiffsrumpf schmeißen. Es ist ja nicht so, als ob wir wirklich was zu *tun* hätten, oder?«

»Herrje, Alfie. Das Thema hatten wir doch schon. Was willst du denn?«

»Ich weiß auch nicht. Ich will das machen, was alle anderen auch machen. Ohne Leibwächter spazieren gehen. Freunde finden, ohne dass ich immer gleich überlegen muss, ob ich den anderen wirklich vertrauen kann oder nicht. Vielleicht eine ganz normale Arbeit, irgendwann. Ich will einfach, na ja, normal sein eben. Und kein … unnützer, komischer Kauz aus der Vergangenheit.«

König Henry ließ die geballte Faust auf die Tischplatte krachen. Herne jaulte leise. Jetzt war Alfie zu weit gegangen, das stand fest. Noch nie hatte er seinen Vater so wütend erlebt.

»So redest du *nicht* über unsere Familie! Wenn du wüsstest, was wir für dieses Land getan haben …«

Der Rest der Ansprache blieb Alfie erspart, weil das Telefon auf dem Schreibtisch des Direktors klingelte. Der Hofmarschall nahm den Hörer von der Gabel, hörte zu und legte wieder auf, ohne ein Wort zu sagen. Er flüsterte dem König etwas ins Ohr, ging zur Tür und hielt sie auf. König Henry wandte den Blick von seinem Sohn ab und schien mit seinen Gedanken plötzlich sehr weit weg zu sein. Er hatte wieder diesen leeren, resignierten Gesichtsausdruck, den Alfie schon so oft bei ihm gesehen hatte.

Dann griff der König nach Hernes Leine und ging an Alfie vorbei zur Tür. »Ich fürchte, es gibt eine Sache, um die ich mich unverzüglich kümmern muss.«

Alfie versuchte, sich auf die Zunge zu beißen, aber er schaffte es nicht. »So ist es ja immer, stimmt's? Immer gibt es etwas, was wichtiger ist als die Familie.«

Sein Vater blieb wie angewurzelt im Türrahmen stehen,

mit dem Rücken zu Alfie. Herne knurrte noch einmal, aber Alfie beachtete ihn gar nicht. Er war viel zu wütend, um Angst zu haben. Einen Augenblick lang dachte er, dass sein Vater sich zu ihm umdrehen, ihn anbrüllen und zur Schnecke machen würde – er sehnte sich richtig danach, nach irgendeiner Geste, die zeigte, dass Alfie ihm nicht egal war.

Doch der König drehte sich nicht um. Er ging einfach weiter, der Pflicht entgegen, die vor ihm lag, und ließ Alfie, der immer noch vor Wut zitterte, allein zurück.

6
Tod zwischen den Steinen

Wyverns Hufe schnitten durch die feinen Wolkenschwaden und rissen sie in kleine Fetzen, während das Geisterpferd seinen Reiter durch den nächtlichen Himmel trug. Etliche Kilometer weiter nördlich sah der Defender die Blinklichter eines Passagierflugzeugs, das auf dem Weg hinaus aufs Meer war. Über tausend Meter unter ihm lag das Land, ausgebreitet wie ein Flickenteppich. Die brennenden Lichter der Dörfer und Städte glitzerten wie Goldmünzen. Wyvern schwenkte nach rechts, so dass ihr Reiter das Ziel jetzt klar und deutlich vor Augen hatte.

Stonehenge.

Der Helm des Defenders drehte sich langsam, während er den Blick von den hohen, schlanken Steinblöcken, die dichtgedrängt beieinanderstanden wie schiefe Zähne im Mund eines längst gestorbenen Riesen, zu den sie umgebenden Grabhügeln gleiten ließ. Dort lagen die Männer begraben, die all die Felsbrocken von einem walisischen Steinbruch über dreihundert Kilometer weit bis hierhertransportiert hatten. Schon lange, bevor irgendein antiker Stamm beschlossen hatte, eine primitive Kultstätte zu errichten, hatte diese menschenleere, unfruchtbare Gegend als etwas Besonderes gegolten. Die unsichtbaren Energieströme, die sich hier tief unter der Erde vereinigten, hatten schon immer eine große Anziehungskraft auf mächtige Männer gehabt, auf gute ebenso wie auf böse. Hier hatten sie ihre Anhänger versammelt, um göttlichen Beistand gebeten, sich in heiliger Erde zur ewigen Ruhe gebettet. Das war am heutigen Abend nicht anders. Wieder einmal würde Stonehenge der Ort sein, an dem über die Zukunft des Königreichs entschieden wurde.

Denn es lauerte noch etwas anderes an diesem Ort. Er konnte die verräterischen Zeichen bereits erkennen – die hässliche, schwarze Narbe inmitten des Steinkreises, der Aushub einer frischen Grabung. War dies das Werk der Kreatur, der er beim Tower zum ersten Mal begegnet war? Suchte sie etwas unter den mächtigen Steinen?

Ein leichtes Zucken der Zügel, und Wyvern reagierte sofort. Sie zog die Beine in ihren ätherischen Leib und stürzte sich mitsamt ihrem Reiter lautlos in die Tiefe. Fast zwei Kilometer von Stonehenge entfernt war der Sturzflug zu Ende. Einen knappen Meter über dem Erdboden sausten sie ihrem Ziel entgegen. Bäume, Straßen und Hecken flogen an ihnen vorüber. Sie boten nur wenig Deckung, aber das musste eben reichen. Das Überraschungsmoment war das Entscheidende. Beim letzten Mal war ihm sein Gegner nur mit Glück entwischt. Aber dieses Mal nicht.

Dann sah er sie. Die Schwarze Echse hatte einen tiefen Krater gegraben, aus dem ihre mächtige Gestalt hervorragte. Sie hatte ihm den schlammverschmierten Rücken zugewandt. Mit der einen Hand hielt der Defender Wyverns Zügel fest, während er mit der anderen sein Schwert aus der Scheide zog und es auf sein näher kommendes Ziel richtete. Er würde dieses ekelhafte Monster in tausend Stücke schlagen.

Der Defender gab Wyvern die Sporen, und das Pferd beschleunigte noch einmal, wurde unfassbar schnell, und sie waren dicht, ganz dicht, an ihrem Ziel. Nur noch die zweispurige Straße, die durch das Tal führte, lag zwischen ihnen und der Echse. Er machte sich auf den Aufprall gefasst, die Schwertspitze genau auf den Rücken der schuppigen Gestalt gerichtet.

TUUUUUUUUUT!

Sie hatten die Straße direkt vor einem riesigen Sattelschlepper überquert. Der Fahrer trat auf die Bremse, Reifen quietschten laut und schrill und das Fahrzeug geriet ins Schleudern. Die Schwarze Echse wirbelte herum und wich dem Schwert des Defenders aus, das nur noch wenige Zentimeter von ihrem Rücken entfernt gewesen war. Der Angreifer zischte ohne jede Berührung an ihr vorbei. Blitzschnell zog Wyvern sich in die Sporen ihres Gebieters zurück, und er krachte gegen einen der gewaltigen, aufrecht stehenden Steine, der dann er in zwei Teile brach.

Benommen hob der Defender den Kopf und sah das Monster vor sich stehen. Seine roten Augen brannten sich in die Schwärze der Nacht, und Schleim triefte ihm aus dem länglichen Maul. Hinter der Kreatur erschien ein dicker Schwanz, gespickt mit spitzen Stacheln. Er hätte schwören können, dass der bei ihrer ersten Begegnung noch nicht da gewesen war. Als der Schwanz auf ihn zugesaust kam, rollte der Defender sich blitzschnell zur Seite, so dass die Stacheln sich neben ihm in die Erde bohrten. Die Schwarze Echse stieß ein lautes Gebrüll aus, hob erneut den Schwanz und traf den Defender in die Seite. Er konnte gerade noch rechtzeitig einen Schild aus seinem Armband ausfahren. Trotzdem wurde er von der Wucht des Schlages durch die Luft geschleudert.

Der Defender taumelte. Und das lag nicht nur an dem neuen Echsenschwanz seines Gegners oder daran, dass er weitaus stärker und schneller geworden war – obwohl das schon mehr als verwunderlich war. Nein, da war noch etwas anderes. Er konnte es spüren. Sein Gegner strahlte eine unheimliche Energie aus, eine Art Hochspannung, die die Luft zum Vibrieren brachte. Seit dem letzten Zusammentreffen beim Tower hatte sich etwas Grundlegendes verändert.

Jetzt stürzte der schwarze Albtraum sich erneut auf ihn. Erbarmungslos schwang er seine spitzen, dolchartigen Krallen und riss einen der mächtigen Steine einfach um. Seine Kraft war beängstigend. Der Defender duckte sich, als der vier Tonnen schwere, handgemeißelte Stein in seine Richtung fiel, und nutzte ihn als Deckung, um zum Gegenschlag auszuholen. Jetzt stand er so dicht vor der Schwarzen Echse, dass sie ihren Schwanz nicht einsetzen konnte, und zielte mit dem Schwert auf ihre Kehle, doch die Echse wehrte den Hieb mit dem Arm ab. Wie ein Donnerschlag hallte der Aufprall über die verlassene Landschaft.

Noch beim letzten Mal hatte er das Ungetüm mit

einem Schwerthieb verletzt, aber mittlerweile war der Schuppenpanzer viel widerstandsfähiger geworden. Wie hatte dieses Ding in so kurzer Zeit so viel stärker werden können?

Der Defender hatte keine andere Wahl, er musste sich zurückziehen. Einen Sekundenbruchteil später traf der Schwanz der Echse den Defender mit voller Wucht mitten auf die Brust, und er landete auf dem Rücken. Eine riesige Klauenhand packte den Schwertarm des Defenders und wand ihm die Waffe aus der Hand.

Die Schwarze Echse ließ den Schwanz erneut auf den Defender herabsausen. Dieses Mal traf der Hieb den Schild, doch allein durch die bloße Wucht wurde der Defender in den Schlund des tiefen Kraters im Zentrum des Steinkreises geschleudert. Ein zweiter Hieb folgte und dann ein dritter, der den Schild des Defenders in zwei Teile spaltete. Splitter regneten auf seine verbeulte Rüstung. Die Schwarze Echse stellte einen ihrer massiven Klauenfüße auf seine Brust und drückte ihn noch tiefer in das Loch. Der Schmerz jagte durch den Körper des Defenders. Er konnte spüren, wie seine Rüstung nachgab.

Jetzt zog er, so schnell er es wagte – schließlich sollte der Angreifer nicht merken, was er vorhatte –, die Hand aus der Erde und richtete seine zitternde Faust auf einen der umgestürzten Steine in der Nähe. Der Ring, den er am Finger trug – ein Kreuz aus Rubinen auf einem Bett aus blauen Saphiren –, glühte, während er versuchte, innerlich zur Ruhe zu kommen. Die Schwarze Echse bohrte den Fuß noch fester in die Brust des Defenders. Er bekam kaum noch Luft und wusste, dass er mehr Zeit brauchte.

»Was willst du?«, stieß er hervor.

»Macht.« Die Stimme der Schwarzen Echse war nicht mehr als ein düsteres Zischen.

Die Echse griff in das Innere ihres Schuppenpanzers und holte etwas Kleines, Goldenes mit rissigen, zerfurchten Kanten hervor. Nur vereinzelt sah man es unter einer dicken Schicht Erde glitzern. Irgendwie kam das Ding dem Defender bekannt vor, wie eine vage Erinnerung, etwas aus einem Traum oder einer Gutenachtgeschichte, die seine Mutter ihm einmal erzählt hatte. Doch dann wusste er es. *Ist das denn möglich? Kann das wirklich sein?* Im selben Augenblick wurde ihm klar, was die Schwarze Echse hier mitten in der Nacht wollte, wonach sie suchte.

»Verstehst du jetzt, Ritter?« Die Schwarze Echse lachte.

Der Defender richtete all seine Energie auf den Ring und den gewaltigen Monolithen hinter der Schwarzen Echse. Er musste dieses Monster aufhalten. Er musste die anderen warnen – das war seine letzte Chance. Der riesige Stein ruckte hin und her, richtete sich auf, erhob sich vom Boden und schwebte dann direkt über dem Kopf der bösen Kreatur. Der Defender drehte seine Faust nach oben. Jetzt stürzte der Felsbrocken auf seinen Feind herab.

Doch die Echse war zu schnell. Im allerletzten Moment spürte sie die drohende Gefahr und machte einen Schritt zur Seite. Der Stein bohrte sich in die Erde. Der Defender hatte sein Ziel verfehlt.

Die Schwarze Echse stieß ein tiefes, kehliges Lachen aus. Kraftlos sank der Defender wieder auf den Rücken. Er rang um Atem und starrte hinauf zu den Sternen, die nur noch verschwommen zu sehen waren. Er schloss die Augen und wusste: Das ist das Ende. Jetzt mussten andere an seiner Stelle den Kampf weiterführen. Ein letztes Mal kam sein ritterlicher Wahlspruch über seine spröden Lippen.

»Non Ducor, Duco …«

Die Schwarze Echse ließ ihren schweren Schwanz auf den weißen Ritter niedersausen. Der größte Stachel bohrte sich tief in die Brust des Defenders. Die Wucht des Hiebes brachte den Boden in der gesamten Ebene zum Beben. Noch in einem halben Kilometer Entfernung platzte der Asphalt auf wie brüchiges Glas und verschluckte den in sich verkeilten Sattelzug. Bäume ächzten und splitterten. Nun stürzten auch die letzten antiken Steine rund um die beiden Kämpfer um, bis nichts mehr stand außer dem siegreichen, schwarzen Ungeheuer.

Die Schwarze Echse zog, begleitet von einem ekelhaften, schmatzenden Geräusch, den Stachel aus der Brust des Defenders. Blut drang aus der Wunde und floss über den Brustharnisch des gefallenen Ritters. Einen Augenblick lang schien es fast blau zu leuchten, doch dann verdunkelte es sich und rann hinab in die Erde. Die Schwarze Echse stand mit gesenktem Kopf da. Es sah fast so aus, als könnte sie gar nicht glauben, dass sie diese Schlacht gewonnen hatte, als täte es ihr beinahe leid.

Von den Hügeln her ertönte jetzt das Rattern von Rotorblättern. Der Suchscheinwerfer des näher kommenden Polizeihubschraubers schwenkte über die Ebene. Nach einem letzten Blick auf sein Opfer kroch die Echse aus dem Krater und huschte davon in die Dunkelheit.

Der Defender lag regungslos inmitten des zerstörten Stonehenge. Dann öffneten sich die Sporen an seinen Absätzen und der Umriss seines Pferdes wuchs unter seinem leblosen Körper hervor. Wyvern wieherte leise und drehte den Kopf, um ihren leblosen Gebieter zu beschnuppern. Dann erhob sie sich in die Luft und trug ihn davon. Als der Hubschrauber über dem verwüsteten Schlachtfeld eintraf, waren sie bereits in den Wolken verschwunden.

7
»Euer Majestät«

Ein merkwürdiger Gedanke ging Alfie durch den Kopf, während er rückwärts über den breiten Eichentisch flog und gegen ein Bücherregal prallte: *Noch nie hat mich jemand ins Gesicht geschlagen.*

Als er kleiner war, hatte er natürlich die eine oder andere Rauferei mit seinem Bruder gehabt (und jedes Mal verloren), und Mortimer war nicht gerade die Sanftmut in Person, aber ein wutentbrannter Faustschlag mitten auf die Nase? Das war eine neue Erfahrung, und zwar eine, die er in absehbarer Zeit auf keinen Fall wiederholen wollte. Zumal die Bibliothek der Harrow School vermutlich nicht der optimale Ort für die erste Schlägerei seines Lebens war, aber andererseits … Er war ja nicht hierhergekommen, um einen Streit anzufangen.

Vielmehr hatte er sich schon den ganzen Tag lang bemüht, so wenig wie möglich aufzufallen. In der Schule waren alle möglichen Gerüchte im Umlauf: König Henry hatte seinen Sohn angeschrien (stimmte), Alfie sollte suspendiert werden (stimmte nicht), König Henry hatte Alfie durch das Büro des Direktors gejagt und ihm den Hintern versohlt (also, *bitte!*). Jedenfalls hatte Alfie nichts Vernünftiges mehr zustande gebracht. Wie sollte man sich auch im Unterricht konzentrieren, wenn die Mitschüler sich ständig über einen lustig machten? Am liebsten hätte er sich für alle Zeiten in einem tiefen, tiefen Loch verkrochen, und die Schulbibliothek kam dieser Vorstellung eben am nächsten.

»Unerlaubtes Entfernen von der Truppe! Ich dachte, wir wären uns einig? Keine heimlichen Alleingänge mehr.«

Alfie seufzte und blickte sich um. Brian kam ihm hinterher, mit diesem Kräfte schonenden Gang, den sie ihm vor vielen Jahren bei der Armee beigebracht hatten.

»Ist ja gut, Brian. Ich verzichte in Zukunft auf Pizza. Ich will in die Bibliothek.« Alfie streckte ihm seine Schultasche entgegen. »Du kannst dich also ›locker machen‹ oder wie das bei euch heißt.«

Brian ließ den Blick demonstrativ über die Umgebung schweifen. »Du willst dich deinen Büchern zuwenden, was? Soll ich die Presse alarmieren? Das ist ja mal ganz was Neues. Ach, und übrigens, bei uns heißt das ›Rührt euch‹.« Dann schlenderte er pfeifend davon, während Alfie die Tür zur Bibliothek aufstieß.

Im Inneren war es genauso still, wie er gehofft hatte. Nur ein paar vereinzelte andere Jungen waren noch da: die Streber, die Auslandsschüler mit Heimweh und dann noch die Weicheier, die zu schmächtig zum Rugby spielen waren. *Was für ein seltsamer Haufen*, dachte Alfie. *Da passe ich ja genau dazu.* Er suchte sich einen Tisch, der etwas abseits stand, und machte sich an die Arbeit.

Und trotz der Aufregung des bisherigen Tages las er bald gebannt eines der Bücher von der Liste, die Professor Lock ihnen gegeben hatte. Es handelte von seinem Namensvetter, König Alfred dem Großen, und der Invasion der Wikinger, die sich von Skandinavien aus auf den Weg nach Britannien gemacht hatten. In der ersten Schlacht wurde Alfred geschlagen und musste sich mit einer kleinen Schar treuer Männer in ein Versteck zurückziehen. Sie hatten eine Insel inmitten eines Sumpfgebietes im Südwesten Englands entdeckt, wo sie sich von dem ernährten, was das Land ihnen bot, und sich auf den Gegenangriff vorbereiteten. Alfie strich mit den Fingern über ein Bild von König Alfred, einen alten Holzschnitt, auf dem der König mit Vollbart und langen, ungepflegten Haaren in einer armseligen Hütte saß und nachdenklich in ein Feuer starrte.

Wie eigenartig, dass ich mit dir verwandt bin, dachte Alfie. Auch wenn viele Generationen zwischen ihnen lagen, war er verwandt mit einem Mann aus einem Geschichtsbuch, er war wie durch ein unsichtbares, unfassbar langes, kosmisches Band mit ihm verbunden. *Du hast dich in einem Sumpf verkrochen. Und ich in einer Bibliothek …*

»'n Abend, Prinzessin.«

Mortimer stand direkt hinter ihm und strahlte ihn voll grausamer Vorfreude an. Alfie wollte aufspringen, doch Mortimer drückte ihn wieder auf seinen Stuhl.

»Behaltet doch Platz, Euer Lordschaft.«

In Mortimers Rücken tauchten jetzt ein paar seiner

treu ergebenen Jünger auf und kicherten, als hätte ihr Anführer gerade den größten Witz der Menschheitsgeschichte gerissen. Alfie war umzingelt, und das Handy mit der Alarmtaste lag unerreichbar in seiner Tasche. Mit einem Mal schämte er sich – wer war er eigentlich, dass er wegen ein paar anderen Kindern einen Leibwächter brauchte?

Mortimer sah ihm an, dass etwas in ihm vorging, und grinste. »Ach, du meine Güte. Ist der große Bruder gerade nicht in der Nähe? Keine Hilfe in Sicht?« Einer von Mortimers Speichelleckern klemmte einen Feuerlöscher unter die Klinke der Bibliothekstür.

Verschiedene Bilder zuckten Alfie durch den Kopf: wie sein Kopf in einer Toilettenschüssel steckte, wie er eine Klobürste küssen musste, vielleicht würden sie ihn auch nackt ausziehen und nach draußen jagen. Das würde schöne Schlagzeilen geben.

Urplötzlich wallte die Wut in ihm auf. Er hatte diesen Raufbold noch nie irgendwie provoziert. *Wenn ich nicht der Prinz von Wales wäre, dann wüsste er nicht einmal, dass ich existiere*, dachte Alfie. Er hatte die Schnauze voll von all dem Geflüster und den verstohlenen Blicken. Er hatte keine Lust mehr sich so … so machtlos zu fühlen. Alfie ballte die Faust, und noch bevor er überhaupt wusste, was er da tat, holte er aus und schlug zu, zielte direkt auf Mortimers dämliche Nase. Alles schien plötzlich wie in Zeitlupe abzulaufen. Er hatte sogar Gelegenheit, den Ausdruck des ungläubigen Entsetzens auf Mortimers Gesicht zu genießen, während seine

Faust die letzten Zentimeter bis zum Ziel zurücklegte und …

Wusch. Vorbei. Mortimer war ihm mühelos ausgewichen.

Alfie geriet ins Stolpern, weil der Schwung seines erfolglosen Schlages ihn aus dem Gleichgewicht gebracht hatte. Mortimers Gefolge brach in schallendes Gelächter aus. Alfie hätte große Lust gehabt mitzulachen – schließlich war das der größte Fehlschlag in der Geschichte der Fehlschläge gewesen. Doch Mortimer lachte nicht. Reinste Boshaftigkeit lag in seinem starren Blick. Und dann boxte er den Thronfolger von Großbritannien und Nordirland quer über den Tisch in ein Bücherregal.

Die Bücherwürmer waren zwar nicht schnell genug gewesen, um diesen denkwürdigen Augenblick mit ihren Smartphones aufzuzeichnen, aber als Alfie sich schließlich aufgerappelt hatte und sich mit einem etwas ungeschickten Rugby-Tackling auf Mortimers Beine stürzte, da wurde dieser Moment von einem Dutzend kleiner Kameras für die Ewigkeit festgehalten. Es sollte keine sieben Minuten dauern, bis das erste Video von diesem »grundlosen Angriff« des Prinzen von Wales auf einen »unschuldigen Mitschüler« im Netz zu finden war.

Alfie war schon wieder auf den Beinen, allerdings mit dem Rücken an ein Bücherregal gedrückt wie ein in die Enge getriebenes Tier. Mortimer hatte sich direkt vor ihm aufgebaut.

»Du bist wirklich das Allerletzte, Prinzessin.« Mortimer blickte seine Freunde der Reihe nach an. »Wenn ich mir vorstelle, dass so ein Versager irgendwann mal König werden soll!«

»Ich will gar kein König sein!«, brüllte Alfie. »Ich will bloß meine Ruhe haben!«

Er machte erneut Anstalten, Mortimer anzugreifen, doch in diesem Augenblick zuckte ein plötzlicher, wahnsinniger Schmerz durch seine Brust. Er krümmte sich zusammen und schrie laut auf. Eine unglaubliche Kälte erfasste ihn, als wäre er in ein großes Eisfass geplumpst. Seine Arme und Beine wurden steif, und er sackte zitternd zu Boden. Die Umgebung verschwamm vor seinen Augen – er konnte nichts mehr sehen, konnte nicht mehr denken. Da war nur noch dieser stechende, überwältigende Schmerz.

Die anderen warfen einander verwirrte Blicke zu.

»Glaubst du etwa, dass wir dir das abnehmen? Steh auf«, schnauzte Mortimer ihn an.

Da kam Tony, der kleine Chinese aus Alfies Klasse, unter dem Tisch hervorgekrabbelt, unter dem er sich die ganze Zeit über versteckt hatte, und baute sich Nase an Nase vor Mortimer auf – na ja, vielleicht doch eher Nase an Bauchnabel.

»Lass ihn in Ruhe! Siehst du nicht, dass er Schmerzen hat?«

Mortimer lachte und stieß Tony beiseite.

Alfie wollte etwas sagen – »Hilf mir. Ich sterbe, Herzinfarkt« –, aber mehr als ein leises Stöhnen brachte er nicht heraus. Seine Haut färbte sich gräulich, und er verdrehte die Augen, bis nur noch das Weiße zu sehen war.

»Jetzt steh schon auf, du Feigling«, sagte Mortimer, aber sogar er klang jetzt ein kleines bisschen verunsichert.

KRACH! Die Tür flog splitternd auf, und Mortimer merkte nur noch, wie er hochgehoben und gegen eine entrüstet dreinblickende Marmorbüste des Gründers der Schule gedrückt wurde.

Brian packte Mortimer noch ein wenig fester am Kragen und zischte ihm ins Ohr: »Wenn du die Nacht nicht in einer Zelle im Dorfknast zubringen willst, dann schlage ich vor, dass du die Biege machst. Und zwar pronto!«

Er schubste Mortimer in Richtung Ausgang und wandte sich Alfie zu, der jetzt zwar etwas besser Luft bekam, aber trotzdem noch sehr benommen war. Er hatte das Gefühl, als würde er die Welt mit den Augen eines anderen sehen, irgendwie unscharf, aber dafür waren die Farben umso intensiver.

Tony kniete sich neben Brian. »Er hat einen Anfall gehabt oder so was. Geht es ihm gut?«

»Er wird es überleben.« Brian schlang Alfie den Arm um die Schultern. »Kannst du aufstehen? Wir müssen hier weg.«

Brian stützte ihn, während sie hinaus in die Kälte hasteten. Jeder einzelne Schritt bereitete Alfie große Mühe. Jetzt kam Professor Lock an der Bibliothek vorbei. Er musterte den jungen Prinzen mit besorgter Miene. »Ist alles in Ordnung, Alfie?«

Alfie wollte den Kopf heben, um auf die freundlichen Worte zu antworten, aber Brian stieß ihn vorwärts in Richtung der Sportplätze. Wo gingen sie denn hin? Gerade, als Alfie genügend Energie gesammelt hatte, um zu fragen, hatte er das Gefühl, als ob etwas aus der Dunkelheit über ihn herfiel, etwas Gewaltiges und Mächtiges, das nach Alfie suchte, das ganz gezielt auf ihn zusteuerte. Doch als er sich umsah, war da nichts zu sehen.

»Brian …«, krächzte er. »Was ist denn los?« Doch das ratternde *tschak-tschak-tschak* von Rotorblättern, das jetzt durch die Nachtluft dröhnte, übertönte seine Worte. Ein Hubschrauber setzte zur Landung an und verursachte einen kleinen Wirbelsturm aus Zweigen und Grashalmen. Brian hob Alfie in den Helikopter, der sich schon im nächsten Augenblick wieder in die Luft erhob. Tief unter ihnen wurden die Lichter der Harrow School von der Dunkelheit verschluckt.

Alfie versuchte erneut, etwas zu sagen. »Wo fliegen wir denn hin?«, presste er kaum hörbar hervor.

»Zum Palast.«

»Aber wieso?«

»Es geht um deinen Vater …«

Nach der Landung im Garten des Buckingham Palace brauchte Alfie Brians Hilfe nicht mehr. Er fühlte sich wieder kräftig, sprang aus dem Hubschrauber, rannte quer durch den Musiksaal und die mächtige Treppe hinauf, nahm immer zwei Stufen auf einmal und ignorierte die drückenden Schmerzen in seiner Brust. Er konnte an nichts anderes denken als an das letzte Gespräch, das er mit seinem Vater geführt hatte.

Trotz der späten Stunde hatten sich alle Hausangestellten in der prachtvollen Eingangshalle eingefunden. Alfie registrierte zwar, dass sie fast wie zu einer Parade in Reih und Glied Aufstellung genommen hatten, doch sein Blick galt ganz allein der Treppe, die ins Schlafzimmer seines Vaters führte.

»Prinz Alfred.« Das war die schneidige Stimme des Hofmarschalls. Alfie beachtete ihn nicht. Heute Abend hatte er keine Zeit, diesem aufdringlichen alten Knacker und seinen ewigen Vorträgen über die korrekte Einhaltung der Etikette zuzuhören. Er musste seinen Vater sehen.

»Alfie!«

Alfie blieb stehen und drehte sich um. Am Fuß der Treppe stand Richard. Er trug seine Sportsachen, hatte getrockneten Schlamm an den Knien und sah ungewöhnlich blass aus. Neben ihm stand Ellie, in einen langen Mantel gehüllt, unter dem ihr Schlafanzug zu erkennen war. Ihre Augen waren vom Weinen stark gerötet. Sie hielten sich an den Händen. Der Hofmarschall trat einen Schritt nach vorne, steif und förmlich.

»Sir, es tut mir sehr leid, Euch diese Mitteilung machen zu müssen, aber ...« Für einen winzig kleinen Moment schien die Stimme des alten Mannes zu brechen. »Der König, Euer Vater, ist tot.«

Zum zweiten Mal an diesem Abend trugen Alfies Beine ihn nicht mehr, und er ließ sich auf die mit dicken Teppichen belegten Stufen sinken. Es kam ihm vor, als würde er in einen langen Tunnel hineingezogen. Die Worte des Hofmarschalls drangen wie aus weiter Ferne, nur als leises Echo, an sein Ohr. Der alte Mann neigte den Kopf, und das übrige Personal tat es ihm nach.

»Euer Majestät.«

8
Der geheime Tunnel

Alfie war unter Wasser. Zumindest fühlte er sich so. Höflinge und alle möglichen Amtsträger umschwirrten ihn. Türen wurden geöffnet und wieder zugeworfen. Gedämpfte Gespräche drangen bruchstückhaft an sein Ohr – »Der König hat einen Herzinfarkt erlitten … Was für ein Glück, im eigenen Bett sterben zu können … Die Fahne muss sofort auf Halbmast gesenkt werden …« Das bleiche, zerfurchte Gesicht des Hofmarschalls redete in drängendem Tonfall auf ihn ein. Es ging um Presseerklärungen, offizielle Trauerperioden und die Ansprache des neuen Königs an die Nation. Es dauerte eine Weile, bis Alfie begriffen hatte, dass *er* damit gemeint war.

Ich bin König! Urplötzlich hatte der Gedanke sich in seinem Kopf festgesetzt. Alfie versuchte, sich seine Panik nicht anmerken zu lassen. *Aber ich möchte gar nicht König sein! Ich bin noch nicht so weit! Das ist doch viel zu früh!* Es war, als hätte irgendjemand sein Leben vorgespult, und zwar bis zu einer Stelle, die er niemals erleben wollte.

»Ist alles in Ordnung, Majestät?« Der Hofmarschall blickte ihn mit finsterer Miene an.

»HM, tun Sie mir einen Gefallen. Nennen Sie mich nicht so.«

Der alte Mann verzog das Gesicht wie nach einer Ohrfeige. Ein Bote kam herein, verneigte sich vor Alfie und übergab dem HM einen Zettel. Er las die Nachricht und runzelte die Stirn.

»Sir, Prinz Richard bittet euch, Prinzessin Eleanor in ihren Gemächern aufzusuchen. Es scheint, als sei Ihre Hoheit ein wenig bekümmert.«

Alfie übersetzte den Satz in eine allgemein verständliche Sprache – seine Schwester war in ihrem Zimmer und total durcheinander – und lief los, ohne ein Wort zu sagen.

Als er Ellies Zimmer betrat, saß Richard neben ihr auf dem Bett. Sie hatte den Kopf an seine Schulter gelehnt und weinte. Alfie hockte sich daneben und wusste nicht, was er jetzt machen sollte.

»Das ist alles *ihre* Schuld.«

Ihre Brüder wussten genau, wen sie meinte. In der düsteren Phase der Scheidung hatte Ellie sich kompromisslos auf die Seite ihres Vaters geschlagen. Seit nunmehr einem Jahr hatte sie kein einziges Wort mehr mit ihrer Mutter, Königin Tamara, gewechselt. Alfie nahm es Ellie nicht übel. Sie war noch zu jung, um zu wissen, dass jede Geschichte zwei Seiten hatte.

»Erst hat diese selbstsüchtige Kuh unsere Familie zerstört und jetzt auch noch ihn!«

Alfie wollte ihr sagen, dass man dafür niemandem die Schuld geben konnte – ein Herzinfarkt aus heiterem

Himmel –, aber Ellies Wort- und Tränenschwall ließen ihm keine Gelegenheit dazu. Er wollte sie in den Arm nehmen, doch sie wehrte ihn ab.

»Tu doch nicht so, als würde es dir etwas ausmachen. Du hast ihn doch auch gehasst«, zischte sie ihn an.

»Ach, Ellie, komm schon, das meinst du doch nicht so«, sagte Richard.

Sie gab keine Antwort, sondern schluchzte weiter in Richards Hemd. Alfie beschloss, sich nicht weiter einzumischen – sein Bruder konnte mit solchen Situationen sowieso viel besser umgehen als er.

Wie betäubt schlich Alfie durch die weitläufigen Hallen und Säle des Palastes. In den Büroräumen saßen überall Hofbeamte und unterhielten sich schwermütig flüsternd, während Boten ihnen frisch gebrühten Kaffee servierten, damit sie in der Lage waren, die ganze Nacht durchzuarbeiten. Jeder, der ihm begegnete, verneigte sich ehrerbietig und schenkte ihm ein mitfühlendes Lächeln. Aber in ihren Blicken lag noch etwas anderes: Das ist also unser neuer König? Ob er das wohl schafft?

Dann stand er alleine in dem langgestreckten Korridor, der zum Schlafzimmer seines Vaters führte. Hatte Ellie recht? Hatte er seinen eigenen Vater gehasst? Nein. Aber er hatte das gehasst, was aus ihm geworden war. Was der Job aus ihm gemacht hatte. Der Job, der jetzt seiner war. Lebenslänglich. Wie sollte er jemals …

»SCHILDMAUER!«

Plötzlich war Alfie irgendwo anders, im Freien, auf einer weiten Ebene. Der Regen peitschte, und er blickte über ein Meer aus Helmen hinweg. Soldaten nahmen in Reih und Glied Aufstellung. Die Männer hoben ihre runden Schilde in die Höhe und brüllten aus voller Kehle und wie aus einem Mund: »Vorwärts, marsch, vorwärts, marsch!«

»ACHTUNG!«

Der Befehl kam aus Alfies Mund, aber das war nicht seine Stimme. Er saß hochaufgerichtet im Sattel eines weißen Pferdes und spürte genau, wie seine steinharten Muskeln sich bewegten, als die Hufe im Matsch keinen Halt fanden. Doch er hatte einen anderen Körper. Vom Ende der matschigen Ebene stürmte eine unüberschaubare Masse von blonden Wilden in Kettenhemden auf ihn zu. Ihre bemalten Gesichter waren voller Hass, und jeder von ihnen schwang zwei Streitäxte durch die Luft, so dass eine riesige Welle scharf gewetzter Klingen auf Alfie zurollte. Es war nicht seine Schlacht und doch war er irgendwie hierhergeraten. Er hatte Angst.

Die Schildmauer bebte, als die Wikingerwelle einschlug, Eisenäxte spalteten Holzschilde und fällten deren unglückliche Besitzer, doch Alfies Männer wehrten sich nach Kräften und hielten dem Angriff stand.

»SCHILDMAUER HALTEN!«, hörte Alfie sich rufen. Er wollte sich umdrehen und flüchten, wollte so viele Meter wie nur möglich zwischen sich und diese grauenhafte Schlacht bringen. Doch stattdessen galoppierte er mitten hinein in das Getümmel und zog sein grell blitzendes Schwert …

Alfie schreckte auf. Der scharfe Geruch nach Blut und Erde lag ihm noch in der Nase, aber trotzdem befand er sich im Palast und stützte sich gegen eine Wand. Was war das denn? War er etwa eingeschlafen? Nein, das war mehr als nur ein Traum gewesen. Es hatte sich so wirklich angefühlt. Alfie blickte den langen, dunklen Korridor entlang. Wieder überkam ihn dieses Gefühl, das ihn schon einmal ergriffen hatte, auf dem Schulsportplatz, kurz bevor der Hubschrauber gelandet war: Augen, die in der Dunkelheit nach ihm Ausschau hielten, eine unsichtbare Macht, die langsam näher kam.

Klopf-klopf. Das kam aus dem Zimmer seines Vaters. Alfie legte ein Ohr an die Tür und lauschte.

»Hallo?«

KLOPF-KLOPF!

Unsicher öffnete er einen Spalt weit die Tür. Ein Lichtstrahl fiel auf das riesige Himmelbett, aber es sah nicht so aus, als hätte jemand erst kürzlich darin gelegen. Hatten sie tatsächlich so schnell das Bett gemacht?

»Wer ist da?«

Schweigen. Es war totenstill im Zimmer. Vielleicht war ja doch niemand da. Alfie stieß leise den Atem aus. Dann unterdrückte er einen Schrei. Irgendetwas war aus der Dunkelheit auf ihn zugesprungen. Er landete auf dem Rücken. Schwere Füße stellten sich auf seine Brust. Ekliger, fauliger Fleischatem strich über sein Gesicht. Struppiges Fell streifte ihn. Eine raue Zunge leckte über seine Wange.

»Herne?! Sitz, Alter, SITZ!«, brüllte Alfie. Er rappelte

sich auf und rechnete fest damit, dass der alte Köter seines Vaters auch jetzt, wie so oft schon, nach ihm schnappen würde. Doch stattdessen wedelte der große, schlaksige Hund mit dem Schwanz, klopfte damit gegen die Tür und setzte sich dann gehorsam hin. Alfie lachte ein wenig verunsichert.

»Was? Mit einem Mal magst du mich?«

Er war zwar immer noch nervös, streckte aber trotzdem die Hand aus und streichelte Herne. Der Hund rollte sich auf den Rücken und wollte am Bauch gekrault werden.

»Der König ist tot. Es lebe der König, was?« Die Stimme kam aus der Dunkelheit hinter ihm. Alfie wirbelte herum. Wie viele Lebewesen konnten sich in einem leeren Zimmer eigentlich verstecken? Er reckte sich und knipste das Licht an.

Der Hofmarschall stand in einer Ecke des Zimmers. »Guten Abend, Majestät.«

»Wo kommen Sie denn plötzlich her?!«

Statt einer Antwort trat der HM einen Schritt zur Seite. Die schwere, antike Frisierkommode, die eigentlich an der Wand stand, war zur Seite geschoben worden. Und dort, wo sie gestanden hatte, gähnte ein großes Loch im Boden. Eine steinerne Wendeltreppe führte steil nach unten. Der Hofmarschall tippte auf seine Armbanduhr.

»Es sind nur noch wenige Stunden bis Sonnenaufgang. Wenn Ihr also nichts dagegen habt, Sir ... Wir sollten uns beeilen.«

Mit diesen Worten stieg der HM die Treppe hinunter.

Alfie starrte mit offenem Mund den Geheimgang an. Da streckte der Alte noch einmal den Kopf heraus.

»Ich muss wirklich darauf bestehen.«

Alfie folgte dem Hofmarschall in die nicht enden wollende Tiefe. Es gab kein Geländer, darum stützte er sich an dem kalten Mauerwerk ab. Die Vorstellung, in den schwarzen Abgrund zu stürzen, behagte ihm ganz und gar nicht. Immer wieder flammten Fackeln auf, die in kleinen Nischen verborgen waren, ganz von selbst. Und wenn sie ein Stück weitergegangen waren, erloschen sie auch selbständig wieder.

»Ich verstehe das nicht. Ist das so was wie eine Sicherheitsübung?«, wandte er sich an den HM.

»Gewissermaßen«, lautete die Antwort.

Wassertropfen lösten sich von den Stalaktiten an der Decke und landeten platschend in Alfies Nacken. »Wo sind wir?«

»Ungefähr fünfzig Meter unter den Straßen von London, Euer Majestät.«

»Ich muss jetzt aber wirklich langsam zurück, falls Ellie mich braucht.«

»Es ist nicht mehr weit!«

Am Fuß der Treppe weitete sich der Gang, und sie gelangten in einen breiten, gewölbten Tunnel. Verwirrt sah Alfie, wie der HM die Hand in eine Nische steckte und einen verborgenen Hebel betätigte.

Stein knirschte auf Stein, und Alfie zuckte erschrocken zusammen, als zwei riesige Felsbrocken auseinanderglitten und eine Kutsche aus dem Boden auftauchte. Sie hatte vier goldene Räder, wobei die vorderen größer waren als die hinteren. Die goldene Lackierung war schon etwas verblasst, und die roten Sitzpolster waren recht verschlissen. Alles in allem sah das Ding genauso aus wie die königlichen Pferdekutschen, die Alfies Vater gelegentlich bei besonderen Anlässen benutzt hatte. Nur, dass bei diesem Gefährt hier die Pferde fehlten. Außerdem hatte es eindeutig schon bessere Tage gesehen. Der HM öffnete die Tür. Alfie sah ihn an. »Im Ernst?«

Der Hofmarschall lächelte milde. »Es wäre sonst ein recht mühsamer Weg.«

In der Kutsche gab es zwei gegenüberliegende Sitzbänke und eine altmodische Gaslampe, die etwas Licht spendete. Der HM setzte sich mit dem Rücken zu dem leeren Kutschbock und klappte einen gepolsterten Bügel aus der Rückenlehne hervor, zog ihn sich über den Kopf und ließ ihn einrasten. Es sah fast so aus wie in einer Achterbahn. Alfie wollte ihn gerade fragen, wozu dieses altertümliche Gefährt eine Ausstattung wie auf einem Jahrmarkt brauchte, da zog der alte Mann einen Stapel offiziell aussehender Papiere hervor und fing an, darin herumzublättern. Alfie klappte seinen eigenen Bügel herunter.

Jetzt rollte die Kutsche gemächlich auf eine schmalere Tunnelöffnung zu. Rechts und links an der Tunnelwand, auf halber Höhe und so dicht, dass Alfie sie mit Händen hätte greifen können, war eine Stahlschiene zu erkennen, die in die Dunkelheit führte. Von irgendwo unter ihnen ertönte ein lautes *Klonk*, und Alfie klammerte sich unwillkürlich an seinen Sitz. Er spähte nach draußen und sah, wie die Räder der Kutsche sich von den Achsen lösten und waagerecht nach oben klappten, bis sie fest auf der Schiene an der Tunnelwand saßen.

Dann schoss die Kutsche ohne jede Warnung vorwärts. Alfie wurde fest in seinen Sitz gedrückt. Angestrengt starrte er zum Fenster hinaus, aber die Räder waren kaum zu erkennen. Nur das strahlend blaue Licht, das sie umhüllte, war deutlich zu sehen. Es sah aus wie ein Gewitter im Miniaturformat. Mit schrillem Kreischen sausten die Räder über die Schienen, und die Kutsche schoss in aberwitzigem Tempo durch den Tunnel. Alfie starrte den Hofmarschall mit offenem Mund an. Dieser blätterte immer noch in seinen Papieren, still und unbeirrt wie ein Pendler auf der morgendlichen Fahrt ins Büro. Die Kutsche schwenkte jetzt plötzlich nach links, und Alfie wurde in die Ecke gequetscht. Er stieß ein kurzes, gepresstes Quieken aus. Eine Sekunde später wurde er nach rechts gerissen und in die andere Sitzecke gedrückt.

Kaum war er halbwegs wieder zu Atem gekommen, da neigte sich die Kutsche nach hinten und schoss beinahe senkrecht nach oben. Ein paar von den Papieren des HM fielen ihm ins Gesicht, und er konnte für einen Moment nichts mehr sehen. Dann schaffte er es, trotz der enormen Fliehkräfte, den Arm zu heben und die Papiere wegzunehmen. Endlich verlangsamte die Kutsche ihre Fahrt und rollte auf ebenem Untergrund langsam aus.

»Bitte entschuldigt die scharfen Kurven, Sir. Aber da

unten befinden sich ein paar größere Pestgräber, die wir tunlichst vermeiden sollten.« In aller Ruhe faltete der Hofmarschall seine Papiere zusammen und steckte sie in die Tasche seines Jacketts.

Klonk-klonk. Die Räder lösten sich von den Schienen und schwenkten wieder zurück an die Achsen, dann kam die Kutsche gemächlich und würdevoll zum Stehen.

Der HM klappte seinen Sicherheitsbügel nach oben und öffnete die Kutschentür. »Nach Euch, Sir.«

Mit weichen Knien taumelte Alfie nach draußen und sah sich um. Sie befanden sich in einer kleinen, kaum beleuchteten Kammer. Irgendwo über ihnen ertönten Glockenschläge. Ein krächzendes Geräusch machte Alfie auf einen Raben ganz in der Nähe aufmerksam, der an einer Riesenbrezel herumpickte. Als der Vogel merkte, dass er beobachtet wurde, ließ er ein ungnädiges *Kraack!* hören und brachte sein Futter an einen Ort, der etwas mehr Abgeschiedenheit versprach.

»Ist das …?«

»Der Tower. Jawohl, Sir.«

»Von London?«

Der Hofmarschall gestattete sich ein schiefes Lächeln. »In der Tat.«

Der HM trat zu einer großen, gewölbten Eichentür am hinteren Ende der Kammer. Alfie rieb sich die Oberarme, weil ihm kalt war, und folgte ihm mit Trippelschritten.

»Ich war ja schon öfter im Tower, aber von geheimen Tunnels oder Zauberkutschen habe ich bisher noch nie was mitgekriegt.«

»Es handelt sich um … den *anderen* Tower.«

Der Hofmarschall nahm einen schweren Stock mit Silberspitze aus einer Wandhalterung, hob ihn hoch über den Kopf und klopfte dreimal an die gewaltige Tür.

9
Der andere Tower

Alfie traute seinen Augen nicht. Er stand neben dem Hofmarschall am einen Ende einer gewaltigen unterirdischen Halle. An den fensterlosen Mauern hingen riesige Wandteppiche, auf denen einige der berühmtesten Ereignisse der britischen Geschichte abgebildet waren. Allerdings in einer anderen Version, als er sie in der Schule gelernt hatte. Jedenfalls konnte er sich nicht erinnern, dass die spanische Armada 1588 von einem riesigen Tintenfisch versenkt worden war. Das Große Feuer von London 1666 hatte doch ein leichtsinniger Bäcker verursacht und nicht etwa ein furchterregender roter Drache, oder? Und wenn an der Schlacht von Waterloo tatsächlich eine randalierende Monster-Armee beteiligt gewesen wäre, dann hätte er doch garantiert schon vorher einmal etwas davon gehört. Doch das war noch nicht alles. Auf jedem Teppich war ein Ritter in weißglänzender Rüstung auf einem fliegenden Geisterpferd zu erkennen, der sich mit hoch erhobenem Schwert mitten in das dichteste Schlachtgetümmel stürzte.

»Hey, das ist doch dieser angebliche Superheld, von dem man immer wieder liest, oder? Wie heißt er noch mal? Der Defender, oder?«

»Ah, Ihr habt von ihm gehört. Gut.« Der Hofmarschall lächelte. »Das erspart uns ein wenig Zeit.«

Geschäftiges Summen lag in der Luft. Der Hallenboden war mit einem riesigen Mosaik einer leuchtend roten Tudor-Rose geschmückt. Und auf jedem Blütenblatt standen mehrere schwere Eichen-Schreibtische, die jeweils mit einem Beefeater besetzt waren, insgesamt wohl an die zwanzig Stück. Die meisten hatten graue Haare und waren nicht besonders schlank – überwiegend Männer mit buschigen Bärten, aber Alfie entdeckte auch ein paar Frauen in traditionellen rotschwarzen Gewändern, die zwischen den Tischen umherhuschten. Weit und breit war kein Computer zu sehen. Über den Schreibtischen hing ein verzweigtes Netz aus durchsichtigen Plastikröhren, in denen kleine Kapseln hin und her zischten. Jedes Mal, wenn eine Kapsel ihren Empfänger erreicht hatte, nahm dieser den Inhalt heraus und steckte die Kapsel dann wieder zurück in die pneumatische Röhre. Auf den Schreibtischen standen altmodische Telefone mit großen, emaillierten, rot-weiß-blauen Hörern, die ununterbrochen klingelten.

»Wo sind wir denn hier?«, wollte Alfie wissen.

»Wir nennen es die Zitadelle«, erwiderte der HM.

Dann klopfte er mit seinem Stock auf den Boden. Die Beefeater drehten sich um und erhoben sich wie ein Mann von ihren Stühlen.

»GOTT SCHÜTZE DEN KÖNIG!«

Es klang so laut, dass Alfie zusammenzuckte. Er hatte das Gefühl, sie erwarteten, dass er etwas sagte.

»Ähm … Danke.«

Der Hofmarschall nickte kaum sichtbar und die Beefeater wandten sich wieder ihrer Arbeit zu. Alfie huschte die breite Steintreppe hinunter und folgte dem HM durch die Halle. In der Mitte befand sich ein Tisch, der so groß war wie vier Tischtennisplatten. In die Tischplatte war eine Landkarte von Großbritannien geschnitzt worden. Zahlreiche verzierte Symbole markierten eine Auswahl der Stätten von besonderem nationalem Interesse – das Wembley-Stadion, das Atomkraftwerk Sizewell B, die Forth Bridge – sowie altertümliche Schlösser und Schlachtfelder wie Corfe, Bosworth oder Dover. Alfie sah, wie ein Beefeater, der einen klobigen, schwarzen Kopfhörer trug, eine kleine Bleifigur auf die Stonehenge-Markierung schob. Die Figur sah aus wie ein Echsenmännchen.

»Wir befinden uns in der Kommandozentrale, Majestät. Der Kartentisch hilft uns, das Geschehen im Königreich im Auge zu behalten«, sagte der Hofmarschall, als sei es das Normalste von der Welt, irgendwelche – ja, was eigentlich? Monster? – zu überwachen.

Jetzt wurde Alfie klar, woran dieser Raum ihn erinnerte: an die »Cabinet War Rooms«, diesen Bunker in Whitehall, der heute als Museum diente und in dem sich eine Nachbildung jener Kommandozentrale befand, in der Churchill während des Zweiten Weltkriegs seine Befehle gegeben hatte. Mit dem Unterschied, dass die Figuren, die *dort* an den Schreibtischen saßen und auf Landkarten und Aktenordner starrten, wirklich nur Figuren waren und keine lebendigen Frauen und Männer mit teilweise ziemlich beeindruckenden Bärten.

»Was machen all die Beefeater eigentlich mitten in der Nacht hier?«

»Sie bevorzugen die Bezeichnung ›Yeoman Warders‹, Sir. Und sie sind die Leibgarde Ihrer Majestät. Daher sind sie immer im Dienst.«

»Ich dachte, Brian ist mein Leibwächter? Apropos, weiß er überhaupt, dass wir …«

»Ich fürchte, ja, Boss.«

Brian schob eine Sackkarre mit einem altertümlich wirkenden Steinsarg vor sich her. Der Deckel war mit einem Relief des Defenders geschmückt. Brian blieb stehen und zog den verdutzten Alfie in seine starken Arme. »Tut mir leid, das mit deinem Dad. Er war ein guter Kerl.«

Der HM runzelte die Stirn: »Ein wenig mehr Anstand bitte in Gegenwart Ihrer Majestät.«

Brian schob die Sackkarre weiter. »War doch bloß eine kleine Männerumarmung. Machen Sie sich nicht gleich einen Knoten in die Strumpfhose.«

»Das sind Reithosen, und ich weiß, dass Sie das wissen, weil ich Sie in diesem Punkt bereits des Öfteren korrigiert habe.«

Der Hofmarschall holte einmal tief Luft und scheuchte Alfie dann weiter.

»Brian mag hinsichtlich der Umgangsformen ein wenig unkonventionell sein, aber seine Fähigkeiten als königlicher Waffenmeister machen das wieder wett. Mit knapper Not.«

»Ich habe einen Waffenmeister?« Alfie war verblüfft.

»Immer eins nach dem anderen, Majestät.«

Der alte Mann führte ihn durch einen dicken Samtvorhang in eine kleine, nur von Kerzen erleuchtete Nische. Alfie sah, dass er auf einer riesigen Gravierung seines Familienwappens stand – ein weißes Schild mit blauem Kreuz, das auf der einen Seite von einem schwarzen Schwan und auf der anderen von einem roten Keiler gehalten wurde. Darunter war der Leitspruch des Hauses Arundel zu lesen: *»Non Ducor, Doco …«* Ich werde nicht geführt, ich führe. Aber im Moment fühlte Alfie sich überhaupt nicht wie ein Führer.

»HM, jetzt sagen Sie mir doch endlich, was hier eigentlich los ist. Was soll das alles? Warum bin ich hier?«

Der Hofmarschall sah ihn durchdringend an. Er wirkte irgendwie nervös, und das war Alfie nicht gewöhnt. »Sir, Euer Vater ist nicht an einem Herzinfarkt gestorben. Er wurde getötet, in einer Schlacht.«

Alfie lachte. »In einer Schlacht? Was soll das denn heißen? Welche Schlacht denn?«

Mit großer Geste zückte der Hofmarschall einen reich verzierten Schlüssel und schloss damit eine antike, mit Schnitzereien geschmückte Kommode auf. Alfie war neugierig geworden und reckte den Hals, um hineinsehen zu können, doch der Alte trat ohnehin beiseite und gab den Blick ins Innere der Kommode frei. Da standen … ein verstaubter Fernseher und ein ziemlich altertümlicher Videorecorder. Der Hofmarschall zog eine Videokassette aus der Tasche seines Jacketts, schob sie mit lautem Klacken in den dafür vorgesehenen Schlitz und schaltete den Fernseher ein. Auf dem Bildschirm war nur weißes Flimmern zu erkennen. Der Hofmarschall drückte auf mehrere Tasten. Nichts passierte.

»Jedes Mal«, knurrte er.

Da schob ein Beefeater den Kopf zum Vorhang herein. »Sie müssen das sechste Programm einschalten.«

Verwirrt blickte Alfie zwischen den beiden hin und her, da tauchte ein weiterer Beefeater auf. »Und sehen Sie nach, ob sich das Scartkabel hinten vielleicht gelöst hat.«

Der Hofmarschall hatte eine Lesebrille aufgesetzt und blätterte in einer von Motten zerfressenen Bedienungsanleitung.

Jetzt kam Brian hereingestürmt und verpasste dem Videorecorder einen kräftigen Schlag mit der flachen Hand. Sofort wurde das Bild klar. »Wenn man nicht mehr weiterweiß, ist ein kleiner Schubser oft das Beste.«

Kaum hatte er das gesagt, waren alle verschwunden, und Alfie saß allein in der Nische. Er tastete sich an den Vorhängen entlang, ohne einen Ausgang zu finden. Es war, als ob der Stoff plötzlich eine undurchdringliche Wand geworden war.

»Alfred.«

Die Stimme seines Vaters. Alfie wirbelte herum und wäre beinahe gestolpert. Da, auf dem Bildschirm, war König Henry zu sehen. Er saß vor dem offenen Kamin in einem der Salons des Palastes und sprach in die Kamera wie bei einer seiner langweiligen Weihnachtsansprachen.

»Wenn du das hier siehst, dann bedeutet das, dass ich nicht mehr lebe und du meinen Platz auf dem Königsthron eingenommen hast. Solltest du noch jung sein, dann tut es mir sehr leid. Die Lasten, die du nun zu schultern hast, sollten einem jungen Mann wirklich nicht zugemutet werden.«

Selbst im Grab kann er diesen steifen Ton einfach nicht lassen, dachte Alfie.

»Im Gegensatz zu den meisten Menschen hast du deine Bestimmung von Anfang an gekannt. Und mir ist klar, dass das nicht einfach war. Dennoch gibt es einige Dinge, die du nicht weißt, Dinge, die du nun lernen musst. Seit tausend Jahren ist das Oberhaupt unserer Familie auch der Hüter gewisser Kräfte, die stetig weitervererbt werden. Dabei handelt es sich nicht nur um lediglich symbolische, inhaltsleere Titel, wie du vielleicht glauben magst, sondern echte, einzigartige Fähigkeiten, die in Zeiten der Krise immer wieder zum Schutz unserer Nation und unseres Volkes gedient haben. Dieses wundervolle Königreich hat mehr Feinde, als du dir vorstellen kannst …«

Alfie musste an die gigantischen Wandteppiche mit den Phantasie-Ungeheuern denken. War es denn möglich, dass sie tatsächlich existierten?

Sein Vater fuhr fort. »Der Augenblick meines Todes war gleichzeitig der Augenblick, in dem du König geworden bist. Aber du bist darüber hinaus noch etwas anderes geworden: der *Defender*, der Verteidiger und Beschützer des Königreiches. Das war seit dem Tag deiner Geburt deine wahre Bestimmung, und ich glaube fest daran, dass dies aus gutem Grund so ist. Du hast in deiner Umgebung treue und weise Verbündete, die dir helfen werden, dich mit deiner neuen Rolle anzufreunden. Höre auf ihren Rat. Doch letzten Endes musst du wissen, dass die Kraft, die in dir zum Leben erwacht, einsame Entscheidungen fordert. Nur du kannst bestimmen, wie du sie einsetzen willst. Pflicht ist nicht etwas, was man tut, weil man es gesagt bekommt, Pflicht ist etwas, was man tut, weil man glaubt, dass es das Richtige ist. Seit dem Abend, als ich dort stand, wo du jetzt stehst, habe ich meine Pflicht nach bestem Wissen und Gewissen getan. Dennoch gibt es Dinge, die ich lieber anders gemacht hätte, so vieles, was ich besser hätte machen können. Ich hab dich lieb, Alfred. Viel Glück, mein Sohn.«

Jetzt verblasste das Bild seines Vaters, und das weiße Flimmern kehrte auf den Bildschirm zurück. Alfie hatte das Gefühl, als seien seine Füße im Boden festgewachsen, als würde er zur Statue erstarren, um als eine von vielen für immer hier zu stehen.

Da teilte sich der Vorhang in seinem Rücken erneut, und der Hofmarschall trat ein. Er legte Alfie eine Hand auf die Schulter. Alfie zuckte zusammen, als hätte ihn eine Biene gestochen. Tränen standen ihm in den Augen.

»Warum tun Sie mir das an?«, flüsterte er.

Er stieß den Hofmarschall beiseite und stürmte zurück in die Halle. Er hatte zwar keine Ahnung, wo er jetzt hinsollte, aber er brauchte Platz, um nachzudenken. Er musste diesem ganzen Wahnsinn entkommen. Der HM folgte ihm durch das Labyrinth der Schreibtische und hatte ihn mit seinen langen Beinen erstaunlich schnell eingeholt. »Euer Majestät, bitte wartet …«

Aber Alfie wollte nichts mehr hören. »Mein Vater war kein Superheld. Er konnte ja nicht mal einen Ball geradeaus schießen! Ich habe ihn nie Fahrrad fahren sehen! Und da soll ich Ihnen abnehmen, dass er einfach so durch die Luft fliegen konnte?«

»Aber selbstverständlich nicht, Sir. Sein Pferd ist geflogen. Er selbst hat lediglich daraufgesessen.«

Alfie stieß ein höhnisches Lachen aus und ließ den Blick über die Beefeater an ihren Schreibtischen gleiten. Sie bemühten sich nach Kräften, mit ihrer Arbeit fortzufahren, aber Alfie wusste, dass sie genau zuhörten. Er marschierte auf die Tür zu und zerrte an der eisernen Klinke, jedoch ohne Erfolg.

»Kann mir vielleicht jemand verraten, welchen Spezial-Code ich brauche, um hier rauszukommen?«, rief Alfie und deutete wütend auf die verschlossene Tür.

Da, plötzlich, hörte er das Blut in seinen Ohren rauschen, und die Tür flog auf, begleitet von einem lauten Knall, der durch das ganze Gewölbe hallte. Voller Entsetzen blickte er seine Hand an und sah, wie die Adern unter der Haut für einen kurzen Moment blau aufleuchteten.

Der Hofmarschall sah ihm enttäuscht hinterher, während Alfie, ohne sich noch einmal umzudrehen, den Tunnel entlangrannte. Da trat Brian neben ihn. »Seien Sie nicht zu streng mit dem Jungen. Er hat gerade erst seinen Vater verloren.«

Der Hofmarschall warf einen Blick auf den Kartentisch und die Figur der Schwarzen Echse bei Stonehenge. »Wir haben keine Zeit mehr. Er muss bereit sein.«

10
Eindringlinge

Hayley trat aus dem Schatten des Wohnblocks und machte sich mit hastigen Schritten auf den Weg zum Zeitungskiosk an der Ecke. Ihre Gran hatte heute einen ihrer schlechten Tage, darum ließ Hayley sie nur ungern alleine in der Wohnung zurück. Trotzdem blieb sie einen kurzen Moment stehen und blickte zum Himmel hinauf. Irgendwie hoffte sie, dass sie dort einen weißen Ritter auf einem Geisterpferd entdeckte. Die Welt fühlte sich mit einem Mal völlig anders an, jetzt, wo sie wusste, dass es außer Schule, Hausarbeit und gekochten Kartoffeln noch mehr gab. Und sie wollte dieses Gefühl mit allen Mitteln festhalten, wenigstens noch für eine kleine Weile.

Als Hayley ganz in Gedanken an dem Auto vorbeihuschte, das immer noch auf der anderen Straßenseite parkte, wurde sie von kalten Blicken verfolgt.

»Na, endlich«, murmelte Turpin und holte eine kleine Pistole aus dem Handschuhfach. »Ich hab schon gedacht, sie geht gar nicht mehr weg.«

Fulcher wachte auf und wischte sich einen Speichelfaden vom Kinn. Verächtlich beäugte sie die Pistole ihres Partners. »Hast du etwa Angst vor alten Damen?«, kicherte sie.

»Mach du doch, was du willst. Aber ich gehe kein Risiko ein«, giftete Turpin zurück, steckte die Pistole ein und öffnete die Beifahrertür.

Unterdessen warf Hayley im Kiosk eine Schachtel mit Teebeuteln auf den Tresen. An der Kasse stand Dean Barron, der gerade damit beschäftigt war, sich im Spiegel zu betrachten und zu dem plärrenden Hip-Hop aus seinem winzigen Handylautsprecher einen (falschen) Takt zu klopfen. Er hatte eine sehr hohe Stirn, und die ersten, dünnen Haare waren ihm bereits ausgefallen. Deans Vater, dem der Kiosk gehörte, hatte eine Glatze, und Dean fürchtete offensichtlich, dass ihm dasselbe Schicksal bevorstand. Aber sein Aussehen war nicht das Einzige, was ihn pausenlos beschäftigte. Mindestens genauso besessen war er von seinem Auto, einem Peugeot-Kombi mit Sonderausstattung – Schalensitze, ein viel zu großer Spoiler und eine abscheuliche, lindgrüne Lackierung. Hayley fand, das Ding sah aus wie ein Bonbon auf Rädern. Und laut war die grässliche Karre obendrein auch. Wenn Dean und seine Kumpel damit nachts durch die Siedlung fuhren, konnte sie selbst hoch oben im vierzehnten Stock das Röhren des Motors noch laut und deutlich hören.

Unter lautem Geklimper schüttelte Hayley viele einzelne Pennys aus einer kleinen Plastiktüte auf den Tresen. Zu Hause hatte sie ein großes Glas davon stehen, und nur, weil sie auf dem Weg zur Schule und wieder nach Hause nie den Blick vom Boden nahm. Sie wunderte sich jedes Mal aufs Neue, wieso die Leute das Geld praktisch wegwarfen. Das Geld für die Teebeutel hatte sie genau abgezählt und keinen zusätzlichen Penny eingesteckt – dadurch kam sie gar nicht erst in Versuchung, noch etwas anderes zu kaufen.

»Was soll das denn werden?«, rief Dean und schlug die Hände über dem Kopf zusammen.

Hayley grinste. »Das ist dein Geld. Stimmt auf den Penny genau. Ich hab's nachgezählt. Hoffentlich schaffst du das auch.«

Dean schnitt eine Grimasse. »Heute schon ein Echsenmonster gesichtet, Hayley?«

Dean und seine Bande (sie nannten sich »Watford Massive«) hatten sich vermutlich schlapp gelacht über die Geschichte, die Hayleys Gran den Nachbarn erzählt hatte. Hayley riss sich zusammen und behielt die Beschimpfungen, die ihr durch den Kopf gingen, lieber für sich. Sie wollte schließlich auch in Zukunft hier einkaufen – der nächste Supermarkt war fünf Kilometer weit entfernt. Stattdessen beschloss sie, während Dean demonstrativ jeden einzelnen Penny nachzählte, sich das Zeitungsregal anzusehen. Vielleicht entdeckte sie doch noch irgendwo einen Bericht über den Defender und den Kampf beim Tower. Das würde diesen dämliche Dean Barron zum Schwei–

Dann sah sie die Titelseiten der Zeitungen und stutzte. Sie wirkten seltsam feierlich und einheitlich – sogar die Boulevardzeitungen hatten ihre normalerweise schreiend roten Logos schwarz gefärbt. Und alle hatten ein Bild des Königs abgedruckt. Die Schlagzeilen waren groß und eindeutig: DER KÖNIG IST TOT; GROSSBRITANNIEN TRAUERT; RUHET IN FRIEDEN, EUER MAJESTÄT. Nur eine einzige Zeitung hatte einen anderen Aufmacher, nämlich einen äußerst merkwürdigen Bericht über Stonehenge, das angeblich bei einem unvorhergesehenen Erdbeben eingestürzt war.

Hayley schnappte sich die nächstbeste Zeitung und überflog die ersten Zeilen: König Henry hat am späten Abend des gestrigen Tages einen Herzinfarkt erlitten … Die Prinzen Alfred und Richard sowie Prinzessin Eleanor haben sich in aller Eile im Palast eingefunden … Prinz Alfred heißt jetzt König Alfred II. … Die Krönung soll in wenigen Wochen stattfinden …

»Hey, das ist hier keine Bücherei«, zischte Dean sie an.

Doch Hayley wollte nur noch so schnell wie möglich zurück in ihre Wohnung. Wenn Gran das Radio eingeschaltet hatte, dann hatte sie die Neuigkeit vielleicht schon erfahren, und die Vorstellung, dass sie nicht da war, um sie zu trösten, war für Hayley fast unerträglich.

»Als ob du wüsstest, wie's in einer Bücherei aussieht«, sagte sie, schnappte sich die Teebeutel und rannte nach draußen. Dean blieb mit knallrotem Kopf zurück.

»Hey, ich bin noch nicht fertig mit zählen … Ich rate dir dringend, dass das auch stimmt.«

Keine Minute später war Hayley wieder zu Hause. Nachdem sie die Wohnungstür aufgeschlossen hatte, hörte sie aus dem Wohnzimmer eine Männerstimme – Gran hatte wohl den Fernseher eingeschaltet und das bedeutete, dass sie zu spät gekommen war. Doch als sie dann ins

Zimmer trat, erkannte sie, dass die Stimme gar nicht dem Nachrichtensprecher gehörte, sondern einem komischen kleinen Mann, der auf der Sofakante saß.

»Das ist natürlich eine reine Routineangelegenheit, Madam«, sagte Turpin gerade lächelnd.

Fulcher belegte die restlichen zwei Drittel des Sofas. Hayley wich bei ihrem Anblick instinktiv einen Schritt zurück. Es kam ihr vor, als sei sie gerade einem wilden Tier begegnet, das bei der kleinsten Bewegung sofort zum Angriff übergehen konnte.

»Da ist sie ja. Das ist meine Hayley«, sagte Gran und winkte sie zu sich. »Ich habe diesen netten Leuten von der Kriminalpolizei hier gerade erzählt, was für ein braves Mädchen du bist, dass du dich so rührend um deine arme, alte Großmutter kümmerst.«

Hayley setzte sich neben ihre Gran und steckte die Hände in die Hosentaschen, um ihre Nervosität so gut wie möglich zu verbergen. Aber in ihrem Kopf schrillten sämtliche Alarmglocken. Wer immer diese beiden merkwürdigen Gestalten sein mochten, eines waren sie jedenfalls ganz bestimmt nicht: von der Polizei.

»Wie ich deiner Großmutter gerade schon gesagt habe, es tut uns sehr leid, dass wir nicht schon früher gekommen sind«, fuhr Turpin fort und grinste sie mit seinen unnatürlich weißen Zähnen an. »Aber beim Tower war nach diesem, nun ja, Zwischenfall noch eine ganze Menge zu erledigen.«

»Beim Tower?«, hakte Hayley nach.

»Ich hab ihnen erzählt, dass wir mittendrin waren«,

sagte Gran. »Wir haben alles mit eigenen Augen gesehen, klar wie Kloßbrühe.«

Seit Hayley die Wohnung betreten hatte, hatte Fulcher sie keinen Moment lang aus den Augen gelassen. Hayley gelangte ziemlich schnell zu der Überzeugung, dass diese massige Frau ihr, ohne mit der Wimper zu zucken, das Genick brechen würde, wenn sie auch nur eine falsche Bewegung machte.

»Wir befürchten, Miss Hicks«, fuhr Turpin fort, »dass Sie unter Umständen bestimmten Stoffen ausgesetzt waren – hochgiftigen, biologischen Stoffen –, die Ihnen ernsthaft gefährlich werden könnten, falls Sie sie – sagen wir mal: versehentlich – mit nach Hause gebracht haben sollten ...« Seine kleinen, schwarzen Augen glitten suchend durch das Zimmer, dann kehrten sie wieder zu Hayley zurück.

»Wir wollen doch auf keinen Fall krank werden, oder, Hayley?«, sagte Gran.

»Keine Sorge, Gran. Ich bin mir sicher, dass wir keineswegs *versehentlich* etwas mit nach Hause gebracht haben. Vielen Dank für Ihre Fürsorge.«

Turpins Lächeln erstarb. Er nickte Fulcher kaum sichtbar zu. Sie erhob sich wie ein Wal, der durch die reglose Meeresoberfläche bricht, und fing an, durch das Zimmer zu stapfen, ihre Nase in Regale zu stecken und mit den Händen hinter den Möbeln entlangzufahren.

»Das dürfen Sie nicht!«, schrie Hayley sie an.

»Bitte, Miss Hicks, es dient Ihrer eigenen Sicherheit.«

Als Fulcher mit ihrem dicken Arm an der Rückseite eines Sideboards herumfuhrwerkte, fiel ein Bilderrahmen krachend zu Boden.

»Was ist denn da los, Hayley?« Ihre Gran wurde langsam nervös.

»Also gut! Ich gebe Ihnen, was Sie haben wollen. Aber machen Sie nicht noch mehr kaputt.«

Hayley führte Fulcher zur Tür hinaus und ließ Turpin bei ihrer verwirrten Großmutter zurück.

»Ungewöhnlich kalt für diese Jahreszeit …« Hayley hörte, wie Turpin wieder Smalltalk betrieb, während sie im Schatten der riesigen Agentin den Flur entlangging.

In ihrem Zimmer angekommen, machte sie den Schrank auf und wich zur Seite. »Es ist da drin.«

»Hol's raus«, grollte Fulcher.

Doch Hayley schüttelte den Kopf. »Sie haben gesagt, es ist gefährlich. Ich will es nicht anfassen.«

Grummelnd schob sich die riesige Frau an Hayley vorbei, bückte sich und steckte den Arm in den Schrank. »Wo ist es denn? Dass du mich ja nicht zum Narren hältst.«

»In einer Plastiktüte, ganz hinten.«

Unter Stöhnen ließ Fulcher sich auf alle viere nieder und steckte den Kopf zwischen die Kleider, um mit den Händen in den dunklen Tiefen herumzutasten. Hayley nahm Anlauf, sprang auf einen Stuhl, stieß sich ab und warf sich gegen den Schrank. Sie packte den oberen Rand und brachte das ganze Ding mit ihrem Gewicht ins Wanken, bis er über die am Boden kniende Frau stürzte.

Wütendes Gebrüll drang unter dem umgekippten Schrank hervor, doch Hayley war bereits auf dem Weg ins

Wohnzimmer. Turpin war sofort aufgesprungen, nachdem er den Krach gehört hatte, aber Hayley war zu schnell für ihn – sie rammte ihm Grans Gehstock in den Magen, und er landete zusammengekrümmt auf dem Sofa.

Hayley schnappte sich ihre Gran und bugsierte sie, so schnell es nur ging, hinaus auf den Flur.

»Wo gehen wir denn hin, Hayley? Wir haben doch Gäste!«

»Ein bisschen frische Luft schnappen?«

Bei der Wohnungstür angekommen, drehte Gran sich plötzlich noch einmal um. »Ich brauche den Mantel.«

»NEIN, GRAN!«

Gran entwischte Hayley und verschwand in der Küche. Ein Holzsplitterregen prasselte durch Hayleys Zimmer, und dann stürmte Fulcher wie ein wild gewordenes Panzernashorn auf sie zu. Sie packte Hayley mit beiden Armen und hob sie hoch. Hayley kreischte und versuchte, ihre grobschlächtige Angreiferin zu treten. Dabei warf sie einen Beistelltisch um und zersplitterte einen Spiegel, aber es gab kein Entrinnen.

»Du blödes Balg, du!«, brüllte Fulcher, während die Adern an ihrem baumstammdicken Hals bedenklich hervortraten.

Jetzt kam Turpin aus dem Wohnzimmer gewankt und hielt sich die Magengrube. »Das ist doch nicht nötig, Fulcher.« Er richtete seine Pistole auf Hayley.

Als Gran in den Flur zurückkam und sich dabei den Mantel zuknöpfte, setzte Fulcher Hayley wieder ab. »Fertig! Oh, wollen Sie beide denn auch mitkommen?«

Draußen ertönten jetzt Sirenen. Turpin hastete mit gerunzelter Stirn zum Fenster. Unten auf der Straße standen zwei Streifenwagen mit eingeschalteten Blinklichtern. Polizeibeamte rannten ins Haus. Turpin drehte sich zu Hayley um, während sein Gesicht sich knallrot färbte. »Was hast du jetzt schon wieder gemacht?«

Hayley lächelte ihn an. »Wieso? Ich dachte, Sie sind auch von der Polizei?«

Turpin griff in Hayleys Tasche und holte ein Handy heraus. Die Verbindung war noch nicht unterbrochen, und die Nummer auf dem Display lautete: 999. Er stieß einen lauten Schrei aus und wollte das Handy gegen die Wand werfen, doch Hayley war schneller. Sie schnappte es sich und hielt es so hoch über ihren Kopf, dass er es nicht erreichen konnte.

Fulcher wollte Hayley erneut packen, doch Turpin hielt sie zurück. Er sah Hayley mit kaltem, starrem Blick an. »Wir sehen uns wieder«, zischte er. »Schon bald.«

Und dann waren die beiden verschwunden.

Hayley hatte gerade noch Zeit, ihre Gran aus dem Durcheinander im Flur wieder ins Wohnzimmer zu führen, da war die Polizei auch schon da. Die *richtige* Polizei.

Stunden später, nachdem Gran aus dem Krankenhaus entlassen worden war, nachdem Hayley mit einem nicht enden wollenden Strom von Ärzten und Pflegern und Sozialarbeitern gesprochen, die Wohnung aufgeräumt und Gran auf ein Schläfchen ins Bett verfrachtet hatte, erst dann kehrte sie wieder in ihr Zimmer zurück. Sie schraubte ein altes Computergehäuse auf, das sie irgendwann einmal aufgesammelt hatte, und holte die Echsenschuppe hervor. Sie musste lächeln. Gestern Abend hatte sie spontan beschlossen, ein besseres Versteck für die Schuppe zu suchen. *Gut gemacht*, dachte sie und steckte ihre Beute in den Rucksack. Nachdem sie sich versichert hatte, dass die beiden Eindringlinge – wer immer sie auch sein mochten – nicht mehr zu sehen waren, stieg sie auf das Flachdach des Hochhauses.

Dort entdeckte sie, umgeben von rostigen Wassertanks und Rohren, einen längst vergessenen Dachgarten mit einem alten Hochbeet. Die Erde darin roch faulig und war mit Taubendreck durchsetzt. Sie buddelte ein möglichst tiefes Loch und holte die schwarze Schuppe aus dem Rucksack hervor. Die dunklen Linien darauf schienen im Mondlicht zu pulsieren. Warum hatte sie das Ding eigentlich nicht hergeben wollen? Es gehörte ihr schließlich nicht. Wieso also riskieren, dass ihr – oder noch schlimmer: ihrer Gran – etwas zustieß? Wegen einer Sache, die sie nicht einmal ansatzweise verstand? Und doch ... Sie konnte auch nicht einfach vergessen, was sie dort beim Tower erlebt hatte. Es war so etwas wie ein Blick in eine andere Welt gewesen, etwas Magisches jedenfalls. Sie musste mehr erfahren. Und irgendwie war ihr klar, dass sie, wenn sie die Schuppe hergab, die einzige echte Verbindung in diese fremde Welt, dass sie dann niemals Antworten auf ihre Fragen bekommen würde.

Hayley steckte die schwarze Schuppe tief in die übelriechende Erde und deckte sie wieder zu.

11
Made in the United Kingdom

Flucht.

Das war das einzige Wort in Alfies völlig überfülltem Kopf, das irgendeinen Sinn ergab. Er musste hier raus. Raus aus diesem Gang, raus aus dem Palast und wahrscheinlich, nur um ganz sicherzugehen, auch raus aus dem Land. Herne kam ihm hinterhergetrottet und konnte mühelos mit ihm Schritt halten.

»Herne, nein!«, zischte Alfie ihn an. »Verschwinde. Platz. Hau ab!« Aber der Hund legte nur den Kopf ein wenig schräg und glotzte ihn an. Er würde nirgendwo hingehen. »Also gut, von mir aus. Hauptsache, du beißt nicht.« Es war noch früh, und Alfie entschied sich für die labyrinthartige Hintertreppe. Jedes Mal, wenn er einen Diener oder ein Hausmädchen näher kommen hörte, versteckte er sich. Schließlich gelangte er zu einer Seitentür, die auf den Innenhof des Palastes mit dem Botschaftereingang führte. Die ersten Staatskarossen trafen bereits ein. Betroffen dreinblickende Männer und Frauen stiegen aus. Sie waren bestimmt gekommen, um die Trauerfeier für seinen Vater vorzubereiten. Alfie schauderte, doch dann riss er sich zusammen und wartete konzentriert auf den richtigen Augenblick.

Jetzt kam eine ganze Fahrzeugkolonne vor den Eingang gerollt und spuckte jede Menge Anzugträger aus, die anschließend die Treppe hinaufgingen. Während ihnen die gesamte Aufmerksamkeit der Wachen galt, öffnete Alfie behutsam die Seitentür und schlich sich hindurch. Geduckt, immer dicht gefolgt von Herne, schlängelte er sich zwischen den parkenden Fahrzeugen hindurch, bis er bei einer der schwarzen Mercedes-Limousinen angelangt war, die mit laufendem Motor auf Passagiere wartete. Alfie warf sich auf die Rückbank und behielt den Kopf unten. Herne lag neben ihm.

»Bringen Sie mich zum Bahnhof. Ganz egal zu welchem.« Genau so war es. Alfie hatte keinen Plan, er wollte sich einfach nur ein bisschen Freiraum verschaffen, um nachdenken zu können.

Der Chauffeur drehte sich nicht um, und der Wagen blieb unverändert stehen.

»Ähm, Verzeihung. Ich bin der König. Also, der neue König. Und was ich sage, gilt, schätze ich mal. Also, ähm … losfahren.«

»Kein Problem«, sagte eine raue Stimme auf dem Fahrersitz. »Ich muss nur noch eine Motorrad-Eskorte besorgen. Und ein Begleitfahrzeug mit einer Schutzmannschaft. Natürlich erst, nachdem wir eine Risikobewertung der vorgesehenen Fahrtroute gemacht haben – nach Bomben gesucht, die Mülleimer versiegelt, die Kanalisation untersucht haben und so weiter. Luftunterstützung müssen wir auch noch anfordern. Ach ja, und dann muss das Ganze noch mit dem Innenministerium abgestimmt werden. Kann eigentlich nicht länger als fünf bis sechs Stunden dauern.« Der »Chauffeur« drehte sich um und grinste Alfie an. Es war Brian. »Vielleicht gehen wir doch lieber rein und unterhalten uns ein bisschen?«

Alfie sprang aus dem Wagen und rannte los, drängte sich durch die Menschenmenge auf den Stufen vor dem Botschaftereingang. »Bahn frei!«, rief er, als sich alle vor ihm verneigten und verblüfft zur Seite rückten, um ihn durchzulassen. »Tut mir leid, 'tschuldigung!«

»Majestät, wartet!« Ein besorgt dreinblickender Hofmarschall kam die Treppe herab auf ihn zu und wollte ihm den Weg versperren, aber Alfie riss eine Tür auf und rannte dann einen Dienstbotenkorridor entlang. Er hatte keine bestimmte Fluchtroute im Kopf, aber er wusste, dass dieser Korridor durch die Küchen zu einem Hinterausgang und dann hinaus auf den Constitution Hill führte. Vielleicht erwischte er dort ein Taxi oder einen Bus, ganz egal was, Hauptsache weg. Alfie rannte durch die Küchen, wich verblüfften Köchen und entsetzten Dienern mit Tabletts voller Teetassen aus. Herne war ihm dicht auf den Fersen. Ihm schien die Bewegung Spaß zu machen.

Doch als Alfie den Küchenausgang erreicht hatte, war die Tür abgeschlossen. Brian lehnte an einem Tresen ganz in der Nähe und biss genüsslich in ein Schinken-Sandwich.

»Du solltest dir wirklich was zu essen besorgen. Mit ein bisschen Schinken sieht die Welt gleich viel freundlicher aus.« Brian bot ihm einen Bissen an.

»Lasst mich doch einfach alle in Ruhe!«, brüllte Alfie ihn an. Dann drehte er sich um und rannte einfach los, Korridore entlang, Treppen hinauf und Flure hinab, kreuz und quer, ohne Ziel, nur mit dem einen Gedanken im Kopf: Ich muss irgendwo einen Ausgang finden. Aber wenn die Harrow School ein Gefängnis war, dann war der Buckingham Palace ein Hochsicherheitsbunker. Auf einer Insel. Von Haien bewacht. Er würde niemals entkommen, niemals fliehen können, würde niemals …

Zwei kräftige Hände packten ihn an den Schultern und brachten ihn ruckartig zum Stehen. »Alfie?«

Es war Richard. Er blickte seinen aufgelösten Bruder voller Besorgnis an. Alfie empfand eine große Erleichterung.

»Richie, du wirst nicht glauben, was ich gerade erlebt habe. Es ist unfassbar. Dad war doch König, stimmt's? Aber er war noch viel mehr als das. Verstehst du?«

Verwirrt sah Richard seinen Bruder an. »Ist mit dir alles in Ordnung?«

»Okay, ich fange noch mal an …« Alfie überlegte. Wie konnte er seinem Bruder auch nur ansatzweise klarmachen, was er in der Zitadelle erlebt hatte? »Ich muss dir was zeigen.« Er packte Richard am Arm und zerrte ihn den Flur entlang ins Schlafzimmer ihres Vaters.

»Das ist das Abgefahrenste, was du in deinem ganzen Leben gesehen hast, hundertpro. Ich meine, ganz ehrlich, der absolute Hammer! Pass auf – dahinter kommt man nämlich in einen Tunnel!«

Ächzend schob Alfie die Frisierkommode zur Seite

und brachte … den Teppich zum Vorschein. Voller Panik blickte er Richard an. »Da war er aber! Ich schwöre!« Alfie sank auf die Knie und hämmerte voller Wut und Frustration mit den Fäusten auf den Boden.

»Alfie?« Richard versuchte, so ruhig wie nur irgend möglich zu bleiben.

»Da gibt es eine Überschallgeschwindigkeitskutsche! Und eine ganze Armee von Beefeatern, die tief unter der Erde leben!« Alfie zerrte an dem Teppich. »Und einen Waffenmeister!«

»Hör auf! Bitte!«

»Und Dad war auch da … Ich meine, natürlich nicht in echt, aber auf Video. Ich habe mir so ein altes Band angesehen, auf einem uralten Videorekorder, der nicht richtig funktioniert hat … Aber egal, jedenfalls hat er mir diese ganzen verrückten Sachen erzählt und …«

»ALFIE!«

Es war nicht Richards Stimme, die Alfie zum Verstummen brachte, sondern sein Gesichtsausdruck. *Er glaubt, dass ich völlig wahnsinnig geworden bin*, dachte Alfie.

Richard kam näher und zog seinen Bruder wieder auf die Füße. »Du darfst doch nicht einfach so ausflippen. Reiß dich zusammen. Die Menschen verlassen sich auf dich. *Ich* verlasse mich auf dich.«

»Aber du verstehst das nicht.« Alfie fühlte sich mit einem Mal erschöpft und hundeelend. »Da ist was passiert. Etwas Gewaltiges.«

»Na ja, klar.« Richard zog Alfie an sich und nahm ihn in den Arm. »Du bist jetzt König.«

Die nächsten Tage vergingen wie im Nebel. Da Alfie noch minderjährig war, hatte die antike, spaßbefreite Zone auf zwei Beinen namens Hofmarschall nicht nur das Amt des Hofmarschalls inne, sondern war auch noch der offizielle »Lord Protector«. Seine Aufgabe bestand darin, den neuen König mit seinen Aufgaben vertraut zu machen und ihm bis zu seinem achtzehnten Geburtstag mit Rat und Tat zur Seite zu stehen. In der Praxis bedeutete das, soweit Alfie erkennen konnte, dass der alte Knacker ihm keine Sekunde lang von der Seite wich, sieben Stunden die Woche, vierundzwanzig Stunden am Tag. Da waren Papiere zu unterzeichnen, Hände zu schütteln, seltsame Regeln zu lernen, und in jeder einzelnen Minute musste er eine neue Anweisung befolgen oder irgendeine königliche Pflicht erfüllen. Und immer, wenn er und der HM alleine waren, wollte der Alte unbedingt über die Ereignisse in der Zitadelle reden.

»Sir, wir müssen uns dringend mit Eurer *anderen* Aufgabe befassen.«

Aber Alfie gelang es jedes Mal, dem Gespräch auszuweichen, indem er einen Diener um eine Tasse Tee bat, noch jemanden ins Zimmer holte oder – das kam mehr als einmal vor – einfach aus dem Zimmer rannte. »Ein anderes Mal, HM!«

Der ganze Palast war mit Vorbereitungen für das Staatsbegräbnis beschäftigt. Tausende Gäste aus jedem Land der Erde wurden in London erwartet – VIPs, Premierminister, Präsidenten, Könige und Königinnen, sie alle würden kommen. Auf den Straßen vor dem Palast marschierten Tag und Nacht Soldaten, Kavallerieregimente und Dudelsackorchester auf und ab und probten ihren Beitrag zur Trauerprozession. Fernsehkameras würden jeden Zentimeter der Strecke bis zur Westminster Abbey erfassen. Der Hofmarschall ermahnte Alfie, dass es sich zwar um die Beerdigung seines Vaters handelte, dass er aber gleichzeitig nicht vergessen dürfe, dass die ganze Welt auf ihn schauen, jede Bewegung und jeden Gesichtsausdruck genauestens beobachten würde und nur darauf wartete, dass er irgendwann stolperte. *Na, vielen Dank*, dachte Alfie. *Als wäre ich nicht sowieso schon kurz vorm Durchdrehen.*

Die Presse hatte Alfie schon die ganze Woche über ins Visier genommen. »König Alfred, der nicht besonders Große«, so nannten ihn die Zeitungen (Alfie konnte sich Mortimers gehässiges Grinsen sehr gut vorstellen). Die Experten waren einhellig der Meinung, dass der junge König sich als solche Katastrophe erweisen würde, dass auch die letzten Überreste der Monarchie binnen eines Jahres Vergangenheit sein würden. Das Komische war, dass Alfie ihnen in gewisser Weise sogar recht gab. Er hoffte es sogar. Dann hatte er diesen ganzen Mist wenigstens hinter sich.

Alfie saß im Arbeitszimmer und sah zu, wie die Zeiger der Uhr langsam auf Mitternacht zugingen. Es war ein eigenartiges Gefühl, am alten Schreibtisch seines Vaters zu sitzen. Er hatte ihn so oft hier gesehen, über irgendwelche Papiere gebeugt, und jetzt machte er es ganz genauso. Auf der anderen Seite des düsteren St. James' Parks ertönten die feierlichen Glockenschläge des Big Ben. Alfie holte zitternd Luft. Heute war einer dieser Tage, an denen es kein Entrinnen gab, wo keine Krankschreibung und kein Weglaufen etwas nützte. Heute würde er seinen Vater zu Grabe tragen. Alfie ließ sich gerade die eine Million unterschiedlicher Möglichkeiten durch den Kopf gehen, wie er sich vor aller Welt lächerlich machen konnte, da klingelte das Telefon auf dem Schreibtisch. Er wusste sofort, wer das war. Es gab nur einen Menschen auf der Welt, der um diese Zeit noch anrief.

»Hallo, Mutter.«

»Hab ich dich geweckt, Alfie? Wie viel Uhr ist es bei euch?«

Tamara – beziehungsweise Königin Tamara, wie sie vor der Scheidung genannt worden war – konnte sich die sieben Stunden Zeitunterschied zwischen London und Wyoming einfach nicht merken. Alfies Mum war in den USA zur Welt gekommen und aufgewachsen. Vor fünfundzwanzig Jahren hatte sie Alfies Dad kennengelernt, als dieser noch Prinz Henry und Tamara nur »Tammy« Rhodes gewesen war. Sie hatte damals auf einer Farm gearbeitet, die der Prinz zufällig besichtigt hatte. Sie hatten sich ineinander verliebt und damit das vollkommene Liebesmärchen geschaffen. »VON DER KUHMAGD ZUR PRINZESSIN!« »LASSO-TAMMY FÄNGT SICH IHREN PRINZEN!« Die Wahrheit war natürlich viel komplexer – beispielsweise war sie eine gut ausgebildete Tierarzthelferin, die sich auf die Pferdepflege spezialisiert hatte –, aber trotzdem: Viele Jahre lang gab es auf dem gesamten Planeten keine Liebesgeschichte, die die Leute so in ihren Bann zog wie diese. Bis dann die schmutzige Scheidung kam.

»Mach dir keine Gedanken, Mum.«

»Entschuldige, dass ich mich so lange nicht gemeldet habe. Es war eben … Ach, es tut mir wirklich leid. Alles tut mir leid.« Die Verbindung war so schlecht, als würde sie vom Mars aus anrufen. Nach der Scheidung war seine Mum in ihre Heimat zurückgekehrt und auf Tauchstation gegangen. Sie hatte sich eine Hütte irgendwo im Nirgendwo gekauft. Nicht einmal Alfie wusste genau, wo, so einsam war es dort. Sie hatte angefangen, altmodische Schneckenpost-Briefe zu schreiben, in denen sie ausführlich die vielfältige Natur beschrieb, ihm erzählte, dass sie im Winter die Wölfe heulen hörte und manchmal tagelang keinen Menschen zu sehen bekam. Alfie hätte sich im Moment nichts Schöneres vorstellen können.

»Hör zu, Mum, ich muss dich was fragen. So lange du und Dad zusammen wart, hat er dir jemals erzählt, was er als König alles gemacht hat?«

»Wie meinst du das?«

»Hat er überhaupt etwas von seiner Arbeit erzählt?« Alfie geriet ins Stocken, aber er machte trotzdem weiter. »Sonderaufgaben? So was in der Art? So richtig merkwürdige Sachen eben, verstehst du?«

»Schätzchen, er war König. Ein Monarch. Für mich war das alles immer ziemlich merkwürdig. Irgendwie haben wir uns deswegen letztendlich auch getrennt.«

Das stimmte. Sie hatte nie wirklich in die königliche Familie mit all ihren steifen Regeln und der altehrwürdigen Etikette gepasst. Alfies Mum war wie eine Naturgewalt durch den Palast gefegt, voller Fröhlichkeit und Lebensfreude, doch innerhalb weniger Jahre hatte der Palast ihr all das ausgetrieben. Gebrochen war sie nach Hause gehinkt, um sich dort zu verkriechen wie eines der verletzten Tiere, um die sie sich früher gekümmert hatte.

»Ach, Alfie, ich wünschte, ich könnte heute an deiner Seite sein, ganz ehrlich. Aber du weißt auch, dass ich dich bloß ablenken würde. Diese Zeitungsfritzen in London hassen mich, und ich will es dir nicht noch schwerer machen, als es ohnehin schon ist. Willst du mich vielleicht mal besuchen kommen?«

Alfie seufzte stumm. Sie wussten beide, dass dafür in nächster Zeit keine Gelegenheit sein würde, aber er spielte trotzdem mit. »Okay, Mum, das mache ich.«

»Und lass dich ja nicht von diesem alten Knochen herumkommandieren.« In einem Punkt waren sie immer einer Meinung gewesen: dass sie den Hofmarschall nicht leiden konnten.

»Ich muss jetzt mal ins Bett«, sagte Alfie. »Morgen wird ein ziemlich anstrengender Tag.«

Alfie meinte, am anderen Ende der Leitung einen Seufzer zu hören, aber sie sagte nur: »Ich denk an dich. Ununterbrochen.«

Alfie legte auf und starrte verloren auf die dicken, in Leder gebundenen Wälzer, die sich vor ihm stapelten. Der Hofmarschall hatte ihm einen Berg langweiliger Bücher zu lesen gegeben, als Hausaufgabe zur Vorbereitung auf seinen neuen Job. Er zog wahllos eines davon aus dem

Stapel – *The English Constitution* von Walter Bagehot –, schlug es auf der ersten Seite auf und klappte es sofort wieder zu, um es auf den Stapel zurückzuwerfen. Allerdings zielte er daneben, das Buch stieß gegen den großen Füller seines Vaters und schubste ihn dadurch vom Tisch auf den Boden.

Alfie kniete sich hin. Der Füller war unter das Sofa gerutscht, und er sah, dass Tinte aus der Federspitze auf den Teppich tropfte. Er drückte sich an die verschlissene Kante des Sofas, sog den Geruch nach altem Leder und eine Menge Staub in die Nase und streckte sich, so gut er konnte, aber der Füller war zu weit weggerollt. Er wollte das Sofa ein Stückchen zurückschieben, aber es war zu schwer. *Na, toll.* Er legte sich möglichst flach auf den Teppich und streckte noch einmal den Arm unter das Sofa, berührte mit den Fingerspitzen das Ende des Füllers … und stieß ihn dadurch noch ein wenig weiter weg.

Wer schreibt heutzutage eigentlich noch mit Füller?, dachte er. *Typisch Dad …*

Er reckte sich, so weit er nur konnte, bis die Muskeln in seinem Nacken brannten, war wild entschlossen, nicht klein beizugeben.

… immer ungreifbar, unerreichbar, genau wie dieser dämliche … bescheuerte … FÜLLER!

Wie ein Blitz schoss der Stift senkrecht nach oben und bohrte sich von unten in das Sofa. Verblüfft setzte Alfie sich auf und sah, wie der Füller in einer Wolke aus Füllmaterial durch die Sitzfläche brach, einen Augenblick lang in der Luft schwebte und dann direkt auf ihn zugeschossen kam, um mit einem deutlich hörbaren *Tschack* in seiner Handfläche zu landen.

»BOOAAH!«

Alfie ließ den Füller fallen und machte einen Satz rückwärts. Seine Hand kribbelte, als wäre sie elektrisch geladen, und seine dick geschwollenen Adern leuchteten für einen winzigen Moment blau auf, wie kürzlich in der Zitadelle, als die Tür aufgegangen war, ohne dass er sie angefasst hatte. Alfie hob den Füller wieder auf. Er war aus Silber und ziemlich schwer, aber trotzdem elegant. Auf der Seite stand in winziger, schnörkeliger Schrift:

MADE IN THE UNITED KINGDOM

»Alfie?«

Alfie zuckte zusammen. In der Tür des Arbeitszimmers stand Ellie und starrte ihren Bruder regungslos an.

»Ich kann nicht schlafen. Bist du sehr aufgeregt wegen morgen?«

»Ich … also … Alles okay. Mir geht's gut. Keine Angst.«

Ellie lächelte erleichtert. Erst dann bemerkte sie den hässlichen, tintenverschmierten Riss im Sofa und den Füller in Alfies Hand. Sie verspannte sich und starrte ihn an. »Was machst du denn da? Warum hast du das getan, Alfie?«

In Alfies Kopf drehte sich alles. »Hab ich doch gar nicht. Glaube ich jedenfalls nicht. In letzter Zeit fühle ich mich manchmal ein bisschen komisch. Was meinst du, kann man schwerkrank sein, ohne dass man es selber merkt?«

Alfie wurde leicht schwindelig, und er wollte sich an seiner Schwester festhalten, aber sie trat einen Schritt zurück. Sie war verärgert und verwirrt.

»Ganz große Geste, also echt, Alfie. Dads Sachen kaputt machen, bloß, weil er es dir nicht mehr verbieten kann.«

»Es tut mir leid. Können wir vielleicht morgen weiterreden? Ich bin total erledigt.«

»Total gestört, meinst du wohl.« Und mit diesen Worten stapfte Ellie davon.

Alfie sah ihr nach, bis sie in der Dunkelheit des Korridors verschwunden war. Seine kleine Schwester hatte doch nichts weiter gebraucht als eine Umarmung, einen Menschen, der ihr sagte, dass alles wieder gut werden würde. Und jetzt dachte sie, dass er verrückt war.

Aber das Schlimmste daran ist, dachte Alfie, *dass sie vielleicht sogar recht hat.*

12
Blaues Blut

Die Kanonen ließen ihre Salutschüsse über London hinweg dröhnen, und Alfie sah zu, wie die Soldaten den Sarg seines Vaters aus der Kutsche hoben und in die Westminster Abbey trugen. London hatte sich, angefangen bei den Sturmwolken am Himmel bis hin zu den Federn auf den Köpfen der Pferde, ganz in Schwarz gehüllt. Es sah aus, als sei jede Farbe aus der Welt gewichen. Sogar König Henrys königliche Standarte mit den kräftigen Blau- und Gelbtönen war, als der Trauerzug den Palast verlassen hatte, zum letzten Mal eingeholt worden. An den nackten Fahnenmasten knatterten jetzt nur noch die Leinen im Wind.

Links und rechts von Alfie standen seine Geschwister, Richard in seiner Marinekadetten-Uniform, Ellie in einem eleganten schwarzen Mantel und mit abwesendem Blick, so, als würde sie das, was um sie herum vorging, gar nicht richtig wahrnehmen. Sie waren mit langsamen Schritten und im dumpfen Takt der Trommeln zahlreicher Kapellen, die einen Trauermarsch nach dem anderen spielten, hinter der Kutsche hergegangen.

Die riesige Menschenmenge schwieg, und obwohl Alfie wusste, dass alle Augen auf ihn gerichtet waren, hatte er das mittlerweile vertraute Gefühl, dass da noch etwas anderes war, etwas Mächtiges, Magisches, etwas, das nicht von dieser Welt war. Je mehr er daran dachte, desto aufgeregter schien dieses Etwas zu werden, desto intensiver schien es nach ihm zu suchen.

»Alfie?«, flüsterte Richard. »Sie sind so weit.«

Alfie blickte sich um. Der Sarg verschwand bereits in der Abbey. Er ging die ersten Stufen der Treppe hinauf, vorbei an den Soldaten der Ehrenwache mit ihren gebeugten Häuptern …

»SCHICKT SIE ALLE NACH WALHALLA!«

Mit einem Mal befand Alfie sich wieder auf diesem schlammigen Schlachtfeld und ritt mitten in die Masse der Wikinger hinein, wischte mit jedem Schwung seines glühenden Schwertes mehrere dieser brüllenden Wilden beiseite. Mühelos drang er in die Schar der Angreifer ein, gefolgt von seinen schreienden und jubelnden Männern. Eigentlich hätte er sich grässlich fühlen müssen angesichts des Blutvergießens rings um ihn herum, aber er fühlte sich nicht grässlich. Er fühlte sich unbesiegbar.

Da hallte ein langgezogenes, tiefes Heulen über die ganze Ebene. Eine Meute riesiger, schwarzer Hunde mit verfilztem, schmutzigem Fell stürmte über die Bergkuppe, donnerte an ihren Wikinger-Herren vorbei und stürzte sich auf Alfies Männer.

»SCHILDMAUER HALTEN!«

Die Meute prallte wie eine Meereswoge gegen die Schilde. Männer stürzten auf den Rücken, Schilde wurden von gierigen Zähnen zerfetzt, kreischende Soldaten in Stücke gerissen. Alfies Pferd scheute, stieg auf die Hinterbeine und wurde von den angreifenden Hunden umgerissen, so dass Alfie sich im Matsch wiederfand, Auge in Auge mit einem dieser Höllenhunde, die Schnauze über und über mit Speichel und Blut verschmiert, und dort, wo eigentlich die Augen sein sollten, loderten zwei glühend heiße Flammen …

»ALFIE?«

Richard und Ellie hatten sich mit besorgten Mienen über ihn gebeugt. Benommen blickte er sich um. Er war aus seinem Tagtraum erwacht und befand sich wieder auf den Stufen zur Abbey. Na ja, er *lag* auf den Stufen der Abbey. Anscheinend war er gestürzt. Wie in weiter Ferne hörte er das Klicken der Kameraobjektive und wusste ganz genau, wie die Schlagzeilen morgen früh lauten würden. Aber deutlicher als alles andere nahm er in diesem Augenblick wahr, wie sehr seine Hand pochte. Er musste sich damit abgestützt haben, um den Sturz abzufangen. Er blickte nach unten und hielt den Atem an.

Er blutete. Blau. Dunkles, königsblaues Blut floss aus der Wunde. Alfie hob seine zitternde Hand. Er wollte, dass seine Geschwister es sehen konnten.

»Ja, ja, du bist hingefallen«, sagte Richard leise und half ihm auf die Beine.

»Aber, seht ihr das denn nicht?« Alfies Stimme klang flehend.

Ellie reichte ihm ein Taschentuch. »Was ist denn schon groß passiert?«, zischte sie. »Ist doch bloß ein Kratzer.«

Alfie blickte erneut seine Hand an. Es war tatsächlich nur ein Kratzer, und das bisschen Blut war nicht mehr blau, sondern sah ganz normal rot aus.

Richard packte Alfie am Arm. »Na, komm schon, schaffen wir dich da rein.«

Nach der Zeremonie wurden sie quer durch das regnerische London nach Schloss Windsor chauffiert. Im dortigen Schlosspark liegt das Frogmore Estate, ein größeres Anwesen, auf dem sich unter anderem auch der Privatfriedhof der königlichen Familie befindet. Dort sollte noch ein Gottesdienst im engsten Kreis stattfinden. Trauerweiden hatten ihre Zweige über stille Teiche gesenkt, und überall standen Grabsteine, die an Alfies Vorfahren erinnerten. *Es gibt sehr viel schlechtere Orte, an denen man die Ewigkeit verbringen kann*, dachte er, während die Trauernden sich versammelten, um ein letztes Mal von seinem Vater Abschied zu nehmen.

Als sie später zu den Autos zurückgingen, lachten Richard und Ellie immer noch über einen der Priester, der während des Segens beinahe über einen Grabstein gestolpert wäre. Es war fast so, als dürften sie sich jetzt entspannen, nachdem sie die traurigen Pflichten des Tages hinter sich gelassen hatten. Alfie sah die beiden neidisch an. Wie gerne hätte er mitgelacht. Und eigentlich wäre es ihm lieber gewesen, die beiden wären noch bei ihm geblieben, aber sie hatten sich darauf verständigt, dass sie so schnell wie möglich wieder an die Schule zurückkehren sollten. Richard hatte am nächsten Tag ein wichtiges Rugby-Spiel, und Ellie freute sich auf das traditionelle Ruderrennen zwischen Oxford und Cambridge. Sie hatte fest vor, später auf eine dieser beiden Universitäten zu gehen und sich für das Ruder-Team zu bewerben, damit sie dann den Rekord der Männer brechen konnte. *Und so, wie ich Ellie kenne, wird sie das vermutlich sogar schaffen*, dachte Alfie.

»Wie geht es deiner Hand, Majestät?«, erkundigte sich Richard lächelnd.

»Ist bloß ein Kratzer«, erwiderte Alfie. »Tut mir leid, was da vorhin vor der Abbey passiert ist. Keine Ahnung, was da los war.«

»Du hast wieder mal die Nerven verloren, das war los.« Eine der berühmt-berüchtigten hilfreichen Bemerkungen seiner Schwester, die gerade in den wartenden Wagen stieg. »Versuch einfach, es der Presse nicht ganz so leicht zu machen, Alfie. Die haben dich sowieso schon auf dem Kieker.«

Richard legte seinem Bruder den Arm um die Schulter, und sie winkten ihrer kleinen Schwester hinterher. »Du hast doch gewusst, dass das früher oder später mal auf dich zukommt«, sagte er.

»Später wäre mir aber erheblich lieber gewesen«, sagte Alfie. »Viel später, vielleicht wenn ich hundert bin oder so. Jedenfalls … Bloß, weil ich zehn Sekunden vor dir draußen war, kann ich jetzt diesen beknackten Job machen. Wer denkt sich so was eigentlich aus?«

»Tja, ganz egal, wer das war, ich bin echt froh darüber. Das Familienunternehmen gehört jetzt dir, Bruderherz.« Richard setzte sich in den nächsten Wagen und ließ das Fenster herunter. »Ruf mich an, falls ich was für dich tun kann, okay? Und bleib standhaft, Alfie. Bis bald.«

Alfie brachte ein mühsames Lächeln zustande und winkte dem davonfahrenden Auto nach. Dann drehte er sich um und suchte nach seinem eigenen Wagen, aber er war nirgendwo zu sehen. Brian lungerte am hinteren Ende der Einfahrt in der Nähe des Tores herum, aber alle anderen schienen schon gegangen zu sein. Alfie fragte sich gerade, wie es sein konnte, dass er als Allerletztes abgeholt wurde, da tauchte der Hofmarschall neben ihm auf. Er hatte einen Schirm in der Hand.

»Entschuldigt bitte, Majestät, der Wagen hat sich ein wenig verzögert.«

Und mit einem Mal wurde Alfie klar, dass er in eine Falle getappt war. Der HM versuchte seit Tagen, ihn unter vier Augen zu sprechen, und jetzt hatte er es endlich geschafft, weil Alfie unaufmerksam gewesen war. »Sie fieser, alter … Also gut, dann gehe ich eben zu Fuß.«

Trotz des stärker werdenden Regens stapfte Alfie los.

»Möchtet Ihr denn gar nicht wissen, was mit Euch geschieht, Sir?«, rief der HM ihm nach.

Alfie blieb stehen. Er merkte, wie sein Widerstand schwächer wurde. Er wusste zwar nicht, ob er noch mehr irrsinnige Enthüllungen über sein kleines Familiengeheimnis ertragen konnte, aber andererseits ... Er hatte auch so viele Fragen.

Sie stellten sich unter die schützenden Rundbögen des Mausoleums für Königin Victoria. Das Mauerwerk war rissig, und vor dem Eingang lag ein großer Laubhaufen. Ganz eindeutig wurde das Mausoleum nur selten besucht.

»Wir nennen es die Nachfolge, Sir. Den magischen Übergang der Macht – wirklicher Macht – von einem Monarchen auf den nächsten. Nachdem Euer Vater dahingeschieden war, haben seine Kräfte seinen Körper verlassen und sich auf die Suche nach einer neuen Heimat gemacht, nach einem Nachfolger. Nach Euch. So wie es seit vielen Jahrhunderten geschieht.«

Alfie zitterte, und das lag nicht nur an der Kälte. Der Hofmarschall beschrieb ganz genau, was er seit dem Tod seines Vaters empfunden hatte: Als würde eine überwältigende Macht nach ihm suchen, um ihn in Besitz zu nehmen.

»Ich habe auch ständig so merkwürdige Träume, bloß, dass ich dabei gar nicht schlafe.«

»Die Erinnerung der Ahnen, die durch den Stammbaum des Defenders weitergereicht werden. Was habt Ihr in diesen Visionen gesehen?«

»Ich weiß auch nicht. Ich sitze auf einem Pferd, während einer Schlacht, und aus irgendeinem Grund macht mir das Ganze sogar Spaß. Wir kämpfen gegen diese furchterregenden blonden Typen. Sie haben Helme auf ... Könnte sein, dass das Wikinger sind. Ach, und dann ist da noch ein Haufen schrecklicher Hunde. Die sind riesengroß und beißen allen möglichen Leuten den Kopf ab. Süße Träume, was?«

Der Hofmarschall wirkte nicht im Mindesten überrascht. »Aha, die Schlacht von Edington, 878 nach Christus. Es hat den Anschein, als würdet Ihr mit den Augen Eures geschätzten Namensvetters, Alfreds des Großen, sehen. Er war der erste Defender überhaupt.«

»Dann hat das alles mit ihm angefangen?«

»Ja. Als Alfred König wurde, war England so gut wie verloren. Die wilden Wikingerhorden waren mit ihren Teufelshunden über das Land hergefallen und hatten Alfred und den traurigen Überresten seiner Armee keine andere Wahl gelassen, als sich in ein Versteck zurückzuziehen.«

»Ich kann mich nicht erinnern, dass Professor Lock uns etwas von den Teufelshunden der Wikinger erzählt hat.«

»Natürlich nicht, Sir. Dabei handelt es sich schließlich um die *echte* Geschichte«, erwiderte der HM trocken. »Also, wo war ich? Voller Verzweiflung betete Alfred zu seinen Ahnen, zu denen, so lautet die Überlieferung, auch der Heidengott Wotan zählte. Sein Flehen wurde erhört, und als er seine Armee aus den Sümpfen heraus- und erneut in die Schlacht führte, da besaß er übernatürliche Kräfte. Er trieb die Wikingerhorden zurück ins Meer, wurde der erste König dessen, was wir heute England nennen, und zugleich der erste Defender. Nach seinem Tod lebten seine Kräfte weiter, gingen von einem auf den nächsten Monarchen über, bis sie nunmehr bei Euch angekommen sind.«

»Welche Kräfte denn? Was kann ich damit anfangen?«

»Kommt morgen in die Zitadelle, dann zeige ich es Euch.«

13
Die echten Kronjuwelen

»Aua!«, protestierte Alfie.

»Ach, komm schon, das hat doch überhaupt nicht weh getan«, blaffte Brian ihn an und schlug mit seinem Holzschwert erneut nach Alfie. »Wehr dich!«

»Aua!«

Sie befanden sich in der Arena, einer großen, ovalen Fläche mit einem Lehmboden. Auf der einen Seite standen ein paar einfache Bänke, und auf der anderen ragte ein großer, düsterer Turm in die Höhe, an dem ein schwerer, lilafarbener Vorhang hing. In der Arena selbst gab es mehrere schwere, mannshohe Trainingspuppen aus Leder, lange Ketten, an deren Enden Kanonenkugeln baumelten, und sogar eine sogenannte Stechpuppe, also ein Sandsack an einer Stange, an dem man den Umgang mit der Lanze üben konnte. Es sah aus wie in einem mittelalterlichen Trainingszentrum für Boxer.

»Wieso gibt es hier so viele Feuerlöscher?«, hatte Alfie Brian gefragt, nachdem dieser ihn von der Kommandozentrale hierherbegleitet hatte. Tatsächlich hingen in der Arena sehr viel mehr Feuerlöscher an der Wand als sonst üblich.

»Es gibt unterschiedliche, je nachdem, welche Art von

Flamme man löschen will«, sagte Brian. »Keine Sorge. Ich schätze, dass wir dich erst morgen anzünden.«

Alfie hatte sich Kricket-Beinschützer umgeschnallt und trug einen Helm auf dem Kopf, aber gegen Brians Schwerthiebe nützte das nicht allzu viel, vor allem, weil der übermütige Waffenmeister ständig auf Alfies ungeschützte Körperteile zielte. Alfie warf sein Holzschwert auf den Boden und ging weg.

»Aua! Und wieso müssen *DIE DA* eigentlich zugucken?«

Eine Schar Beefeater hatte es sich auf den Bänken gemütlich gemacht. Sie tranken Tee und aßen Scones, die dick mit Erdbeermarmelade und Sahne bestrichen waren.

»Teepause, Majestät«, antwortete Seabrook, der weißbärtige neue Chief Yeoman Warder. Alfie war sich sicher, dass auf den hinteren Plätzen ordentlich gefeixt wurde.

Der Hofmarschall blickte von seiner Zeitung auf und warf den Beefeatern einen grimmigen Blick zu. Die Botschaft war eindeutig, und sie trollten sich wieder zurück an ihre Schreibtische.

»Das ist alles?«, wollte Alfie wissen. »Ich dachte, du zeigst mir, was ich mit diesen … also, diesen *Kräften* eben so alles anstellen kann.«

»Tststs, die Kinder heutzutage, wollen immer alles auf dem Silbertablett serviert bekommen«, seufzte Brian.

»Wohlan, königlicher Waffenmeister, hört auf, Seine Majestät zu piesacken«, sagte der Hofmarschall. »Wir müssen wirklich vorankommen.«

Brian murmelte etwas Unverständliches vor sich hin,

trat dann vor den hohen, lilafarbenen Vorhang und zog an einem Seil. Der Vorhang teilte sich und enthüllte einen Wandbehang. Darauf war ein ziemlich plump wirkender Defender zu sehen, der mit einer sechsköpfigen Hydra kämpfte. Und jeder Kopf hatte ein anderes Frauengesicht. Verblüfft sah Alfie zu, wie Brian an den Hosenlatz des dicken Königs fasste und ihn mit einem kräftigen Ruck zur Seite riss. Der Wandbehang riss auf und teilte sich in zwei Hälften. Dahinter kam ein riesiger, mit schwerer Eiche gerahmter Glaskasten zum Vorschein. Er enthielt eine Sammlung kunstvoll gefertigter und reich verzierter Waffen und Schmuckstücke: Kronen, Schwerter, Zepter, Armreifen, Sporen und einen Ring. Alfie erkannte sie mit einem Blick. »Die Kronjuwelen. Ich dachte, die werden weiter oben aufbewahrt?«

»Der kitschige Plunder?«, entgegnete Brian. »Der ist doch bloß für die Touristen da.«

»Das hier sind die Insignien Eurer königlichen Macht und Würde, Euer Majestät«, fügte der HM hinzu. »Die *echten* Kronjuwelen. Seht genau hin.«

Alfie beugte sich dicht vor die Glasscheibe. Sofort erhielten die Gegenstände, die in seiner Nähe lagen, einen seltsamen, goldenen Schimmer.

»Sie spüren, dass Ihr hier seid«, sagte der HM.

»Ich?«, erwiderte Alfie.

Brian stieß ihn mit dem Ellbogen zur Seite und zog eine Schublade unterhalb des Schaukastens auf. »Also gut, genug gequatscht, ihr beiden. Jetzt wird gearbeitet. Zieh dich aus und schlüpf mal da rein.«

Brian holte ein ausgebleichtes, ärmelloses, weißes Leinenhemd mit ausgefransten Rändern aus der Schublade. Es war lang und dünn und sah aus, als sei es seit hundert Jahren nicht mehr gewaschen worden. Das einzige Neue daran war der goldene Faden, mit dem ein langer, bläulich verfärbter Riss in der Brustgegend genäht worden war.

»Das da soll ich anziehen?« Alfie war sich nicht sicher, ob das ein Scherz sein sollte.

»Es handelt sich um das Colobium Sidonis, Euer Majestät«, sagte der HM. »Besser bekannt unter der Bezeichnung Schleiertunika. Jeder britische Herrscher seit König Alfred dem Großen persönlich hat es getragen. Es ist das wertvollste aller königlichen Insignien.«

»Sieht eher aus wie ein Nachthemd.«

»Nun ja, zugegeben, das mag durchaus sein.«

Brian und der Hofmarschall starrten ihn an, und er hatte das dumpfe Gefühl, dass sie nicht eher damit aufhören würden, bis er getan hatte, was sie von ihm verlangten. Also zog Alfie widerstrebend Hemd und Hose aus und stülpte sich den alten Lappen über den Kopf. Er roch irgendwie muffig, wie aus der Altkleidersammlung, aber wenigstens war er schön weit und bequem …

Mit einem Mal schien es ihm, als würde sämtliche Luft aus seinen Lungen gepresst, als hätte ihn jemand in die Magengrube geboxt. Die Tunika schmiegte sich dicht an seinen Körper, und es kam ihm so vor, als wäre sie ein lebendiges Wesen, das pulsierte und wie eine zweite Haut über seine Brust, seinen Rücken, seine Arme und Beine wuchs. Alfie schrie laut auf, als der Stoff seinen Hals entlangkroch und sich auch über seinen Kopf und sein Gesicht legte. Einen Moment lang wurde es vollkommen dunkel. Dann erst merkte er, dass er die Lider fest zusammengekniffen hatte.

»Ihr könnt jetzt die Augen öffnen, Majestät.«

Alfie schlug die Augen auf und stellte erleichtert fest, dass er immer noch sehen konnte. Allerdings schimmerte die gesamte Umgebung ein wenig, so, als würde er durch eine gründlich geputzte Glasscheibe blicken. Brian schob einen mannshohen Spiegel auf Rädern heran, damit Alfie sich betrachten konnte. Nur dass das in dem Spiegel gar nicht Alfie war. Dort, wo er bis vor einer Sekunde noch gestanden hatte, bibbernd und in Boxershorts, stand jetzt ein edler weißer Ritter. Dieser Ritter trug jedoch keine blecherne, mittelalterliche Rüstung, sondern eher eine Art Anzug. Der Anzug war wie aus einem Guss gefertigt und schien aus einer mysteriösen, äußerst flexiblen Metalllegierung zu bestehen. Alfie bewegte behutsam die Arme, ging ein wenig in die Knie, und die Rüstung machte jede Bewegung mit, ließ sich mühelos nach allen Seiten biegen. Zugleich war sie so leicht, dass Alfie, wenn er sich nicht im Spiegel gesehen hätte, geschworen hätte, dass er gar nichts anhatte. Der seidig glänzende Helm war, bis auf die leichten Einbuchtungen der Augen und den Mundschlitz, glatt. Sein Gesicht war voll und ganz bedeckt, und doch duftete die Luft darunter besser als die frischeste Meeresbrise. Er hatte diesen Ritter, diesen Fremden, im Lauf der Jahre auf zahllosen verwackelten Fotos und Videoschnipseln zu sehen bekommen, aber jetzt stand er leibhaftig vor ihm. Alfie kam sich vor, als sei er in die Haut eines anderen geschlüpft.

»Ich … Ich bin der Defender.«

»Ganz genau, Sir!« Der Hofmarschall klopfte ihm auf den Rücken. »Weitermachen, Brian!«

Der Hofmarschall stakste zu den Bänken zurück und griff nach seiner Zeitung.

Alfie drehte sich gerade in dem Moment um, als Brian eine Bowlingkugel in seine Richtung schleuderte. Sie kam genau auf seinen Kopf zugeflogen. Reflexartig riss Alfie die Hände nach oben. Als die massive Kugel auf seine Faust prallte, zerbrach sie krachend in zwei Teile und fiel inmitten einer Staubwolke zu Boden.

»Hui!«

»Du darfst nicht so viel nachdenken. Beweg dich!«, rief Brian und machte das nächste Geschoss startklar – einen mit Stacheldraht umwickelten Zaunpfahl. Alfie konnte nicht anders, er sprang einfach hoch, als Brian mit dem Ding seine Beine treffen wollte. Doch zu seinem großen Erstaunen brach der Pfahl in tausend Stücke, kaum dass er darauf gelandet war. Er trat die Überreste beiseite, und sie schlitterten viele Meter weit über den Boden, bevor sie gegen eine Wand krachten.

»Okay. *Das* war cool.«

Durch die Rüstung fühlte Alfie sich zehnmal größer und schneller als zuvor. Es war, als sei er zum ersten Mal in seinem ganzen Leben wirklich stark. Das hätte er zu gerne mal beim Rugby in der Schule ausprobiert. Unaufhaltsam wäre er über das Feld gepflügt, hätte die Gegner abgeschüttelt wie lästige Fliegen und ohne Umwege diesen Schlägertypen Mortimer angesteuert.

»Ich fühle mich, als könnte ich durch eine Mauer rennen!«

»Könntest du selbstverständlich«, erwiderte Brian.

»Aber bitte, lasst es sein«, schaltete der Hofmarschall sich ein und hob den Blick von seiner Zeitung. »Zumindest hier unten. Das Fundament ist nicht mehr das, was es einst war.«

Alfie ballte die Fäuste und spürte, wie die Energie der Rüstung ihn umgab. Die Luft schien zu vibrieren. »Wie funktioniert das eigentlich?«

»Durch Euch, Sir«, sagte der Hofmarschall. »Dasselbe gilt auch für alle anderen Kronjuwelen – nur Ihr könnt sie zum Leben erwecken.«

Brian schloss den Glaskasten auf, holte das größte Schwert darin heraus und überreichte es Alfie. »Wir probieren mal das Große Staatsschwert aus, einverstanden?«

Alfie nahm es in seine behandschuhte Hand. Er hatte erwartet, dass es sehr schwer sein würde, aber es war leichter als ein Tennisschläger. Er packte das mit Juwelen besetzte Heft mit der goldenen Parierstange in Form eines Löwen und eines Einhorns. Dann wollte er das Schwert aus der Scheide ziehen.

»Einen Moment noch!«, sagte Brian.

Er setzte eine teure Pilotensonnenbrille auf, während der HM sich eine altmodische, grüne Schutzbrille über die Augen stülpte.

Alfie zog das Schwert … und es explodierte förmlich.

Die gesamte Länge des Stahls strahlte in einem grellen, blendend weißen Licht, das die gesamte Arena erleuchtete, bevor es zu einem gleichmäßigen Glühen wurde. Alfie schwang die Klinge hin und her. Sie war genauso leicht und bequem wie seine magische Rüstung. Fast kam es ihm so vor, als ... als sei sie speziell für ihn gemacht worden.

Brian blickte ihn voller Stolz an. »Die Klinge ist aus Damaszenerstahl, dem besten auf der ganzen Welt. Und natürlich mit Zauberkräften ausgestattet. Damit könntest du ein Auto in zwei Teile schneiden.«

Alfie lachte. »Ja, na klar.«

Brian zog an einem Hebel. Ketten klirrten, und ein tiefes Rumpeln ertönte, während ein verbeultes, altes Schrottauto auf einem Steinsockel durch den Fußboden nach oben geschwebt kam. »Probier's doch aus, wenn du mir nicht glaubst.«

Alfies Mund stand sperrangelweit offen. »Ich soll allen Ernstes ein Auto in zwei Stücke hauen?«

Brian lächelte und klopfte Alfie spielerisch auf den Rücken. »Nein, war nur Spaß.«

Alfie lächelte erleichtert in seinen Helm hinein.

»NATÜRLICH SOLLST DU DAS AUTO IN STÜCKE SCHLAGEN, DU SCHWÄCHLING!«, brüllte der Waffenmeister ihn an. Dann versetzte er Alfie als Zugabe noch einen Schlag gegen die Schläfe, der zwar nicht weh tat, aber Alfie einen gehörigen Schrecken einjagte.

»Sie nennen Ihre Majestät auf keinen Fall einen Schwächling!«, keifte der Hofmarschall.

Brian beachtete den Alten gar nicht, packte Alfie an seinen nunmehr kräftigen Stahlschultern und schob sich so dicht vor ihn, dass er mit der Nase Alfies Helm streifte. »DU BIST DER DEFENDER! WAS WILLST DU DENN MACHEN, WENN DU EINEM NORWEGISCHEN MOORTROLL ODER EINEM SIBIRISCHEN BÄRENMANN GEGENÜBERSTEHST? SIE ZUM TEE EINLADEN? ALSO LOS, SCHLAG ENDLICH ZU!!«

Alfie warf einen Blick auf das Auto und einen zweiten auf das schimmernde, pulsierende Schwert in seiner Hand. Achselzuckend holte er aus, schwang die Klinge hoch über den Kopf und ließ sie dann auf das Auto herabsausen. Funken sprühten. Metallsplitter flogen durch die Luft, und die beiden Autohälften drehten sich rasant um die eigene Achse. Als sie schließlich zum Stillstand gekommen waren und Alfie seine Verblüffung überwunden hatte, stellte er das Bein auf die Motorhaube wie ein Großwildjäger, der sich vor seiner Beute in Pose wirft.

Der Hofmarschall klatschte höflich Beifall. »Ihr habt einen Nissan Micra halbiert. Gut gemacht, Sir!«

Mit einer lässigen Geste schwang Alfie das Große Schwert herum und wollte es in die Scheide stecken, doch er schaffte es nicht. »Ähm … Brian, kannst du mir mal helfen?«

Das Training dauerte den ganzen Vormittag. Brian zeigte Alfie, welche besonderen Kräfte in den anderen echten Kronjuwelen steckten. Das Schwert der Barmherzigkeit zum Beispiel mit seiner stumpfen Klinge, das seinen Namen deshalb trug, weil es »nur aus Barmherzigkeit, nicht aber zur Vergeltung« gezogen werden sollte. Wenn man damit die Schulter eines Verletzten berührte, heilten dessen Wunden von einer Sekunde auf die andere, vorausgesetzt, es geschah rechtzeitig. Dann war da der Reichsapfel, eine goldene, mit einem Kreuz gekrönte Kugel, die Alfie wie das Schwert am Gürtel tragen konnte. Sie hatte sogar einen Spitznamen – »Die sehende Kugel«. So wurde sie genannt, weil sie, sobald Alfie sie losließ, vor ihm herflog und er mit ihrer Hilfe sehen konnte, was sich hinter der nächsten Ecke verbarg. Das war ein eigenartiges Gefühl, als ob er die Welt mit den Augen eines anderen betrachten würde, und es fiel ihm nicht leicht, damit zurechtzukommen.

»Das erfordert ein wenig Übung. Ist aber ganz praktisch, wenn man nicht in einen Hinterhalt geraten will«, merkte Brian an.

Außerdem waren da noch die Sporen, die genau an seine Stiefel passten. Der Hofmarschall erklärte, dass sie Wyvern beherbergten, das Pferd des Defenders. Es ließ sich ganz einfach herbeirufen, indem man das Wort »Sporen« aussprach oder auch einfach nur dachte. Aber sie beschlossen, Wyvern heute in Ruhe zu lassen, da sie nach König Henrys Tod immer noch ein wenig angegriffen war. Alfie fand das irgendwie seltsam.

Als Nächstes kam ein kleiner goldener Löffel, bei dessen Anblick Alfie ein lautes, spöttisches Lachen ausstieß. »Lasst mich raten. Damit kann ich wahnsinnig schnell Joghurt essen, stimmt's?«

Der Hofmarschall und Brian verzogen keine Miene.

Alfie legte die Stirn in Falten. »Gekochte Eier?«

Der HM nahm ihm den Löffel weg und teilte ihm mit, dass das in Wahrheit ein siebenhundert Jahre alter Salbungslöffel war, mit dem heilige Öle und Zaubertränke verabreicht wurden. Aber Alfie begann, Spaß an der ganzen Angelegenheit zu finden. Es war, als hätte man ihm die Schlüssel für den besten Spielzeugladen der Welt in die Hand gedrückt. Er griff nach dem einzigen Stück der Sammlung, über das er noch nichts erfahren hatte – den Ring. Ihn als Riesenklunker zu bezeichnen wäre eine maßlose Untertreibung gewesen: Auf einem Bett aus blauen Saphiren lag ein Kreuz, das von roten Rubinen gebildet wurde. Umringt wurde das Ganze von Dutzenden wunderbar geschliffener Diamanten. Das Bild erinnerte Alfie stark an die Landesflagge, den sogenannten Union Jack, und das fand er eigentlich sehr passend. Aber im Gegensatz zu den anderen Insignien fing der Ring nicht an zu schimmern, als Alfie ihn in die Hand nahm.

»Ist er kaputt?«, wollte Alfie wissen.

Brian kam zu ihm und nahm ihm den Ring aus der Hand. Dann legte er ihn in seine Samthülle zurück, so behutsam, als hätte er es mit einer entsicherten Handgranate zu tun.

»Nein, er ist nicht kaputt, du Frechdachs.«

»Was kann er denn? Laserstrahlen abschießen? Mich unsichtbar machen? Oh, kann ich mich damit vielleicht überallhin teleportieren, wo ich hin will? Das wäre das Größte.«

»Nein, Majestät«, erwiderte der Hofmarschall mit aller Geduld, die er aufbringen konnte. »Dieser Ring gibt Euch die Fähigkeit, Euch alles zunutze zu machen, was aus britischem Boden erwachsen ist.«

»Wie jetzt, Pflanzen und Bäume und so?« Alfie war enttäuscht.

»Pflanzen und Bäume auch, nehme ich an«, fuhr der Hofmarschall fort. »Aber noch viel mehr. Seht Euch doch um, Sir. Die Steine, die diese Mauer bilden, das Eisen, das sie stützt, alles das stammt aus der Erde dieses herrlichen Landes. Ihr habt eine tiefe Verbindung mit dem Königreich und allem, woraus es besteht. Und Ihr könnt lernen, dies für Eure Zwecke einzusetzen.«

Alfie musste an den Füller im Arbeitszimmer seines Vaters denken, der sich durch das Sofa gebohrt hatte und in seiner Hand gelandet war. An die Türen, die sich bei seinem ersten Besuch im Tower wie von Geisterhand geöffnet hatten.

»Made in the United Kingdom! Ja, das habe ich doch schon mal geschafft …«

»Es kann vorkommen, dass diese Macht sich unter großer Anspannung verselbständigt«, erläuterte der Hofmarschall. »Aber diese eine Fähigkeit werdet Ihr erst dann vollständig beherrschen, wenn die Nachfolge durch die heiligen Riten der Krönungszeremonie endgültig besiegelt ist. Deshalb reagiert der Ring im Moment noch nicht auf Euch.«

Superheldenrüstung. Zauberschwerter. Geheimnisvolle Kräfte. Das war eine Menge zu verdauen. Und er hatte noch nicht einmal zu Mittag gegessen. Brian zeigte Alfie, wie er die Rüstung wieder ausziehen konnte. Es war ziemlich einfach. Alfie musste nur die Arme heben, als wollte er sein Hemd ausziehen, und schon fiel die harte Hülle von ihm ab, und er stand in der Schleiertunika da. Brian nahm sie ihm ab und legte sie zurück in die Schublade unter dem Insignien-Schrank.

»So fühlt man sich also als ... Superheld«, sagte Alfie.

Brian lachte schallend. »Pass bloß auf, dass dir das nicht zu Kopf steigt, Kumpel.«

»Danke sehr, Brian«, bemerkte der HM und schob Alfie zur Tür hinaus in Richtung Kommandozentrale.

»Aber genau das ist der Defender doch, oder etwa nicht?«, wollte Alfie wissen, als sie an den Wandbehängen vorbeigingen, auf denen unterschiedliche Defender aus vergangenen Jahrhunderten abgebildet waren. »Ein Superheld?«

»Manche Defender waren großartige und edle Helden, ohne Zweifel«, erwiderte der Hofmarschall. »Harold III. zum Beispiel. Er hat sich während des Zweiten Weltkriegs nicht nur um die Opfer von Bombenangriffen gekümmert, sondern hat auch etliche feindliche Flugzeuge eigenhändig vom Himmel geholt. Obwohl er meistens mit den Pterodaktylus-Schwadronen beschäftigt war, die in großer Höhe den Luftraum unsicher machten.«

Alfie öffnete den Mund, weil ihm hundert Fragen gleichzeitig durch den Kopf jagten, doch dann besann er sich eines Besseren.

»Hier haben wir Elizabeth I.«, fuhr der Hofmarschall

fort. »Sie hat unsere Küste höchstpersönlich gegen den spanischen König und seine Armada aus Vampir-Meerjungfrauen verteidigt … Und hier der tapfere Henry V. Er hat seine Männer zum Sieg über die Zentauren-Kavallerie des französischen Königs geführt.«

Alfie lachte und fragte sich, was Professor Lock wohl zu diesem Geschichtsunterricht gesagt hätte.

»Ihr hättet nicht gelacht, wenn Ihr selbst dabei gewesen wärt, das könnt ihr mir glauben, Sir«, sagte der HM. »Aber natürlich war nicht jeder Regent auch ein guter Defender …«

Der Hofmarschall zog an einem Hebel, und Alfie beobachtete verdutzt, wie die Wandbehänge sich einmal um hundertachtzig Grad drehten und jetzt andere Defender zeigten, die mit weitaus weniger edlen, weitaus düstereren und schändlicheren Taten beschäftigt waren. »Das hier nennen wir die Schandwand.«

Ein kehliges »BUUUH!« tönte von den Schreibtischen der Beefeater herüber, gefolgt von leisem Kichern.

»König John, dieser Nichtsnutz, ist ständig betrunken umhergeflogen und hat Streit mit den Riesen angefangen«, fuhr der Hofmarschall fort. »Mary I., sie wurde auch ›Bloody Mary‹ genannt, hat ihre Feinde am liebsten bei Nacht aus dem Bett gezerrt und anschließend auf dem Scheiterhaufen verbrannt. Und dies ist Richard III. Er hat sich auf einen Handel mit einer Hexe eingelassen, weil die ihm helfen sollte, seine eigenen Neffen zu ermorden. Nun ja, entweder er oder Henry VII. – es waren ziemlich finstere Zeiten damals.«

Alfie war froh, dass nicht alle seine Vorgänger perfekte Defender gewesen waren. »In meiner Familie gibt es also auch das eine oder andere schwarze Schaf, genau wie in allen anderen Familien auch.«

»In der Tat, Majestät. Ihr mögt zwar der Defender sein, aber ob Ihr zum Helden werdet … Nun, sagen wir einfach, das wird sich zeigen. Wohlan, ich denke, es ist an der Zeit, das Training fortzusetzen, meint Ihr nicht auch, Sir?«

Alfie dehnte seine schmerzenden Arme und Beine und trottete hinter dem Hofmarschall her zurück in die Arena.

14
Die Monsterwelle

»Meine Brille, Hayley. Ich brauche meine Brille! Das Rennen fängt gleich an!«

Hayley schleifte einen vollgestopften Koffer den Flur entlang und stellte ihn neben einen ganzen Haufen Taschen an der Eingangstür. »Die hast du auf deinem Kopf, Gran, wie letztes Mal auch.«

Lachend schob Hayleys Gran sich die Brille auf die Nase. »Ich bin aber auch ein kleines Dummerchen. Was würde ich bloß ohne dich machen, hmm?«

Hayley sah zu, wie ihre Gran den Fernseher zum dritten Mal an diesem Morgen viel zu laut stellte. Die beiden Ruderbootbesatzungen, eine in hellblauen, die andere in dunkelblauen Trikots, bestiegen ihre Boote und machten die Riemen startklar. Die Kameras schwenkten über Tausende von Zuschauern, die sich entlang der Themse versammelt hatten. Hayley wusste wirklich nicht, wieso ihre Gran so ein Theater um dieses Bootsrennen machte. Aus ihrer Sicht war ein Wettbewerb, bei dem nur eines von zwei Teams gewinnen konnte, ziemlich sinnlos. Da könnte man doch auch einfach eine Münze werfen. Aber das war eben auch eine dieser »großartigen britischen Traditionen«, und wenn ihre Gran dadurch noch ein bisschen länger bei Laune blieb, umso besser. Gegen Abend würde die Stimmungskurve mit Sicherheit bei ihnen beiden steil nach unten sinken.

Als diese angeblichen Agenten der Sicherheitsbehörden aufgetaucht waren, hatte Hayley es noch für eine ziemlich schlaue Idee gehalten, die Polizei zu rufen. Aber sie hatte eine entscheidende Kleinigkeit übersehen. Die freundliche Polizeibeamtin, die ihnen anschließend beim Aufräumen geholfen hatte, hatte Grans geistige Verwirrung bemerkt – sie hatte ständig nach Lawrence gerufen und ihn als »faulen Larry« beschimpft, weil er ihnen nicht helfen wollte. Irgendwann musste Hayley der Polizistin zwangsläufig erklären, wen Gran damit eigentlich meinte. Anschließend hatte die Beamtin sie nach ihrem Alter gefragt, und sie hatte wahrheitsgemäß geantwortet: »Vierzehn.« In diesem Augenblick wusste sie, dass ihr Schicksal besiegelt war.

Während der nächsten Tage hatten unzählige Sitzungen und Telefonate und Besprechungen mit allen möglichen Sozialarbeiterinnen und Jugendamtsmitarbeitern stattgefunden. Schlussendlich war Gran zum Pflegefall erklärt worden. Sie sollte in ein Altersheim und Hayley zu einer Pflegefamilie kommen. Zuerst hatte Hayley geschrien und getobt und geweint. Aber Sandra – so hieß die Sozialarbeiterin, die für sie zuständig war – hatte ihr geduldig erklärt, dass sie ihre Gran ja trotzdem jederzeit besuchen konnte. Nur, dass sie im Heim eben rund um die Uhr betreut werden konnte. Dadurch musste Hayley keine Vollzeit-Pflegekraft mehr sein und hatte mehr Zeit für sich. Das hörte sich im Prinzip gar nicht so schlecht an, aber trotzdem hatte Hayley sich an diesem Abend in den Schlaf geweint.

Das ausschlaggebende Argument war für Hayley letztendlich gewesen, dass Gran durch den Umzug ins Heim hoffentlich vor den beiden Brutalos in Sicherheit war, die es auf die Echsenschuppe abgesehen hatten. Obwohl sie das Sandra natürlich nicht auf die Nase band. Seither war Hayley ununterbrochen auf der Hut, für den Fall, dass die schrecklichen Zwei sich noch einmal blicken lassen sollten. In der letzten Nacht zum Beispiel war sie aufgeschreckt, weil sie Reifenquietschen gehört hatte, aber das waren bloß dieser Vollpfosten Dean Barron und seine Kumpels gewesen, die mit seinem kotzgrünen Auto irgendwelche Schleuderübungen veranstaltet hatten. Vielleicht ließen sie sich ja gar nicht mehr blicken? Oder sie warteten bloß ab, bis die Flut der Sozialarbeiterinnen verebbt war, und schlugen dann wieder zu. Wahrscheinlich war es das Sicherste zu gehen, auch wenn es bestimmt ein merkwürdiges Gefühl war, den Ort ihrer Kindheit zu verlassen.

Hayley hatte versucht, ihrer Gran zu erklären, was das alles zu bedeuten hatte, aber Gran war der unerschütterlichen Überzeugung, dass sie in ein Hotel umquartiert wurden, während das Sozialamt ihre Wohnung renovieren ließ. Hayley fand das eigentlich gar nicht so schlecht und hörte irgendwann auf, ihr zu widersprechen.

Da, plötzlich, hielt Hayleys Gran den Atem an und ließ ihre Teetasse fallen. Hayley kam zu ihr, um sicherzugehen, dass sie sich nicht verbrannt hatte. »Gran! Alles in Ordnung?«

Die alte Dame zeigte mit zitterndem Finger auf den Fernseher. »Hast du das gesehen?«

Hayley drehte sich um. Auf der Themse war ziemlich viel Bewegung. Die beiden Ruderboote schienen gekentert zu sein, und die Ruderer schwammen prustend im Wasser. Hayley musste lachen – das war jedenfalls sehr viel spaßiger als so ein langweiliges Rennen. Doch ihre Gran machte »pschscht« und stellte den Ton lauter. Ein atemloser Reporter war zu hören: »Da ist etwas passiert … Wir wissen noch nichts Genaues … Es scheint eine Monsterwelle gewesen zu sein, ja, ich glaube, jetzt bekommen wir die Wiederholung …«

Auf dem Bildschirm war jetzt eine gewaltige Wasserwand zu sehen, die flussabwärts rollte. Zuschauer zeigten kreischend auf die Welle, und dann kam der Aufprall, umkippende Boote, Chaos.

Und dicht unter der Wasseroberfläche schwamm ein großes, dunkles Ding mit der Welle mit.

»Was ist denn das?«, wollte Hayley wissen.

Der Kommentator geriet ins Stocken. »Es scheint, als ob … als ob da etwas im Wasser wäre. Schwer zu erkennen, was es genau ist, aber … es schwimmt direkt auf die Brücke zu.«

Alfie saß auf einem Hocker in der Zitadelle, nippte an einer Tasse Tee und stopfte sich bereits die zweite Ladung Toast in den Mund, da ertönte der Alarm. Der HM und

Brian wechselten einen besorgten Blick und eilten zur Kommandozentrale. Alfie war dicht hinter ihnen.

Zahlreiche Beefeater standen dicht gedrängt um den Kartentisch. Am Stadtrand von London blinkte ein kleines Lämpchen. Der Chief Yeoman Warder war am Telefon. Er legte die Hand über die Sprechmuschel und wandte sich an den Hofmarschall.

»Das ist der Außenposten in Southwark. Er meldet erhöhte Aktivität und wartet auf Sichtbestätigung.«

»Gibt es über Funk etwas Neues?«, entgegnete der Hofmarschall.

Beefeater huschten hierhin und dahin, schalteten Funkgeräte und alte Fernseher ein, suchten sämtliche Frequenzen und Sender ab.

»Was ist denn los?«, wollte Alfie wissen.

Brian nahm ihn beiseite. »Der Außenposten hat übernatürliche Aktivitäten gemeldet. So dicht am Stadtzentrum kommt das in der Regel nicht vor, darum handelt es sich wahrscheinlich um einen falschen Alarm. Sieh einfach zu, dass du niemandem im Weg rumstehst.«

Jetzt rollte ein Beefeater einen Fernseher heran. »Das müssen Sie sich ansehen!«

Alfie drängelte sich durch, bis er etwas sehen konnte. Es war die Übertragung des Bootsrennens auf der Themse. Hunderte Zuschauer rannten von einer Seite der Hammersmith Bridge auf die andere, während gleichzeitig ein langer, schwarzer Schatten unter der Brücke durch das Wasser glitt. Die Wellen brachen sich an den Brückenpfeilern und erzeugten mächtige Spritzwasserfontänen. Für einen kurzen Augenblick lugte die Spitze eines dunklen, schuppigen, gehörnten Schwanzes aus dem Wasser. Die Kreatur wendete, brachte den schmutzigen Fluss zum Schäumen und schwamm wieder zurück, bis sie in die Tiefe abtauchte und nicht mehr zu sehen war.

»Die Schwarze Echse. Sie ist wieder da.« Der Hofmarschall klang sehr angespannt.

Jetzt lösten sich die ersten Rettungsboote vom Ufer, um die gekenterten Ruderer einzusammeln, die im Fluss umherpaddelten. Unter den Zuschauern am Ufer kehrte langsam wieder ein wenig Ruhe ein. Plötzlich ertönte ein Rauschen, als hätte man bei einer Badewanne den Stöpsel gezogen. Der Fluss schien mit einem Mal nicht mehr weiterzufließen. Stattdessen fing das Wasser an, sich um einen einzigen Punkt zu drehen. Es bildete sich ein gewaltiger Strudel, der die gekenterten Boote und die hilflosen Ruderer einfach mit sich riss.

Alfie erstarrte, und nur ein einziger Gedanke hämmerte ununterbrochen in seinem Kopf. *Ellie.* Hatte sie ihm nicht erzählt, dass sie zum Bootsrennen wollte? Mit zitternden Fingern suchte er nach seinem Handy – das Signal hier unten war zwar schwach, aber ausreichend – und wählte ihre Nummer. Sie meldete sich, und in ihrer Stimme lag etwas, was er bisher noch nie gehört hatte: Angst.

»Ellie? Bist du das? Wo steckst du?«

»Ich bin auf der Brücke! Siehst du das, Alfie?«

Alfie wandte sich wieder dem Fernseher zu und sah, wie aus dem spiralförmigen Strudel mächtige Wasserfontänen hervorschossen und aufs Ufer zu jagten. Alfie hielt den Atem an. Wie Torpedos krachten die Stoßwellen auf die Uferböschung, schleuderten Menschen durch die Gegend, rissen den Asphalt auf und ließen Fensterscheiben splittern. Jetzt stieß der Strudel noch einmal zwei Torpedowellen aus ... und dieses Mal rasten sie direkt auf die Brücke zu.

»ELLIE, PASS AUF!«, brüllte Alfie in den Hörer.

Die Brücke bog und wand sich unter der Wucht des Einschlags. Eisen ächzte, und Beton zerbrach, einzelne Brocken fielen bereits ins Wasser. Panik machte sich unter den Hunderten Zuschauern auf der Brücke breit.

Alfie brüllte in sein Handy: »ELLIE? ELLIE?« Aber die Leitung war tot. Er warf sein Handy weg und packte Brian am Ärmel. »Ellie ist da ... da auf der Brücke!«

Der Hofmarschall und Brian wechselten einen besorgten Blick. »Keine Sorge, Majestät. Ihre Leibwächter haben die Situation mit Sicherheit unter Kontrolle«, sagte der HM.

»Sie haben sie ja nicht gehört. Sie steckt echt in Schwierigkeiten. Wir müssen was unternehmen!«, brüllte Alfie.

»Ich rufe mal an. Vielleicht haben sie sie bereits evakuiert«, meinte Brian.

Die beiden wandten Alfie den Rücken zu und besprachen sich mit den Beefeatern, die die Telefone bedienten. Alfie blickte wieder zum Fernseher und suchte verzweifelt die Menge der fliehenden Zuschauer ab. Falls Ellie sich irgendwo dazwischen befand, dann konnten die Leibwächter sie unmöglich herausziehen. Jetzt brach noch ein Betonbrocken aus der Brücke und landete platschend im Wasser. Er konnte nicht länger warten. Alfie musste seiner Schwester helfen. Sofort. Er lief zurück in die Arena, zog den Insignien-Schrank auf, griff nach der Schleiertunika und schlüpfte hinein. Bereits eine Sekunde später hüllte die magische Rüstung des Defenders ihn ein.

Jetzt kamen der Hofmarschall und Brian hereingestürzt.

»Was soll das denn werden, wenn's fertig ist?«, blaffte Brian ihn an.

»Ich rette meiner Schwester das Leben!«, gab Alfie zurück und durchwühlte den Schrank mit den Kronjuwelen.

»Nein, Majestät! Ihr seid noch nicht annähernd so weit!«, stieß der HM hervor.

Jetzt hatte Alfie entdeckt, wonach er gesucht hatte: die Sporen. Er fühlte die ruhelose Energie, die in ihnen steckte, wie bei einem ungeduldigen Hund, der an seiner Leine zerrt. Die Sporen flogen ihm aus der Hand und dockten mit einem befriedigenden *Klonk* an seinen gepanzerten Stiefeln an, wie Metall an einem kräftigen Magneten. Der Hofmarschall und Brian wichen verunsichert ein Stück zurück.

»Also gut, Alfie, du legst jetzt diese Rüstung wieder ab, und zwar schön langsam und vorsichtig, okay?« Brians Stimme klang ruhig und leise. »Und komm ja nicht auf die Idee, das Zauberwort zu sagen.«

»Welches denn? Meinst du etwa ›Sporen‹?«

Kaum hatte er das ausgesprochen, explodierte das

Geisterpferd aus seinen Hacken und riss Alfie in die Luft, so schnell, dass er für einen Augenblick keine Luft mehr bekam. Die Wände der Arena sausten an ihm vorbei, während Wyvern unter ungeduldigem Wiehern im Kreis flog, immer dicht über die Bänke hinweg. Brian und der HM waren gezwungen, in Deckung zu gehen. Alfie fuchtelte wild mit den Armen, versuchte, die Zügel zu fassen zu bekommen, aber Wyvern war einfach zu schnell.

Gerade, als Alfie dachte: *Ich kann bloß hoffen, dass das Vieh weiß, wo der Ausgang liegt,* öffnete sich ein Loch in der Decke der Arena. Dahinter war ein grob in den Fels gehauener, senkrechter Tunnel und an dessen Ende der Himmel zu sehen. Das Pferd schoss nach oben und war verschwunden.

Der Hofmarschall und Brian sahen einander verblüfft an.

»Vielleicht ist er ja weiter, als Sie glauben«, sagte Brian.

Falls irgendjemand genau in diesem Augenblick den Himmel über dem Tower von London beobachtete, er hätte vielleicht meinen können, dass aus dem Dach eine Art Lichtblitz hervorgeschossen und schon im nächsten Augenblick verschwunden war. Und wenn es nicht in so großer Höhe stattgefunden hätte, dann hätte dieser Jemand auch Alfies verzweifelte Schreie gehört, die dem wahnsinnigen fliegenden Pferd galten:

»HALT! LANGSAMER! HO!«

Doch die wilde Kreatur – Gespenst, Geistertier, was immer es auch sein mochte – hatte ganz eindeutig keine Lust zu gehorchen. Nicht nur, dass Wyvern schnell war (sie war schneller als jeder Düsenjet, so dass Alfies Gesichtshaut nach hinten gezogen wurde), sie bockte und bäumte sich auf, ja, drehte sich dabei sogar um die eigene Achse, alles nur, um Alfie abzuwerfen. Er fand das ziemlich unfair. *Was hab ich ihr denn getan? Ich bin doch der Defender, oder etwa nicht?*

Alfie hatte noch nie besonders viel Spaß am Reiten gehabt, aber er wusste, dass er die Zügel brauchte, die er schließlich auch zu fassen bekam und dann daran zog, so kräftig er konnte. »Zum Fluss! Bring mich zum Fluss!«, schrie er das Pferd an.

Wyvern schoss in halsbrecherischem Tempo steil nach oben, und Alfie hielt sich fest. Etwas anderes blieb ihm gar nicht übrig. Hoffentlich kam er noch rechtzeitig bei Ellie an. Und hoffentlich in einem Stück.

Ellie war früh da gewesen, um sich einen guten Platz genau in der Mitte der Brücke zu sichern. Jetzt wäre es ihr erheblich lieber gewesen, sie hätte sich einfach nur vor den Fernseher gesetzt. Beim Aufprall der ersten Welle fiel ihr das Handy aus der Hand und landete im Wasser. Unter ohrenbetäubendem Geschrei rappelten sich die Menschen wieder auf und rannten verzweifelt die Brücke entlang, versuchten nur noch ihre Haut zu retten. Ellie blickte sich nach Rhona um, ihrer persönlichen Leibwache, und sah, dass sie von der Flut der Flüchtenden einfach mitgerissen wurde.

BUMM. Die Brücke bebte unter ihren Füßen. *BUMM. BUMM. BUMM.* Die Wasseroberfläche schien auf- und abzuhüpfen, als hätte jemand eine Wagenladung Dynamit in die Themse geworfen. Ein goldenes Wappen, das an der Spitze des letzten Brückenpfeilers hing, löste sich aus der Verankerung und stürzte, begleitet von einem ganzen Schauer von Steinen, in die Tiefe. *ZACK!* Ein dickes Tragseil riss entzwei und baumelte wie eine gerissene Gitarrensaite über den stählernen Halterungen. Die Brücke gab ein merkwürdiges Ächzen von sich und schwankte. Das Geländer, an dem Ellie sich festhielt, brach und neigte sich hinaus auf den Fluss. Jetzt konnte sie nur noch ihre Fingernägel in die splitternden Holzdielen krallen, mehr blieb ihr nicht, um ihren Sturz in das dreißig Meter unterhalb dahinbrausende Wasser zu verhindern.

Da, plötzlich, hörte sie den verzweifelten Schrei eines Mädchens ganz in der Nähe: »HILFE!«

Es dauerte ein paar Augenblicke, bis sie erkannt hatte, woher die Stimme kam. Sie beugte sich über den Brückenrand und entdeckte ein Stück weiter unten einen grünen Blazer. Das war doch *ihre* Schuluniform! Eine Siebtklässlerin aus ihrer Schule hing dort an einer Strebe. Sie musste durch die Dielen des splitternden Fußwegs gefallen sein, als die Brücke sich verbogen hatte. In ihren weitaufgerissenen Augen lag Todesangst, und ihr Gesicht war geisterhaft bleich.

»Hilfe! Hilfe!«

»Halte durch! Ich komme!«, rief Ellie dem Mädchen zu.

Jetzt kann ich endlich mal zeigen, was ich beim Turnen

alles gelernt habe, dachte Ellie, während sie sich über den Brückenrand schwang und die Stahlstrebe unterhalb des zerstörten Fußwegs zu fassen bekam. Das jüngere Mädchen lag am anderen Ende, ungefähr drei Meter entfernt. Sie zitterte am ganzen Körper. *Ist auch nichts anderes als der Schwebebalken, also alles kein Problem*, redete sie sich ein. *Na ja, bis auf die dreißig Meter Höhe und die abbröckelnden Brückenteile …* Sie richtete alle Konzentration auf ihr Ziel, streckte die Arme zu beiden Seiten aus und setzte behutsam einen Fuß vor den anderen. Nach fünf Schritten fing die Brücke so sehr an zu beben, dass sich mehrere lange Holzdielen aus der Verankerung lösten und links und rechts von Ellie in die Tiefe stürzten. Sie ging etwas schneller und nach weiteren sechs Schritten hatte sie es geschafft. Sie packte das zitternde Mädchen und suchte nach einer Möglichkeit, wie sie wieder nach oben klettern konnten.

»Eleanor! Eleanor!«

Das war ihre Leibwächterin, Rhona. Sie stand direkt über ihnen auf der Brücke.

»Hier unten!«, brüllte Ellie.

Da wurde über ihnen ein Holzbrett emporgehoben, und Rhonas mit Blut und Dreck verschmiertes Gesicht tauchte auf. »Gib mir deine Hand!«

Aber Ellie hob ihr das jüngere Mädchen entgegen. »Erst sie!«

Rhona packte das Mädchen an beiden Armen und zog sie durch das Loch nach oben. Dann erschien Rhona erneut in der Öffnung. Ellie streckte die Arme aus, doch im selben Augenblick fuhr ein heftiger Ruck durch die Brücke, und Ellie rutschte bis ans andere Ende der Stahlstrebe. Sie klammerte sich fest wie eine Katze in einem sturmgepeitschten Baum und sah voller Entsetzen, wie die beiden Hauptpfeiler der Brücke Stück für Stück auseinanderbrachen. Das Bauwerk stieß ein lang anhaltendes, klagendes Heulen aus, wie der Todesschrei eines verendenden Tieres. Es war unmittelbar davor einzustürzen.

Rhona hatte keine andere Wahl, als sich das junge Mädchen zu schnappen und mit ihr zusammen, so schnell sie nur konnte, von der Brücke herunterzurennen. Sie schaffte es gerade noch, bevor die Brücke endgültig zusammenbrach. Als die Strebe, an die Ellie sich klammerte, nachgab, stieß sie sich so kräftig wie möglich ab, um nicht auf irgendwelchen Trümmern, sondern, wenn irgend möglich, im Wasser zu landen. Sie würde so lange tauchen wie noch nie in ihrem ganzen Leben.

Die Landung war hart. Sie kam mit den Armen zuerst auf dem Wasser auf und immerhin schräg genug, um nicht gleich tot zu sein. Trotzdem wurde sie durch den heftigen Aufprall bewusstlos und ging sofort unter.

Hoch oben, am unteren Rand einer Wolke, kam Alfie auf Wyvern näher und sah die Brücke einstürzen. Im Fluss schwammen die Ruderer kreuz und quer durcheinander und klammerten sich an ihre gekenterten Boote oder Wrackteile. Aber von Ellie war weit und breit nichts zu sehen. Er war zu spät gekommen. Dicke Tränen liefen ihm unter dem Helm über das Gesicht. Die Schwarze

Echse hatte seinen Vater getötet, und jetzt hatte sie sich auch seine Schwester geholt. »Ellie!«, schluchzte er.

Da stieß Wyvern mit einem Mal senkrecht nach unten in Richtung Fluss, die Beine dicht am Körper wie ein Falke, der sich auf seine Beute stürzt. Alfie kreischte, als sie in Überschallgeschwindigkeit die Wasseroberfläche durchstießen, ein weißer Schatten, so schnell, dass Alfie nicht einmal Zeit hatte, den Atem anzuhalten. Das trübe Wasser war aufgewühlt wie in einer Waschmaschine im Schleudergang. Metallstücke und Holzbrocken taumelten vorbei und schlugen gegen seine Rüstung. Höchst verwundert stellte Alfie fest, dass er unter Wasser atmen konnte. Er versuchte verzweifelt, seine Gedanken zu ordnen. Über sich waren die Füße der im Wasser schwimmenden Ruderer zu erkennen. Aber Wyvern schien ganz genau zu wissen, wohin sie wollte. Sie tauchte immer tiefer, suchte offensichtlich eine Spur.

»Gut so ... Such sie, such sie!«, feuerte Alfie sie an. Er schob einen großen Haufen abgebrochener Holzbalken aus dem Weg und spähte durch das düstere Wasser. Da schwebte ganz in der Nähe ein lebloser Körper mit langen, wehenden Haaren herab, dem Grund des Flusses entgegen. »Ellie!«

Wyvern reagierte schon, bevor Alfie die Zügel überhaupt in die Hand genommen hatte. Sie schob sich mit dem Hals unter Ellies leblosen Körper und schubste sie dann wie einen Korken nach oben. Mit Schwung brach sie durch die Wasseroberfläche, kam prustend und keuchend zu sich, spuckte schmutziges Wasser aus und fing an zu schwimmen. Sie war am Leben. Alfie sah von unten zu, wie das Rettungsboot neben seine Schwester glitt. Er konnte das tiefe Tuckern des Motors ebenso hören wie die gedämpften Rufe der Helfer, die seine Schwester aus dem Wasser zogen.

»Genau so, Wyvern! Super!« Alfie gab ihr einen Klaps auf die Schulter, aber sie wurde wütend und versuchte, ihn zu beißen. »He! Ich wollte doch bloß nett zu dir sein!«

Zu spät sah Alfie, dass sich noch etwas anderes durch das Wasser schlängelte. Jetzt kam es direkt auf ihn zu. Es hatte schuppige, schwarze Gliedmaßen, einen dicken, dornigen Schwanz und ein langgestrecktes Maul mit vielen, rasiermesserscharfen Zähnen. Die Schwarze Echse. Die Kreatur umkreiste Alfie unruhig, wechselte immer wieder die Richtung und fixierte ihn mit ihren teuflischen, roten Augen, als sei sie ausgesprochen erbost darüber, dass der Defender ihre kleine Flussparty gestört hatte.

Alfie geriet in Panik und wollte nach seinem Schwert greifen, bis ihm einfiel, dass er es bei seinem überstürzten Aufbruch gar nicht erst mitgenommen hatte. Er saß in der Falle. Er machte sich auf den unausweichlichen Angriff gefasst, hoffte inständig, dass seine Rüstung oder Wyvern ihn retten konnten … Doch die Schwarze Echse machte urplötzlich kehrt, als hätte sie beschlossen, dass er den Aufwand nicht wert war. Mit einem Schlag ihres breiten Schwanzes verschwand sie in der Tiefe. Alfie spürte nur die kräftige Welle, die ihn im Sattel noch einmal durchschüttelte.

15
Der Schrein des Bekenners

»Ich war so dicht davor, es ihr zu sagen. *So* dicht!«

Alfie saß neben dem Hofmarschall auf der Rückbank eines Range Rover, den Brian durch den dichten Verkehr lenkte. Sie hatten gerade Ellie im Krankenhaus besucht, die bei ihrem Abenteuer verblüffenderweise nur ein paar Prellungen abbekommen hatte. Das Theater, das alle Welt um sie machte – die Medien hatten sie »Prinzessin Heldenmut« getauft, weil sie das junge Mädchen auf der Brücke gerettet hatte –, war ihr peinlich. Alfie hatte sich ans Fußende ihres Krankenhausbettes gesetzt und es irgendwie geschafft, ihr nicht zu erzählen, dass er auf einem Zauberpferd zu ihr geflogen war und sie vor dem Ertrinken gerettet hatte. Er war immer noch ganz aufgeregt nach seinem ersten Ritt als Defender – im Gegensatz zu dem Hofmarschall, der ein Gesicht machte wie eine Gewitterwolke.

»Ich bin sehr erleichtert, Sir, dass Ihr wenigstens das nicht getan habt. Dieser Ritt war mit weitem Abstand das Unverantwortlichste und, offen gesprochen, das Dümmste, was ich in meinem gesamten Leben zu Gesicht bekommen habe.«

»Was hätte ich denn machen sollen? Sie ertrinken

lassen? Ich habe ihr das Leben gerettet, oder etwa nicht?«

»Nach meiner Einschätzung spricht vieles dafür, dass Wyvern für diese Rettungstat verantwortlich ist«, gab der Hofmarschall verschnupft zurück.

Autsch, dachte Alfie und starrte zum Fenster hinaus. Seine gute Laune verflüchtigte sich zusehends. Der HM hatte recht. Er selbst war eigentlich nur mitgeritten. Was er natürlich niemals zugeben würde. Er klinkte sich wieder in die Schimpftirade des Alten ein.

»... und drittens hätte Euch da draußen wirklich alles passieren können. Man hätte Euch sehen können, und wo würden wir dann stehen?«

Alfie überlegte. »Wie viele Menschen wissen eigentlich, wer der Defender in Wirklichkeit ist?«

»Der Chief Yeoman Warder, die siebenunddreißig Yeoman Warders, und natürlich Brian und ich«, sagte der Hofmarschall.

»Die Polizei nicht?«

»Nein, Majestät.«

»Die Armee?«

»Nein, Sir.«

»Der Premierminister?«

Brian schlug lachend auf das Lenkrad ein. »Da könntest du die Presse auch gleich selber informieren!«

»Die Geheimdienste, der MI-5 und so weiter, interessieren sich seit vielen Jahren für uns«, fuhr der HM fort. »Sie wissen, dass der Defender kein Hirngespinst ist, und würden wirklich *sehr gerne* erfahren, wer dahintersteckt.«

»Aber stehen wir nicht irgendwie auf derselben Seite? Wollen wir nicht alle Großbritannien schützen?«, erkundigte sich Alfie.

»Theoretisch schon. Aber der MI-5 hält nicht viel von unabhängigen Mitstreitern.«

Alfie ließ sich das alles durch den Kopf gehen. Ihn eingeschlossen wussten genau einundvierzig Personen über den Defender Bescheid. Das hörte sich ziemlich viel an. Wenn nur einer davon den Mund nicht halten konnte, kam das ganze Unternehmen ans Licht.

»Und was hält die Beefeater – pardon, die Yeoman Warders – davon ab, etwas auszuplaudern?«

»Nun, Sir, dagegen besitzen wir eine Geheimwaffe«, sagte der HM.

»Cool. Was für eine denn? Ein Geheimtrank, der sie am Reden hindert? Oder so was wie einen Laserstrahl, der ihr Gedächtnis ausradiert?«

»Nein. Es ist eine unscheinbare Eigenschaft, die wir *Loyalität* nennen.« Fast knurrig stieß der Alte das Wort hervor. »Die Yeoman Warders bilden seit über fünfhundert Jahren die unerschütterliche Leibwache des Königs. Noch nie haben sie ihr Schweigen gebrochen. Wenn die Bevölkerung unseres Landes jemals erfahren würde, welch garstige Kreaturen die Gestade dieses schönen Landes bedrohen, würde eine Massenpanik entstehen, das könnt Ihr mir glauben.«

Alfie schauderte. »So wie dieses glitschige, schwarze Echsending, meinen Sie? Ach, das hat übrigens mittlerweile einen Schwanz bekommen.«

Der Hofmarschall blickte mit gerunzelter Stirn zum Fenster hinaus, wo die Passanten die vorbeifahrende Fahrzeugkolonne anstarrten.

»Sie verändert sich, wird immer stärker. Bis jetzt hat sie sich im Tower, in Stonehenge und in der Themse blicken lassen. Es kommt mir vor, als würde sie nach etwas Bestimmtem suchen.«

»Ich hab auch mal meine Kontaktlinsen verloren. Da hab ich das ganze Zimmer auf den Kopf gestellt. Das war vielleicht ein Durcheinander«, warf Alfie ein. Doch der Hofmarschall verzog keine Miene. »Ja, ja, ist vielleicht nicht ganz dasselbe«, fügte Alfie hinzu.

»Dazu kommt, dass das Ding ein ausgekochtes Schlitzohr ist«, rief Brian vom Fahrersitz nach hinten. »Hat uns nicht den geringsten Hinweis hinterlassen, wie wir ihm auf die Schliche kommen könnten.«

Ein Hinweis. Da war doch was? Alfie zermarterte sich das Hirn. Er hatte doch irgendetwas gesehen. Der Wagen kam vor dem Westeingang der Westminster Abbey zum Stillstand, und Brian sprang nach draußen, um Alfie die Tür zu öffnen. Sie waren hier, um die Krönungsfeierlichkeiten zu proben, die in nur zwei Wochen stattfinden sollten. Fast drohend reckten sich die beiden riesigen Türme der Kirche vor Alfie in die Höhe, als er ausstieg und seine Krawatte zurechtrückte (wie er Krawatten hasste!). Dann ging er dem Empfangskomitee entgegen, das aus einer Schar Priester bestand, die geduckt unter ihren Schirmen standen. Ein grauhaariger Bischof ließ ein Gebetbuch fallen. In dem Moment, als er sich bückte, um es wieder aufzuheben, zuckte ein Gedanke durch Alfies Bewusstsein. Eine Erinnerung. Er blieb stehen und drehte sich zum Hofmarschall um.

»Es gibt *doch* einen Hinweis! Ellie hat mir ein Video geschickt, vom Tower. Das hat sie im Netz gefunden.«

Der HM verzog keine Miene. Wahrscheinlich dachte er, dass Ellie das Video mit einem Fischernetz aus der Themse gezogen hatte. Alfie zog sein Handy aus der Tasche, suchte nach Ellies E-Mail und klickte den Anhang an. Der HM und Brian sahen sich das wackelige Filmchen vom Kampf zwischen dem Defender und der Schwarzen Echse beim Tower, direkt vor dem Jewel House, an.

»Ja, ja, das wissen wir doch schon. Die Yeoman Warders haben uns ausführlich Bericht erstattet«, flüsterte der Hofmarschall. Die Priester sahen verwirrt zu ihnen herüber.

»Wartet«, sagte Alfie. »Ganz am Schluss kommt es.«

Schließlich kam der Moment, wo der Defender der Echse eine Schuppe abschlug. Sie segelte im hohen Bogen durch die Luft, landete auf dem Rollstuhl der alten Frau und wurde von dem Mädchen, das sie begleitete, eingesteckt. Die beiden Männer wechselten einen hoffnungsvollen Blick.

»Suchen Sie sie«, befahl der Hofmarschall Brian.

Und noch bevor Alfie dagegen protestieren konnte, hatte Brian ihm das Handy aus der Hand gerissen, war mit einem Satz wieder am Steuer des Range Rover und röhrte davon. Der HM scheuchte Alfie in Richtung Abbey.

»Also gut, Sir, wenden wir uns wieder dem Alltag zu. Immer lächeln. Tut einfach so, als wärt Ihr ein normaler Mensch.«

Alfie verzog die Mundwinkel zu einem künstlichen Grinsen. »Ich werde mein Bestes tun.«

Er war schon oft in der Westminster Abbey gewesen – bei Hochzeiten, Feiertagsgottesdiensten und natürlich bei der Beerdigung seines Vaters. Aber irgendwie war es dieses Mal anders als sonst. Dieses Mal wurde in der altehrwürdigen Abtei eine Krönungsfeier vorbereitet – *seine* Krönungsfeier. Mit einem Mal wurde Alfie alles zu viel. Die Gewölbedecke kam ihm noch höher, noch atemberaubender vor als gewöhnlich. Jedes Denkmal, jede Statue, jede Skulptur schien einen Schatten auf ihn zu werfen. Die Namen und Gesichter der berühmtesten Herrscher, Soldaten, Wissenschaftler und Künstler des Landes bedrängten ihn von allen Seiten, forderten ihn heraus, verlangten von ihm, so zu tun, als sei er es wert, zu ihnen zu gehören. Aber er wusste, dass es nicht so war.

»Am besten stellst du dir das Ganze vor wie ein Theaterstück, Alfie.« Professor Lock trat hinter König Edwards Thron hervor. Der Thron sah überraschend abgenutzt aus und war im Grunde genommen nicht mehr als ein einfacher Holzstuhl mit einer hohen Lehne, auf dem der zukünftige Monarch während der Krönungszeremonie zu sitzen hatte. Alfie lächelte erleichtert. So bekam er wenigstens *ein* freundliches Gesicht zu sehen.

Der Hofmarschall begrüßte den Professor mit einem

steifen Kopfnicken. »Wir hatten den Eindruck, dass Ihrer *Majestät* vor der Zeremonie ein klein wenig zusätzliche Unterweisung in Geschichte gut zu Gesicht stehen könnte.« Alfie registrierte sehr wohl, dass der HM die »Majestät« besonders betont hatte. Er hielt wohl nicht viel von Locks formlosen Umgang. Aber für Alfie war das wie eine willkommene frische Brise.

»Schön, Sie zu sehen, Sir«, sagte er. »Wie läuft es im Gefängnis? In der Schule, meine ich.«

»Wir vermissen deine nächtlichen Ausbruchsversuche sehr«, erwiderte Lock mit einem schiefen Lächeln.

»Hat Mortimer sich beim Rugbyspielen schon das Bein gebrochen?«

»Nicht, dass ich wüsste.«

»Schade.« Alfie grinste. »Wie haben Sie das mit dem Theaterstück gemeint?«

Sein Lehrer warf dem Hofmarschall einen Blick zu, als wollte er sich die Erlaubnis holen weiterzumachen. Der HM nickte und zog sich zurück. Lock fuhr fort: »Ich weiß, es fühlt sich so an, als ob sämtliche Scheinwerfer auf dich gerichtet sind, Alfie, aber in Wirklichkeit geht es dabei überhaupt nicht um dich. Du bist nichts weiter als ein Requisit, ein Symbol, genau wie die Talare und Kronen und sogar dieser verstaubte alte Sessel hier.«

Alfie wusste, dass der Professor versuchte, ihm die Sache zu erleichtern, aber allein die Vorstellung, »auf der Bühne« zu stehen, ließ ihm die Knie schlottern. »Schauspieler war ich aber auch noch nie.«

»Ach, hör doch auf, Alfie.« Lock lachte. »Ich habe

gesehen, wie du den Menschen zuwinkst und sie anlächelst. Absolut oscarverdächtig! Außerdem gibt es dafür schließlich diese Proben. Also, fangen wir an?«

Lock machte Alfie mit den höchst merkwürdigen Ritualen der Krönungszeremonie bekannt. Es war fast wieder wie in der Schule, wo der Professor manches Kapitel aus dem Geschichtsbuch dank seiner Ausstrahlung und seines grenzenlosen Wissens mit Leben gefüllt hatte. Selbst der weise alte Dekan von Westminster, der am Tag der Zeremonie den Gottesdienst halten würde, schien gemeinsam mit seinem Gefolge von Kirchenmännern und Gehilfen gebannt den Ausführungen des jungen Professors zu lauschen.

Lock erläuterte, dass die Zeremonie, genau wie ein Theaterstück, mehrere »Akte« besaß. Sie hatten alle ganz hehre Bezeichnungen, zum Beispiel »Die Erkenntnis«, »Das Gelübde« oder »Die Krönung«, aber in der Praxis bedeutete das alles lediglich, dass Alfie sich merken musste, wann er wohin zu schauen, wann er was in die Hand zu nehmen und wann er was zu sagen hatte. Als Nächstes sollte Alfie die sogenannte »Salbung« üben.

»S-s-seid unbesorgt, Euer M-M-Majestät, aber bevor wir Euch mit dem heiligen Öl salben, b-b-breiten meine Kollegen einen Baldachin über Eurem Haupt aus.« Die Stimme des Dekans war genauso zitterig wie seine Hände. *Wenn der mich mit dem heiligen Öl salbt,* dachte Alfie, *dann sollte ich mir vielleicht vorher einen Regenmantel besorgen.*

Jetzt ergriff Professor Lock wieder das Wort und sagte, dass die Salbung nicht einmal gefilmt werden würde, weil das diesen heiligen Moment stören würde. Denn im Augenblick der Salbung, so glaubte man, wurde dem Monarchen durch eine höhere Macht seine Autorität verliehen. Obwohl heutzutage natürlich jeder wusste, dass der König nur auf dem Thron saß, weil das Volk es ihm gestattete – man hatte gerne einen König, solange dieser keine *wirkliche* Macht besaß. Alfie meinte in der Stimme seines Lehrers eine Spur des Bedauerns wahrzunehmen. Aber gleichzeitig musste er daran denken, was der Hofmarschall ihm über diesen bedeutendsten Teil der Krönungszeremonie verraten hatte – und das war etwas, was selbst Professor Lock unmöglich wissen konnte. Während der Salbung würde Alfie voll und ganz der Defender werden. Das war der Augenblick, der dem Durcheinander und der Ungewissheit ein Ende setzen und den Kräften, die ihn seit einiger Zeit umschwirrten, wieder einen festen Sitz verschaffen würde. Wie hatte der HM das formuliert? »Das ist der Moment, in dem Ihr eins mit Eurer Bestimmung werdet.«

»Meine Bestimmung«, sagte Alfie laut, ohne es zu wollen.

»Bestimmung?«, erwiderte Lock. »Ja, ich denke, das könnte man sagen. Es ist sogar so …« Alfie folgte Locks Blick, der unter den Thron König Edwards wanderte, obwohl dort gar nichts zu sehen war. »Ach, natürlich, er ist bestimmt noch unterwegs«, sagte Lock. Als er Alfies verdutztes Gesicht bemerkte, erklärte er:

»Am Tag der Krönung wird unter deinem Stuhl ein

großer, roter Sandstein liegen. Das ist der Stein der Bestimmung – er hat aber auch noch andere Namen. Er wird in Schottland aufbewahrt. Niemand weiß genau, woher er eigentlich stammt, aber er hat seit Jahrhunderten einen festen Platz in der Krönungszeremonie. Das muss dich aber nicht weiter belasten, er hat sonst keine tiefere Bedeutung.«

Alfie hatte das Gefühl, als würde ihm gleich der Schädel platzen, so viele Informationen waren mittlerweile hineingestopft worden. Wenn das Ganze wirklich nur wie ein Theaterstück war, dann hoffte er sehr, dass es auch eine Pause gab. Lock merkte, wie erschöpft sein Schüler war, und schlug vor, eine Pause zu machen.

Alfie spazierte allein durch die dunkle Kirche, vorbei an zahlreichen Grabstätten und stillen Kapellen im Kerzenlicht. Er war schon den ganzen Tag hier. Das Licht, das zu den Buntglasfenstern hereinfiel, wurde bereits schwächer. Er umkreiste den Hauptaltar und fand sich auf dessen Rückseite vor einem riesigen Monument wieder. Es war prachtvoll verziert und mit goldenen Torbögen versehen. Darüber türmten sich mehrere quaderförmige und ebenfalls reich verzierte Grabstätten. Es erinnerte ihn irgendwie an eine Hochzeitstorte aus Stein. Wer mochte wohl in diesen kalten Steinsärgen liegen? Der Gedanke machte ihn unruhig. Wer war überhaupt auf die Idee gekommen, hier Leichen zu lagern?

Professor Lock schlenderte vorbei und sah, wie er an dem mächtigen Grabmal emporblickte. »Der Schrein für

Edward, den Bekenner. Aber das hast du natürlich gewusst, stimmt's?«, neckte er Alfie.

»Na ja, ist wahrscheinlich einer meiner berühmten Vorfahren oder so, also muss ich es ja wissen.« Alfie versuchte zu lächeln, aber die Düsternis seiner Umgebung färbte langsam auf ihn ab.

»Alfie, ich habe dir noch gar nicht gesagt, wie sehr mir der Tod deines Vaters leid tut. Das alles muss für dich unglaublich überwältigend sein.« Lock legte Alfie tröstend die Hand auf die Schulter.

»Das ist die Untertreibung des Jahres, Sir. Allein, dass ich ununterbrochen gesagt kriege, was ich zu tun und zu lassen habe … Ich komme mir vor wie …« Alfie suchte nach dem richtigen Wort, aber es fiel ihm nicht ein.

»… ein Stück Vieh?«, ergänzte Lock in fragendem Tonfall.

Es war einfach unglaublich, wie Lock sich in seine Gefühle hineinversetzen konnte. »Entschuldigung, ich sollte mich nicht darüber beklagen. Ich habe ja sowieso keine Wahl«, sagte Alfie.

Lock blickte ihn mit Sorgenfalten auf der Stirn an. Alfie merkte, dass sein Lehrer etwas sagen wollte. »Was ist denn, Sir?«

»Ich weiß gar nicht, ob es mir zusteht, aber … Komm mit, ich möchte dir etwas zeigen.«

Lock führte ihn durch einen Gang zu einem anderen Grab. Auf einem Bett aus schwarzem Stein lagen zwei sichtbar gealterte Statuen. Beide hatten die Hände zum ewigen Gebet gefaltet.

»Richard II. und seine Frau Anne. Im Jahr 1399 hat er etwas nie Dagewesenes getan: Er hat abgedankt. Weißt du, was das bedeutet?«

»Er ist als König zurückgetreten?«, riet Alfie.

»Ganz genau. Manche sagen, er sei dazu gezwungen worden, andere, dass er einfach nur Platz machen wollte. Der gute alte Richie war nicht der Gesündeste, und wir Historiker sind uns bis heute noch nicht einig, ob dieser Schritt nicht vielleicht doch der richtige war.«

Lock lehnte sich mit dem Rücken an das Grabmal und blickte Alfie an. Dann warf er einen kurzen Blick in den Gang, um sich zu versichern, dass sie nicht belauscht wurden.

»Was ich damit sagen will, ist Folgendes: Ganz egal, wie sehr du dich in die Enge gedrängt fühlst, das Leben lässt einem immer die Möglichkeit einer Entscheidung, sogar dir … ›Und sei das Tor auch noch so schmal, wie viele Strafen ich auch zähl, in meiner Hand liegt mein Schicksal, ich bin der Käpt'n meiner Seel'.‹« Alfies Lehrer lächelte milde. »Tu mir den Gefallen und denk über die Bedeutung dieser Worte nach.«

Alfie nickte: »… ›der Käpt'n meiner Seel'‹. Das gefällt mir …«

Plötzlich durchbrachen laute Stimmen die Stille, und der Hofmarschall kam zu ihnen geeilt. »Bitte entschuldigen Sie, Herr Professor, aber ich muss Seine Majestät entführen. Es ist dringend.«

»Aber selbstverständlich.« Professor Lock lächelte höflich, während er Alfie tief in die Augen sah. »Wir sprechen uns wieder, Alfie. Du bist der Käpt'n, vergiss das nicht.«

Erneut runzelte der Hofmarschall missbilligend die Stirn, weil der Professor den König mit dem Vornamen ansprach, doch dann brachte er ihn mit schnellen Schritten nach draußen.

Es war ein kühler, regnerischer Abend. Brian hielt Alfie die Tür des Range Rover auf und schob ihn auf die Rückbank. Sekunden später schlängelten sie sich bereits durch den Verkehr. Alfie war gereizt und müde. Er wollte eigentlich nichts weiter als etwas zu essen und dann acht Stunden am Stück schlafen.

»Was soll denn die Hektik?«

»Das Mädchen aus dem Video, sie heißt Hayley Hicks«, erwiderte Brian. »Britische Staatsbürgerin, vierzehn Jahre alt. Lebt in einem Wohnblock in Watford. Das Problem ist: Wir sind nicht die Einzigen, die das wissen.«

»Was soll das heißen?«, hakte Alfie nach.

Brian trat aufs Gas und überfuhr eine rote Ampel, während die Begleitmotorräder die Seitenstraßen blockierten. »Ich habe einen Tipp bekommen, von einem Kumpel beim MI-5. Sie haben Hayley Hicks identifiziert und sind gerade auf dem Weg, um sie abzuholen. Wenn wir jemals herausfinden wollen, was das für ein Monster ist und wie wir es schlagen können, dann müssen wir vor dem MI-5 dort sein und uns die Echsenschuppe sichern.«

»Das klingt vernünftig«, sagte Alfie und hielt sich mit beiden Händen an den Armlehnen fest. »Aber werden die Leute sich nicht wundern, dass wir zu irgendeinem Wohnblock in Watford fahren?«

Der Hofmarschall, der die ganze Zeit nervös an seiner Armbanduhr herumgespielt hatte, ergriff das Wort. »*Wir* fahren da sowieso nicht hin, Majestät. Sondern *Ihr*. Und Ihr nehmt auch nicht das Auto ...«

16
Rettung vom Dach

They're coming to take me away, ha, ha! They're coming to take me away, ho, ho!

Den ganzen Morgen schon schallten diese Worte aus einem der alten Lieder, die ihre Gran immer vor sich hin geträllert hatte, in einer Endlosschleife durch Hayleys Kopf. Sie stand in ihrem Zimmer, stopfte alle möglichen Klamotten in ihren Rucksack und versuchte nicht zu weinen. In einer Stunde wollte Sandra – das war die Sozialarbeiterin, die für sie zuständig war – vorbeikommen und sie ein für alle Mal aus ihrer gewohnten Umgebung herausreißen.

Irgendwie rechnete sie immer noch jeden Moment damit, dass ihre Gran nach ihr rief und eine Tasse Tee verlangte oder wissen wollte, wann ihre Lieblings-Quizsendung anfing. Aber Hayleys Gran war schon weg. Die Pfleger aus dem Seniorenstift Flüsterwäldchen (wer dachte sich eigentlich immer diese Namen aus?) waren schon früh am Morgen hier gewesen und hatten sie abgeholt. Hayley hatte ein schlechtes Gewissen, dass sie so unfreundlich zu ihnen gewesen war. Einer hatte zum Beispiel zu ihr gesagt, dass es doch eine Erleichterung für sie sein musste, dass ihre Gran jetzt in ein Heim kommt, wo man sich »vernünftig« um sie kümmern konnte, und sie hatte erwidert, dass er von ihr aus »seinen dicken Schädel ins Klo stecken« könne. Der Pfleger hatte sie völlig erschüttert angesehen, und Hayley hatte anschließend versucht, ihre Wut besser im Griff zu behalten. Es war ja nicht deren Schuld, hatte sie sich gesagt. Sie machten nur ihre Arbeit.

Ihre Gran hatte sowieso gerade eine ihrer verwirrten Phasen gehabt. Sie dachte, dass sie in Urlaub fuhren, und hatte Angst, das Flugzeug zu verpassen. »Beeilung, Lawrence! Das ist mein Koffer! Nein, *der* da! Manchmal habe ich das Gefühl, du bist gar nicht richtig da!«

In ihren Augen war der Pfleger ihr längst verstorbener Mann, und es war eigentlich ziemlich lustig gewesen, wie sie ihn herumkommandiert hatte, vor allem, weil der Pfleger mitgespielt und Hayley immer wieder zugezwinkert hatte. Jedenfalls war klar, dass die Pfleger wussten, was sie zu tun hatten. Und dass ihre Gran sich nicht einmal von ihr verabschieden wollte, hatte ihr die Sache noch leichter gemacht. Sie hatte einfach keine Zeit mehr gehabt, weil »das Flugzeug sonst ohne uns abhebt!«. Und dann war es plötzlich sehr still gewesen. Gerade eben noch hatten Hayley und ihre Gran ein gemeinsames Leben gehabt, und im nächsten Augenblick nicht mehr.

Hayley hatte draußen vor der Tür gestanden und dem Transporter des Altersheims nachgesehen. Es war ein Gefühl, als würde ihr sämtliche Luft aus den Lungen gepresst. Tränen liefen ihr übers Gesicht. Dies war der traurigste Tag ihres Lebens. Dann hatte Dean Barron sein bescheuertes, kotzgrünes Auto gestartet, mit seinen Abgaswolken die Luft verpestet, ein Hupkonzert veranstaltet und sie dazu auch noch spöttisch angegrinst. Darum hatte Hayley sich wieder nach drinnen verzogen und angefangen zu packen.

Klopf, klopf!

Hayley blickte auf ihre Armbanduhr und ließ enttäuscht den Kopf hängen. Sandra war zu früh dran. Sie schlich zur Wohnungstür und linste durch den Spion. Doch dann jagte das Adrenalin wie ein Stromstoß durch ihren ganzen Körper. Da draußen stand nicht etwa ihre Sozialarbeiterin. Da draußen stand der kleine Mann mit dem kalten Blick, zusammen mit seiner riesenhaften Partnerin. Hayley hätte sich in den Hintern treten können. Wieso war sie nicht aufmerksamer gewesen? Sie hatte die beiden angeblichen Kriminalpolizisten seit ihrem ersten Besuch nicht mehr gesehen und deshalb gehofft, dass sie das Interesse an ihr verloren hatten. Aber jetzt waren sie wieder da. Ihr blieben nur wenige Sekunden, um einen Plan auszutüfteln. Der Mann vor der Tür legte das Auge direkt an den Spion.

»Kuckuck, Hayley!«, sagte Turpin. »Wir dachten, du fühlst dich vielleicht ein bisschen einsam.«

Fulcher schubste ihn beiseite und spannte ihre mächtigen Muskeln. »Genug geplaudert jetzt.« Sie trat mit ihrem Stiefel Größe siebenundvierzig gegen die Tür, und der Sicherungsriegel brach wie ein dünnes Zweiglein entzwei.

Aber im Flur war keine Spur von Hayley zu entdecken. Fulcher riss jede einzelne Zimmertür auf, dicht gefolgt von Turpin, der in den üblichen Verstecken nachsah. Er schätzte, dass es in einer Wohnung von dieser Größe keine zehn Sekunden dauern konnte, bis sie ihre Beute entdeckt hatten. Fulcher kam mit verwirrter Miene aus dem Schlafzimmer und zuckte mit den Schultern. Turpin schob sich gereizt an ihr vorbei.

»Sie muss hier irgendwo sein!«

Das Zimmer war leer, und die Balkontür stand offen, aber Hayley war nicht zu sehen. Er wollte das Zimmer gerade wieder verlassen, da bemerkte er die dünne, rote Schnur, die an dem Haltegriff an der Seite des Bettes festgemacht war. Sie führte quer durch das Zimmer und durch die Balkontür nach draußen bis über die Brüstung. Turpin ging ihr nach, beugte sich über die Brüstung und sah Hayley am unteren Ende der Schnur baumeln.

»HIER IST SIE DOCH, DU BLÖDE KUH!«, brüllte Turpin. Fulcher kam auf den Balkon gerannt. Sie packte die rote Schnur und fing an zu ziehen, spannte die Muskeln, holte Hayley Stück für Stück wieder ein. Hayley kreischte. Sie hatte gerade die Brüstung des Balkons unter ihrem eigenen mit den Zehenspitzen erreicht, als Turpin gerufen hatte, und jetzt wurde sie wieder nach oben gezogen. Sie hatte keine andere Wahl. Entweder ließ sie jetzt los, in der Hoffnung, dass sie auch wirklich da landete, wo sie hin wollte, oder die beiden würden sie schnappen. Hayley holte noch ein letztes Mal Schwung und ließ die Schnur los.

Sie landete mit den Füßen auf der Balkonbrüstung und schwankte bedrohlich hin und her. Um ein Haar wäre sie tatsächlich abgerutscht, doch dann fand sie das Gleichgewicht wieder und sprang auf den Balkon. Als sie durch die Wohnung hastete, kam sie an einem verdutzten alten Mann vorbei. Das war Mr Pollard, der schon seit vielen Jahren unter ihr und ihrer Gran wohnte.

»Bitte entschuldigen Sie, Mr Pollard!«

»Kein Problem, Hayley!«, gab er zurück. »Wie geht's deiner Gran?«

»Gut, danke!«, rief sie, während sie den Flur entlang- und zur Tür hinausstürmte.

In der Wohnung darüber lag Fulcher immer noch auf dem Rücken und fluchte laut. Turpin hastete an ihr vorbei.

»STEH AUF, DU RIESENKLOPS!«

Hayley raste in vollem Tempo ins Treppenhaus. Auf gerader Strecke war sie wahrscheinlich schneller als die beiden, da war sie sich ziemlich sicher, aber dazu musste sie erst einmal raus aus dem Haus. Doch anstatt nach unten zu laufen, rannte sie nach oben aufs Dach. Sie musste unbedingt noch die Echsenschuppe holen. Wenn sie die zurückließ, hatte alles keinen Sinn.

Ein Stockwerk höher blieb sie an der Treppenhaustür stehen, riss sich ihren Pullover über den Kopf und wickelte ihn um die Türgriffe, so dass die Türen sich nicht mehr öffnen ließen. Einen Sekundenbruchteil später prallte Turpin von innen gegen die Tür und starrte sie durch die Glasscheibe hindurch wutentbrannt an.

»Gib uns einfach nur die Schuppe, Hayley, dann bist du uns los!«

»Wozu?«, brüllte sie zurück. »Damit ihr das alles vertuschen könnt? Nein, danke!«

Turpins Gesicht verschwand. Stattdessen tauchte jetzt Fulchers Faust auf. Sie zertrümmerte mit einem einzigen Schlag die Glasscheibe und fing an, Hayleys Pullover zu entknoten. Hayley drehte sich blitzartig um und hastete die Treppe hinauf. Einmal stolperte sie und stieß sich dabei das Knie an. Aber sie hatte keine Zeit, an den Schmerz zu denken. Sie musste weiter.

Hayley stürzte nach draußen auf das Dach, an die frische Luft, und schob den dicken Riegel vor die Stahltür. Der dürfte sogar dieses Monster eine Weile aufhalten. Es gab zwar außer der Treppe keinen Weg nach unten, aber Hayley hatte bereits einen Plan. Sie hinkte zu dem Beet und holte die Schuppe aus der moderigen Erde. Dann steckte sie sie in ihren Rucksack und holte tief Luft. Jetzt brauchte sie nur noch die Polizei zu rufen (war vielleicht nicht besonders originell, zugegeben, aber beim letzten Mal hatte es ja auch funktioniert!), dann konnte sie sich zurücklehnen und in aller Ruhe abwarten, bis die Ganoven, die hinter ihr her waren, wieder einmal den Rückzug antraten. Sie griff in die Tasche, um ihr Handy herauszuholen. Es war nicht da. Sie suchte auch in den anderen Taschen, in ihrem Rucksack … nichts.

Klopf, klopf. An der Stahltür.

»Falls Sie Ihr Handy suchen sollten, Miss Hicks, dann brauchen Sie lediglich die Tür zu öffnen. Es wäre mir ein großes Vergnügen, es Ihnen persönlich zu überreichen.«

O nein. Es musste ihr, als sie vorhin gestolpert war, aus der Tasche gefallen sein.

Fulcher rüttelte an der Tür und ließ nicht locker, bis die Angeln ächzten und stöhnten. Lange würden sie diesen wütenden Angriffen nicht mehr standhalten.

Das war's also, dachte Hayley. Ihre Gefangennahme stand unmittelbar bevor. Sie würden ihr die Schuppe abnehmen und … ja, was dann? Diese Leute machten nicht den Eindruck, als hätten sie die Angewohnheit, Zeugen am Leben zu lassen. Und es wäre überhaupt kein Problem gewesen, es so aussehen zu lassen, als sei sie »versehentlich« vom Dach gefallen.

Während sie noch wie hypnotisiert auf die bebende Stahltür starrte, tippte ihr plötzlich jemand von hinten auf die Schulter. Hayley fuhr der Schreck in sämtliche Glieder. Ohne nachzudenken wirbelte sie herum, um sich mit einem kräftigen Fußtritt zur Wehr setzen. Doch dann ertönte lediglich ein dumpfes *Kloing*, und sie hatte das Gefühl, als hätte sie mit voller Wucht gegen eine Wand getreten. Sie hielt sich den verletzten Fuß und hüpfte auf dem anderen Bein auf und ab. »AUA AUA AUA AUA!«

»Tut mir leid. Alles in Ordnung?«

Die Entschuldigung kam aus dem Mund des Ritters mit der gleißend weißen Rüstung, der vor ihr stand.

Der Defender.

Damit war es amtlich: Heute würde sie sich durch gar nichts mehr überraschen lassen. Hayley hörte auf, sich den

Fuß zu reiben, und sah sich um, ob es vielleicht irgendwo etwas gab, mit dem sie sich schützen konnte, falls dieser Spinner ihr doch etwas antun wollte. Obwohl, jetzt, wo sie ihn ein bisschen genauer gesehen hatte, schien er nicht vorzuhaben, sie anzugreifen. Ohne diese merkwürdige, glatte Rüstung und das Schwert an seinem Gürtel hätte er wahrscheinlich sogar irgendwie … nervös gewirkt.

»Ich wollte dich nicht erschrecken«, murmelte der Defender. Es klang durch den Helm recht gedämpft.

Hayley wunderte sich sehr. Das war doch niemals derselbe tapfere Superheld, den sie beim Tower gesehen hatte. Jetzt erinnerte er sie viel mehr an die Jungs an ihrer Schule, die keine Ahnung hatten, wie man mit Mädchen reden sollte.

»Ist schon in Ordnung«, erwiderte Hayley. »Tut mir leid, dass ich Sie getreten habe.«

Alfie seinerseits hatte noch keine Gelegenheit gehabt, sich zu überlegen, was er sagen wollte, wenn er Hayley Hicks gefunden hatte. Was sagte man denn so als Superheld? Zumal er sich vor fünf Minuten noch keineswegs so gefühlt hatte. Da hatte er sich kreischend an Wyverns Gespenstermähne festgehalten, während sie durch den Himmel galoppiert waren. Er hatte seine Augen erst wieder geöffnet, als Wyvern zum Sturzflug auf das Hochhausdach angesetzt hatte – und das hatte er sehr schnell bereut. Von oben gesehen war die Landezone nicht größer als eine Briefmarke. Er war froh, dass niemand gesehen hatte, wie er voll auf der Nase gelandet war, nachdem Wyvern sich ungefähr zwei Komma fünf Zentimeter über dem Flachdachboden in seine Sporen zurückgezogen hatte. Nur wenige Augenblicke später war Hayley durch die Tür gekommen. Er hatte kaum Zeit gehabt, sich aufzurappeln und hinter dem Wassertank zu verstecken. Von dort aus hatte er beobachtet, wie sie die Schuppe aus dem Blumenbeet geholt hatte. Als er dann auf ihre Verfolger aufmerksam geworden war, schien ihm der richtige Zeitpunkt gekommen zu sein, sich bemerkbar zu machen.

Hayley kam näher und starrte Alfies undurchdringliches Sichtfenster an. Jetzt war er es, der vor Verblüffung einen Schritt zurückwich.

»Irgendwie sehen Sie kleiner aus, als ich Sie in Erinnerung habe«, sagte Hayley.

Alfie trat unsicher von einem Fuß auf den anderen. Das war ein Thema, das er keinesfalls vertiefen wollte, aber Hayley pochte fasziniert mit dem ausgestreckten Finger gegen seinen Brustpanzer.

»›Auf dass Ihr nicht als Yeoman Warder sterben möget.‹ Das haben Sie doch zu diesem armen Beefeater beim Tower gesagt. Was bedeutet das?«

»Hab ich das?« Alfie war ziemlich durcheinander. Er wich ein paar Schritte zurück, stolperte über ein Abluftrohr und landete unter hörbarem Klappern auf dem Rücken.

Dann kam er wieder auf die Beine. Hayley sah ihm ungerührt zu. »Ich habe gedacht, Sie sollen so ein … keine Ahnung … so ein toller Held oder so was sein.«

Alfie lachte. »Hab ich auch gedacht.« Jetzt fing die

Stahltür an, sich nach außen zu biegen, weil Fulcher sich mit ihrem gesamten Gewicht von innen dagegenstemmte. Alfie fand, dass es Zeit war, zur Sache zu kommen. »Die Echsenschuppe. Die brauche ich.«

Hayley packte ihren Rucksack noch fester. »Wieso?«

»Das ist kompliziert … Ich habe keine Zeit …« Alfie richtete sich kerzengerade auf und bemühte sich, so bedrohlich wie nur möglich auszusehen. »Ich könnte sie dir auch einfach wegnehmen«, sagte er.

»Das stimmt. Aber irgendwie habe ich das Gefühl, dass Sie das nicht machen würden«, erwiderte Hayley mit einem schnellen Blick zu der bebenden Tür. »Ich mache Ihnen einen Vorschlag. Ich gebe Ihnen, was Sie haben wollen. Aber Sie müssen mich zuerst von hier wegbringen. Ich weiß, dass Sie das können.«

»Was? Nein. Kann ich nicht. Das ist verboten. Es ist gegen die …«

PENG!

Die Tür, die aufs Dach führte, flog aus den Angeln, und Turpin und Fulcher kamen aufs Dach gestürmt. Wenn der Anblick des Defenders sie irgendwie verblüffte, dann waren sie zu sehr Profis, um es sich anmerken zu lassen.

»HE! RITTER SCHNARCHNASE! LOS JETZT!«, schrie Hayley Alfie an und versetzte ihm einen Schlag auf den Schulterpanzer.

Noch bevor ihm klar war, dass er Wyvern herbeigerufen hatte, schoss das Geisterpferd aus seinen Sporen. Alfie hob Hayley hoch und schwang sie hinter sich auf den Rücken seines Pferdes. Fulcher sprang mit einem mächtigen Satz auf sie zu, doch ihre Hand griff einfach durch Wyverns Beine hindurch.

»Festhalten!«, rief Alfie.

Hayley spürte ein unglaubliches Ziehen in der Magengegend. Sie stürzten erst Richtung Erdboden und schwebten dann im Tiefflug über einen Spielplatz hinweg, bevor sie steil nach oben stiegen, nur wenige Zentimeter von den Baumwipfeln und Telefonmasten entfernt. Alfie hantierte mit den Zügeln herum, weil es wenigstens so aussehen sollte, als würde er das Pferd lenken, aber Hayley ließ sich nicht täuschen.

»Wissen Sie überhaupt, wie man dieses Ding reitet?«, rief sie ihm über das Brausen des Windes hinweg zu.

Dann ertönte das dröhnende Wummern von Rotorblättern. Ein schlanker, schwarzer Hubschrauber senkte sich herab und setzte sich genau vor sie.

»ACHTUNG!«, schrie Hayley.

Doch Wyvern hatte die Gefahr bereits erkannt. Sie wich dem Hubschrauber geschickt aus und jagte dann zwischen zwei Wohnblocks hindurch, so dicht, dass Alfie und Hayley die entsetzten Gesichter der Bewohner hinter den Fenstern erkennen konnten. Alfie riskierte einen Blick zurück. Der Hubschrauber stieg über die Wohnblocks und richtete seine Nase in ihre Richtung. Sie waren noch nicht über den Berg, noch lange nicht.

»Gib mir die Schuppe, dann setze ich dich irgendwo ab!«, rief Alfie ihr zu.

Hayley warf einen Blick nach unten auf die Straße – überall waren die Blaulichter zahlreicher Streifenwagen zu erkennen. »Niemals! Sie kriegen gar nichts von mir, bevor ich nicht in Sicherheit bin!«

Alfie wusste nicht, was er machen sollte. Der Hofmarschall hatte gesagt, dass er die Echsenschuppe um jeden Preis beschaffen sollte. Aber dieses Mädchen hatte ja mit alledem überhaupt nichts zu tun! Er konnte sie nicht einfach ihrem Schicksal und den Verfolgern überlassen. Ausgeschlossen!

Mit einem Mal kam ein zweiter schwarzer Hubschrauber von links in Alfies Blickfeld. Wyvern wich nach rechts aus. Hayley schrie laut auf und deutete auf einen dritten Hubschrauber, der jetzt von rechts herangeschwebt kam, noch dichter als die beiden anderen. Wyvern flog wilde Zickzacklinien und versuchte, die Verfolger irgendwie abzuschütteln.

»WYVERN, BRING UNS NACH HAUSE!«, befahl Alfie.

Das Pferd wieherte und bockte – offensichtlich hielt es nicht viel von dieser Idee.

»TU ES EINFACH!«

Das Pferd schien noch einen Augenblick zu überlegen, dann stürmte es in wütendem Galopp in den Himmel, hinauf zu den Wolken.

17
Die verlorene Krone

Der Wind wirbelte einen kleinen Sandsturm auf, als Wyvern auf den Boden der Arena herabschwebte und das Dach sich über ihr wieder schloss.

Der Hofmarschall kam herbeigeeilt und legte schützend die Hand vor die Augen. »Habt Ihr die Echsenschuppe bekommen, Sir?«

Alfie, der immer noch die Rüstung trug, biss sich auf die Lippe und überlegte, wie er anfangen sollte. Es würde in jedem Fall äußerst unangenehm werden. »Ja. Aber das ist noch nicht alles. Ich habe noch etwas mitgebracht. Bitte flippen Sie nicht gleich aus, HM, aber …«

Da beugte sich Hayley hinter seinem Rücken hervor, lächelte und winkte. »Hallo zusammen!«

Der Hofmarschall wich zurück, als hätte ihn jemand mitten ins Gesicht geschlagen. In diesem Moment betrat Brian die Arena. Er biss gerade in ein Sandwich. Doch dann ließ er es fallen, sprang mit einem großen Satz zur nächstgelegenen Wand und zog an einem langen, roten Seil, das dort hing. Alarmglocken schrillten.

Wyvern zog sich in ihre Sporen zurück, und Alfie und Hayley standen auf ihren nach dem Flug immer noch zitterigen Beinen. Yeoman Warders umringten Hayley mit gezückten Lanzen, und als Alfie beide Hände hob und versuchte, die Situation zu beruhigen (vergeblich), packte Brian ihn von hinten und zerrte ihn hinter eine Säule. Auf einer Empore über der Arena rollte eine furchterregende Beefeater-Soldatin ein altertümliches Maschinengewehr auf Eisenrädern heran.

Hayley riss die Hände in die Höhe. »Immer mit der Ruhe. Das war schließlich nicht meine Idee.«

»Das stimmt. Es war meine.« Alfie schüttelte Brian ab und hob die Arme, um die Rüstung abzustreifen.

»NICHT!«, platzte der HM heraus.

Aber es war zu spät. Alfies magische Rüstung war mit einem Mal nicht mehr da. In T-Shirt und Boxershorts stand er vor Hayley und zuckte nur mit den Schultern. Hayley machte den Mund auf, wollte etwas sagen, aber sie brachte kein einziges Wort heraus, sondern nur ein gepresstes Quietschen.

Während Alfie sich anzog, lief der Hofmarschall mit einer sehr interessanten Lilafärbung im Gesicht auf und ab.

»Ist Euch eigentlich bewusst, was Ihr da getan habt, Sir? Ich hatte Euch die Regel Nummer eins doch klar und deutlich mitgeteilt: Ihr dürft Eure Identität *niemandem* offenbaren, schon gar nicht so einem … so einem … Mädchen! Sie waren doch nur fünf Minuten bei ihr! Was ist denn geschehen?«

»Da waren Agenten! Und Hubschrauber! Drei Stück! Wir mussten verschwinden. Was hätte ich denn machen sollen? Sie in die Themse werfen?«

Die Miene des HM verriet, dass er nichts dagegen einzuwenden gehabt hätte.

In der Zwischenzeit stand Brian mit verschränkten Armen da und musterte die verwirrte Hayley. Er würde diesen Eindringling keine Sekunde aus den Augen lassen. Eine freundliche Yeoman Warder reichte ihr ein Glas Wasser und bot ihr einen Stuhl an. Brian schaute sie böse an, doch die nette Frau streckte ihm die Zunge heraus und schlenderte davon.

»Hmm, ich schätze mal, dass man das hier nicht im Reiseführer findet, oder?« Hayley versuchte vergeblich, Brian ein Lächeln zu entlocken.

Der HM rieb sich erschöpft das Gesicht, dann winkte er geschlagen ab.

»Sie soll hierblieben. Vorerst.«

»WAS? Aber sie gehört doch gar nicht zu uns!«, protestierte Brian.

»Dessen bin ich mir durchaus bewusst! Aber wir dürfen uns nicht ablenken lassen, dazu haben wir viel zu viel zu tun. Sie darf allerdings den Tower unter gar keinen Umständen verlassen.«

»Hallo? Ich habe doch auch Rechte, oder etwa nicht?«, schaltete Hayley sich ein. »Zum Beispiel darf ich mit einem Rechtsanwalt sprechen oder so was!«

Doch die anderen beachteten sie kaum – Alfie versuchte zu schlichten, aber der Hofmarschall betonte immer wieder, dass sie ja »nur« ein junges Mädchen sei und dass es das Beste sei, sie genau im Auge zu behalten, bis die Krise überwunden war, anstatt sie laufen zu lassen, nur damit sie draußen allen möglichen Leuten Gott weiß was erzählen konnte. Brian brüllte dagegen, dass es tief unten in den Tower-Gewölben genügend leerstehende Kerker gab, die genau für solche »unbedeutenden Probleme« wie Hayley gedacht waren. Irgendwann gab sie ihre Versuche, sich bemerkbar zu machen, auf und sah sich stattdessen in der phantastischen, riesigen, unterirdischen Halle um. Sie hatte so etwas noch nie gesehen, nicht einmal bei ihren Ausflügen mit Gran zu irgendwelchen Schlössern oder anderen historischen Bauwerken.

Ihr Blick wanderte zu ein paar Kerzen, die ihr flackerndes Licht auf einen Bilderrahmen mit dem Foto eines Beefeaters warfen. Irgendwie kam er ihr bekannt vor. Langsam erhob sie sich und trat vor die kleine Gedenkstätte, gefolgt von den Wachen. Und tatsächlich – der Mann auf dem Foto war derselbe Beefeater, den sie beim Tower hatte kämpfen und sterben sehen. Dieses Gesicht würde sie nie wieder vergessen. Es war schön, ihn noch einmal so froh und lebendig zu sehen, mit Augen voller Stolz und innerer Stärke. »Wie heißt er denn?«

Alfie, der Hofmarschall und Brian unterbrachen ihren Streit und sahen zu ihr herüber.

»Rosie«, sagte Brian. »Das war sein Spitzname. Er war Warrant Officer William Flowers. Flowers wie ›Blumen‹, verstehst du? Deswegen Rosie.«

Hayley nahm eine lange, weiße Kerze aus einer Packung gleich neben dem Schrein, zündete sie an und stellte sie behutsam zu den anderen. Als sie sich wieder umdrehte, standen ihr die Tränen in den Augen. »Ehrlich gesagt, ich weiß überhaupt nicht, wo ich hingehen soll. Oder zumindest nicht, wo ich hingehen möchte. Ich behaupte gar nicht, dass ich einen Schimmer habe, was hier eigentlich los ist, aber so wie ich das sehe, seid ihr die Guten.«

Sie steckte die Hand in ihren Rucksack. Die Beefeater richteten ihre Lanzen auf sie.

»Wenn ich euch irgendwie helfen kann, dieses … *Ding* aufzuhalten, dann bin ich dabei.«

Sie öffnete die Hand und zeigte allen die Schuppe der Schwarzen Echse.

Alfie und Hayley saßen auf einer der Bänke, die sich an der einen Wand der Arena entlangzogen, und sahen zu, wie Brian sich eine Schweißermaske aufsetzte, einen Schweißbrenner anzündete und die Flamme auf den Schraubstock mit der Echsenschuppe richtete.

»Meine Gran würde durchdrehen, wenn sie das hier sehen könnte. Sie ist total vernarrt in alles, was mit der Königsfamilie zu tun hat«, sagte Hayley.

Alfie lächelte. »Wie nett.«

»Ich finde ja, ihr seid nichts anderes als ein Haufen verwöhnter Schmarotzer.«

Alfie verzog das Gesicht. »Kein Problem. Da bist du nicht die Einzige.«

Funken sprühten in alle Richtungen, so lange Brian den Schweißbrenner auf die Schuppe richtete, aber als er ihn wieder abstellte, war sie völlig unversehrt. Er runzelte die Stirn, ließ den Schweißbrenner fallen und griff nach einem Schmiedehammer.

»Das ist nichts Persönliches, verstehst du?« Hayley trank ihre Teetasse leer. »Es ist bloß … Ich meine … Wieso bist ausgerechnet du König geworden?«

»Weil mein Dad gestorben ist«, erwiderte Alfie.

Hayley blickte ihn schockiert an, dann brach sie in schallendes Gelächter aus. Alfie ebenso. Der Hofmarschall trat nervös von einem Bein auf das andere, weil er nicht wusste, was er mit diesem plötzlichen Teenager-Gegacker anfangen sollte.

Brians Schmiedehammer zerbrach in zwei Teile.

»BLÖDES DING!«, brüllte er, warf den Stiel auf den Boden und schnappte sich eine Kettensäge.

»Das warst also gar nicht du, der kürzlich gegen den Echsenmann gekämpft hat. Das war dein Dad. Jetzt erklärt sich so einiges«, sagte Hayley.

»Genau«, erwiderte Alfie. »He, Moment mal, was soll das denn heißen?« Funken regneten von der Echsenschuppe, als Brian ihr mit der Kettensäge zu Leibe rückte. Plötzlich löste sich die Schuppe aus dem Schraubstock, zischte knapp über Alfies und Hayleys Köpfe hinweg durch die Luft und bohrte sich in die hinter ihnen liegende Wand.

Brian wischte sich über die Stirn und meinte achselzuckend: »Wollt ihr meine fachmännische Meinung hören? Ich hab keine Ahnung.«

»Hast du was dagegen, wenn ich's mal probiere?«, sagte Alfie.

Er schlenderte durch die Arena, zog die Samtvorhänge auf und teilte den Wandbehang, so dass der Schrank mit den Insignien zum Vorschein kam.

»MAJESTÄT, NEIN!«, rief der HM, aber da war es schon zu spät.

Beim Anblick der funkelnden Kronjuwelen blieb Hayley vor Staunen der Mund offen stehen.

»Bitte, Miss, seien Sie so freundlich und tun Sie so, als hätten Sie all das nicht gesehen«, seufzte der Hofmarschall.

»Moment mal. Dann sind die Juwelen da oben tatsächlich gefälscht? Gran hat also recht gehabt!«, sagte Hayley.

»Gran? Wer ist Gran?« Der HM stand kurz vor einer Panikattacke.

»Entspannen Sie sich, HM«, sagte Alfie und holte das Große Staatsschwert aus dem Schrank.

Die anderen hielten sich schützend die Hand vor Augen, als das Schwert durch die Berührung seines Herrn und Meisters zum Leben erwachte.

»Wow!«, sagte Hayley und erhob sich.

Brian zog die Schuppe der Schwarzen Echse aus der Wand und warf sie Alfie vor die Füße. »Wenn du dann fertig bist, dich vor deiner kleinen Freundin aufzuspielen …«

Alfie hielt die Spitze des Schwerts genau über die Schuppe und stieß zu. Die Schuppe wurde in zwei Teile gespalten.

Brian war beeindruckt. Er hob die Teile auf. »Die Frage lautet also: Woher hat diese Schwarze Echse einen

Schutzpanzer, der so stabil ist, dass nur das Schwert des Defenders ihm etwas anhaben kann?«

Alfies Blick wanderte zum Hofmarschall. Die Lippen des alten Mannes bewegten sich, ganz leicht nur und ohne dass ein Ton hervorkam. Er wurde aschfahl im Gesicht. »HM, ist alles in Ordnung?«

Hayley und Alfie hakten sich links und rechts bei ihm ein und setzten ihn ganz behutsam auf eine Bank. Er hatte den Blick in weite Ferne gerichtet und murmelte ununterbrochen etwas vor sich hin.

»Warum habe ich das nicht längst schon erkannt? Das Weiße Pferd. Bei dem Weißen Pferd hat er sie gefunden. Ich war ein solcher Narr!«

Brian warf den beiden Teenagern einen besorgten Blick zu und trat den Hofmarschall sanft gegen das Schienbein.

»Aua!«

»Tut mir leid, Chef, aber Sie waren kurz weggetreten. Was ist denn los?«

Der Hofmarschall sprang auf und raste zur Tür. »Das Archiv! Wir müssen im Archiv nachsehen!«

Zwei Beefeater rollten einen riesigen, staubigen Teppich in der Kommandozentrale beiseite und enthüllten eine verborgene Luke von der Größe eines Scheunentors. Alfie und Hayley hielten Brians Hand fest, während er das Tor aufwuchtete. Dahinter kamen drei alte, von Spinnweben überzogene Holzleitern zum Vorschein, die in die Dunkelheit hinabführten. Ein muffiger Geruch stieg ihnen entgegen.

»Wohlan, leidet vielleicht jemand unter einer Stauballergie?« Der Hofmarschall vibrierte vor Nervosität.

Alfie und Hayley schauten in das bodenlose Nichts hinab und wechselten einen Blick.

»Ja, klar, weil das der einzige Grund wäre, der einen hindern könnte, da runterzuklettern«, sagte Hayley.

Doch allem Anschein nach hatten sie keine Wahl – der HM brauchte sie, um die »Schriftrollen« zu tragen.

Alfie setzte den Fuß auf die Leiter. Sie fühlte sich mehr als wackelig an. Das Holz war brüchig und fast auf jedem Meter gab es ein größeres Loch, weil eine Sprosse komplett weggefault war. Brian hatte darauf bestanden, vorauszuklettern, für den Fall, dass Alfie abstürzte und aufgefangen werden musste. Hayley, die sich die Leiter daneben geschnappt hatte, versuchte, diesen Mangel an Ritterlichkeit nicht allzu persönlich zu nehmen, während der Hofmarschall, der die dritte Leiter hinabstieg, den Beefeatern zurief, dass sie etwas Licht in den Schacht bringen sollten.

An Seilen befestigte Gaslampen schwebten an ihnen vorbei in den Abgrund. Jetzt, wo Licht in die riesige, kreisförmige Höhle fiel, ließen Alfie und Hayley voller Ehrfurcht den Blick über die dicht beieinander stehenden Holzregale, Schubladen und Fächer gleiten, die zum Bersten mit Pergamentrollen, uralten Lederbänden und zusammengerollten Leinwänden gefüllt waren.

»Ich hoffe, ihr habt Eure Bibliotheksausweise dabei«, nuschelte Brian, auf den diese Exkursion in die Unterwelt offensichtlich wenig Eindruck machte.

»Was ist denn das alles für Zeug?«, wollte Alfie wissen.

»Dieses *Zeug*, wie Ihr es nennt«, gab der HM zurück, »ist die Geschichte des Britischen Königreichs. Die *wahre* Geschichte.«

»Sie haben wohl noch nie was von dieser neumodischen Erfindung gehört, oder? Man nennt sie COM-PU-TER«, sagte Hayley und zupfte sich eine Spinnwebe, die so dick war wie ein Schal, von der Schulter.

Der Hofmarschall stützte sich an einem Holzregal ab und schob seine Leiter längs am Rand des Archivs entlang. »Hier müssen wir rüber!«

Die anderen rückten ebenfalls in seine Richtung. Der Alte hatte bereits begonnen, staubige Handschriften und Rollen aus den Regalen zu ziehen, und reichte sie ihnen weiter, bis sie unmöglich noch mehr tragen konnten.

»Ihr dürft die Sachen nicht fallen lassen. Sonst müsst Ihr nach unten klettern und sie hochholen. Und eines könnt Ihr mir glauben: Wenn Ihr den Abstieg schon schwierig gefunden habt, der Aufstieg ist noch viel, viel schwieriger!«

Mit diesen Worten begann der Hofmarschall seine Leiter wieder hinaufzusteigen. Auch die anderen krallten sich, so gut es eben ging, ohne die altehrwürdigen Schriften zu zerknicken, an die Holzstreben und arbeiteten sich vorsichtig nach oben vor, bis alle schließlich wieder in der Kommandozentrale angekommen waren und ihre Fracht auf dem Boden verteilt hatten. Der Hofmarschall lag bereits auf allen vieren und breitete irgendwelche Pergamentrollen aus. Dann sah er sich die mit einer kleinen, engen und ziemlich verschnörkelten Schrift beschriebenen Blätter an. Es war eine seltsame Sprache, die außer ihm niemand kannte.

»Ich habe Euch doch erzählt, dass Alfred der Große von den Göttern seiner Vorfahren mächtige Kräfte verliehen bekommen hatte, nicht wahr? Aber ich habe Euch nie die vollständige Legende …«

»Momentchen, bitte«, fiel Hayley ihm ins Wort. »Von den Göttern?« Frustriert warf der HM eine Schriftrolle nach der anderen beiseite. Der Rest der Gruppe wich den immer zahlreicher werdenden Blättern aus.

»Ja, ja, von den heidnischen Göttern. Ehrlich gesagt, ich habe nie geglaubt, dass das alles bis in die Einzelheiten der Wahrheit entspricht. Je älter ein Mythos ist, desto mehr wird er im Lauf der Jahrhunderte verändert und beschönigt. Aber jetzt fürchte ich … Wo ist es denn nur?«

Der Hofmarschall nahm die letzte noch verbliebene Schriftrolle in die Hand. Vorsichtig rollte er sie aus und hielt sie ins Licht. »Aha!«

Er breitete sie vor den anderen aus. Zwischen den seltsam verschnörkelten Schriftzeichen war auch eine Zeichnung von König Alfred dem Großen zu sehen. Er kniete in einem Steinkreis, der ihnen allen sehr bekannt vorkam, und hielt sich eine frisch angefertigte, goldene Krone über den Kopf.

»Das ist Stonehenge«, sagte Alfie.

»In der Tat, Majestät«, erwiderte der HM. »Nach Angaben mehrerer Quellen hat Alfred sich dorthin begeben, um zu seinen Vorfahren zu beten. Die Krone ist angeblich ein Geschenk der antiken Götter. Sie ist der Ursprung seiner Kräfte.«

»Und wo ist sie jetzt?«, wollte Hayley wissen. »Liegt sie auch dahinten in ihrer kleinen Schatztruhe?«

Der Hofmarschall legte die Stirn in Falten – er war immer noch alles andere als glücklich über den Umstand, dass diese Außenstehende in ihren kleinen Kreis aufgenommen worden war. »Nein, Miss Hicks. Die Chroniken erzählen, dass König Alfred die Krone aus Furcht vor den gewaltigen Kräften, die sie entfalten kann, falls sie in falsche Hände gerät, in vier Teile gebrochen und diese Teile an vier geheimen Orten irgendwo in seinem Königreich verborgen hat. Allerdings hatte sich die Macht des Defenders zu diesem Zeitpunkt bereits mit dem Blut des Königs verbunden und wurde dadurch an seine Nachfolger weitergegeben. Man ist bis jetzt immer davon ausgegangen, dass Alfreds Krone etwas rein Symbolisches ist, ein Gleichnis gewissermaßen. Aber falls sie tatsächlich existieren sollte …«

Alfie fing langsam an zu begreifen, wieso der Hofmarschall so besorgt war. »Sie glauben, dass die Schwarze Echse versucht, alle Teile von Alfreds Krone zusammenzubekommen? Und dann? Will sie sie etwa wieder zusammensetzen?«

»Ja … Und ich fürchte, die Hälfte ihres Vorhabens hat sie bereits in die Tat umgesetzt.«

Der HM hastete durch den Saal bis zu dem Kartentisch. Jetzt nahm auch Alfie die riesige Landkarte zum ersten Mal etwas genauer in den Blick. Dabei fielen ihm etliche seltsame Markierungen auf – nicht die normalen Grenzlinien der einzelnen Countys, sondern die Umrisse der antiken Königreiche Northumbria, Marcia und Wessex. Und statt der Autobahnen zogen sich die alten Ley-Linien kreuz und quer durch die Landschaft, von denen manche glaubten, dass sie Ströme magischer Energie kennzeichneten. Hier und da waren auch merkwürdige Symbole zu erkennen – ein Wappenschild, eine zusammengerollte Schlange, ein Einhorn.

Der Hofmarschall nahm eine Schwarze Echsenfigur und schob sie mit Hilfe einer langen Harke zu der Abbildung eines weißen Pferdes in der Südwestecke der Landkarte.

»Vor drei Monaten hat uns ein Bericht über ungenehmigte Grabungsarbeiten in der Nähe des Weißen Pferdes von Westbury erreicht. Ist Euch das ein Begriff?«

Alfie und Hayley schüttelten die Köpfe. Der HM wedelte ungeduldig mit den Händen.

»Ach, natürlich ist es das. Eine überdimensionale Kreidezeichnung von einem Pferd in den Hügeln des West Country? Nun, in jener Nacht war tonnenweise Erde bewegt worden. Wir dachten eigentlich, das sei nur sinnloser Vandalismus gewesen. Doch die Legende besagt, dass das Weiße Pferd, das in diese Hügelflanke geritzt wurde, die Stätte von Edington kennzeichnet. Dort fand die entscheidende Schlacht gegen die Wikinger statt. Dort hat Alfred sie endgültig besiegt. Wenn Alfred also einen Ort gesucht hat, an dem er seine Krone vergraben konnte, dann wäre das eine gute Wahl gewesen.«

»Und Sie glauben, unser schuppiger Freund hat dort einen Teil der Krone entdeckt?«, erkundigte sich Alfred.

»Ja. Anschließend hat er sich auf die Suche nach den anderen Teilen gemacht. Der Tower war natürlich naheliegend – schließlich beherbergt er die Kronjuwelen. Aber erst in Stonehenge hatte er mehr Glück.«

Er schob eine zweite Echsenfigur zu den nur wenige Kilometer östlich des Weißen Pferdes stehenden Steinkreisen.

»Ich glaube, hier hat die Echse den zweiten Teil der Krone gefunden –, deshalb war sie auch so viel stärker als zuvor. So stark, dass sie Euren Vater töten konnte.«

Hayley lächelte Alfie mitfühlend an.

»Die beiden verbleibenden Teile könnten im Laufe der Jahrhunderte auch verlegt worden sein«, fuhr der Hofmarschall fort. »Im Mittelalter beispielsweise hat man zahlreiche Schätze einfach in die Themse geworfen, aus der sie dann später wieder geborgen wurden. Die Schwarze Echse muss aus gutem Grund dort gesucht haben, aber letztendlich war die Suche wohl vergeblich.«

»Na ja, das ist doch eine gute Nachricht«, sagte Alfie voller Hoffnung.

Brian pfiff durch die Zähne. »Der Bursche ist auch mit der halben Krone ein ziemlich harter Brocken. Ich will mir gar nicht vorstellen, wie es wäre, wenn er alle vier Teile beisammen hätte.«

Die Züge des Hofmarschalls verdüsterten sich. »Wenn

es der Schwarzen Echse gelingt, die Krone Alfreds wieder zu einem Stück zu verschmelzen, dann wird sie unvorstellbare Macht erlangen.«

Alfie begann zu verstehen. »Mehr als der Defender …«

Der HM nickte. »Eine solche Kreatur wäre nicht nur ein König. Sie wäre ein überaus mächtiger und schrecklicher Imperator. Das wäre das Ende der Demokratie. Jeder Mann, jede Frau und jedes Kind dieses Landes würden versklavt werden. Ein absolutistischer Monarch, den nicht einmal der Defender aufhalten könnte. Es steht zu befürchten, dass das Königreich dann ein zweites Mal in ein finsteres Zeitalter gestürzt würde.«

Die Beefeater hatten ihre Tätigkeiten eingestellt. Alfie spürte, wie ihre Blicke auf ihm ruhten. Sie suchten nach einem Anzeichen, dass er die Flut aufhalten oder die Strömung umlenken konnte, nach einem Hoffnungsschimmer. Doch dann war es Hayley, die das Schweigen durchbrach und Alfie auf die Schulter klopfte.

»Na, komm schon, du Nachwuchsheld. Spuck's aus. Was willst du dagegen unternehmen?«

18
Rundflug mit Hindernissen

Wyvern mochte ihn nicht. Das wusste Alfie, und es machte ihm nichts aus. Er brauchte den Respekt eines durchsichtigen, fliegenden Pferdes nicht, um mit sich im Reinen zu sein. Das missmutige Schnauben, das gereizte Mähne-Schütteln, sogar dieses zickige Ausschlagen mit den Hinterhufen, jedes Mal, wenn er etwas von ihr wollte – mit alledem konnte er leben. Aber dass sie tatsächlich versuchte, ihn umzubringen? Das war zu viel. Das konnte er nicht dulden. Denn letztendlich muss der Junior-Partner des Superhelden wissen, wer der Chef ist.

Sie waren gerade in rund dreitausend Metern Höhe unterwegs, als es passierte. Wyvern galoppierte unter dem sichelförmigen Mond dahin. Auf ihrem Rücken saß der Defender. Gemeinsam waren sie auf der Suche nach den restlichen Teilen der Krone Alfreds des Großen. Tief unter ihnen zogen die Felder und Dörfer der Grafschaft Somerset vorüber. Alfie genoss den Flug. Na ja, das war gelogen. Vielmehr kniff er immer noch jedes Mal in Todesangst die Augen zu, wenn Wyvern durch die Wolkenbänke jagte, die sich vor ihnen aufbäumten. Jedes Mal hatte er wieder das Gefühl, als würden sie frontal gegen eine Mauer rasen, und jedes Mal war er aufs Neue verblüfft, dass er ohne den geringsten Schmerz zu empfinden auf der anderen Seite wieder ausgespuckt wurde. Aber wenigstens traute er sich langsam mehr zu.

»Ihr müsstet bald da sein, Euer Majestät.« Die Stimme des Hofmarschalls klang zwar blechern, aber gut verständlich aus Alfies neuem Headset.

»Euer Ziel ist das Denkmal für König Alfred. Dabei handelt es sich um einen relativ modernen Gedenkstein auf der Insel Athelney, genau an der Stelle, an der Euer Vorfahr eine Abtei hat bauen lassen. Sie sollte die Erinnerung an einen seiner Siege über die Wikinger vor tausend Jahren wachhalten. Möglicherweise hat er einen Teil seiner Krone ja dort vergraben.«

Während der HM und Brian über einer Liste mit verschiedenen Zielen für Alfies Suche gebrütet hatten, hatte Hayley sich ebenfalls nützlich gemacht und ein Kommunikationssystem für Alfies Rüstung zusammengebastelt. Sie konnte gar nicht fassen, wie primitiv die technische Ausstattung des Towers war, und wiederholte mehrfach, dass sogar die Wohnung ihrer alten Gran moderner ausgerüstet sei.

»Sie wollen behaupten, dass Alfie zwar eine Zauberrüstung hat, aber dass Sie nicht mit ihm sprechen können, wenn er unterwegs ist?«, schnauzte sie den verdatterten Hofmarschall an. »Das ist echt schwach.«

Der Hofmarschall starrte Hayley an wie eine Zeitreisende aus der Zukunft, die gerade eben in seiner Welt gelandet war. »Wir haben erst kürzlich eine umfassende

Modernisierung vorgenommen, nur, damit du es weißt«, stieß er hervor.

»Ach ja? Wann denn?«

»1948!«

Nach diesem Wortwechsel ließ Brian sich von den Wachen ein modernes Funkgerät geben, und Hayley machte sich an die Arbeit. Alfie sah zu, wie sie mit blitzschnellen Bewegungen das Funkgerät auseinandernahm. Wenn sie ein bisschen mehr Zeit und Material zur Verfügung hätte, sagte sie, könnte sie sogar eine Kamera in das Kommunikationssystem integrieren.

»Äh … alles roger, Zentrale. Kommen«, erwiderte Alfie. Das hatte er einmal in einem alten Kriegsfilm gesehen.

Wyvern flog weiter, durchbrach die Wolkendecke und Alfie konnte für einen kurzen Moment sogar die Sterne am Himmel blinken sehen.

Dann hörte er die unsichere Stimme des Hofmarschalls im Ohr. »Ähm … gut? Auch roger. Hayley, bist du sicher, dass dieses vermaledeite Ding eingeschaltet ist?« Alfie konnte sich gut vorstellen, wie der HM im Tower vor dem Funkgerät saß und Angst hatte, dass es jeden Augenblick explodieren könnte.

»Seid bitte vorsichtig, Sir. Wir können uns nicht erlauben, Euch zu …«

Den Rest konnte Alfie nicht mehr verstehen, weil das der Moment war, in dem Wyvern aufschrie, als ob sie schreckliche Schmerzen hätte und sich schlagartig in seine Sporen zurückzog.

»WYVERN! NEIN! KOMM ZURÜCK!«, schrie Alfie, während er Richtung Erdboden sauste.

»SPOREN! SPOREN! SPOOOOREEEEEN!«

Doch der sture Gaul machte keine Anstalten, sich blicken zu lassen. Voller Panik suchte Alfie den vorbeiwirbelnden Himmel ab. *Ist die Schwarze Echse hier? Ist Wyvern deswegen so ausgeflippt?* Doch der Himmel war schwarz und leer. Während Alfie sich mit dem Kopf voraus um die eigene Achse drehte und dem Erdboden entgegenraste, suchten seine Finger die Rüstung nach einer Reißleine ab.

»FALLSCHIRM?!«, rief er in seiner Verzweiflung, aber nichts passierte.

Bäume, Hecken, eine verlassene Landstraße – noch dreißig Meter bis zum physischen Kontakt. *Ich bin der erste Defender, der bei einem Sturz vom Pferd sein Leben verliert.*

Als nur noch knapp zehn Meter fehlten, brach Wyvern unvermittelt aus den Sporen hervor, und Alfie griff nach den Zügeln. Sein einziger Gedanke war, dass er irgendwie eine sanfte Landung versuchen musste, und nur Sekunden später hatten sie es geschafft. Na ja, einigermaßen zumindest. Der junge König und das Pferd zischten durch die Zweige eines kleinen Wäldchens und kamen zitternd neben einer uralten Eiche zum Stehen.

Alfie sackte auf Wyverns Rücken zusammen. Anscheinend waren alle seine Knochen heil geblieben. Der Duft von nassen Blättern und frischer Erde stieg ihm in die Nase. Die Rüstung hatte ihn vor Schaden bewahrt –

er hatte nicht einmal einen Kratzer abbekommen. Das konnte man von dem Wäldchen nicht gerade behaupten – sie hatten eine Schneise der Verwüstung mitten hindurch geschlagen. Voller Wut packte Alfie sein Pferd an der Mähne und zog seinen Kopf zu sich heran, damit er ihm in die Augen sehen konnte.

»Was sollte das denn? Du hättest mich beinahe umgebracht!«

Wyvern stieg auf die Hinterbeine und stieß erneut ein schmerzvolles Wiehern aus.

»Was denn? Was habe ich denn gemacht?«

Das Pferd stampfte auf den Boden und drehte sich um die eigene Achse. Es war völlig außer sich. Ein kräftiger Tritt traf die Eiche, so dass sie erbebte und Zweige und Blätter auf Alfie herabregnen ließ.

»WYVERN, SCHLUSS JETZT!«

Doch sein Gebrüll schien das aufgebrachte Pferd nur noch wütender zu machen. Er musste unbedingt ruhiger werden, musste sich in den Griff bekommen. *Ich streite mich hier mit einem Zauberpferd*, dachte Alfie, während er die Zügel anzog und das Pferd immer und immer wieder im Kreis gehen ließ, damit es sich langsam beruhigte. Irgendwann war es dann so weit, und Alfie konnte seine Gedanken wieder ordnen. Mondlicht fiel auf eine weite, grasbewachsene Ebene hinter dem Wäldchen. Einen knappen Kilometer entfernt lag ein dunkles Bauernhaus, und noch etwas weiter weg war ein großer Steinhaufen zu erkennen. Mit einem Mal wurde Alfie klar, was mit Wyvern los war. Mit leiser, tröstender Stimme sagte er:

»Wir sind in Stonehenge, stimmt's, mein Mädchen?« Sie mussten direkt darüber hinweggeflogen sein. *Deshalb* war sie so ausgeflippt. »Und du hast dich erinnert, was hier passiert ist, nicht wahr?«

Wyvern stieg erneut auf die Hinterbeine. Alfie riss an den Zügeln und musste seine ganze Kraft aufbieten, um sie zu bändigen.

»HEY! Hör auf damit! Mir fehlt er schließlich auch, kapiert? Jetzt mach mal halblang! Ich geb mir wirklich alle Mühe, aber das ist alles so ... neu für mich.«

Alfie schlug sich so laut gegen den Brustpanzer, dass es durch das Wäldchen hallte. »Also reg dich ab und benimm dich wie das Pferd eines Königs, sonst schicke ich dich auf Nimmerwiedersehen in die Sporen zurück.«

Demonstrativ ließ Alfie die Sporen klirren. Aber wie sollte er nach Hause kommen, wenn nicht auf Wyvern? Vielleicht, wenn er die Rüstung verschwinden ließ, die Tunika auszog und versuchte, ein Auto anzuhalten? Nein, er würde ja sofort erkannt werden. Jetzt fiel ihm das Headset wieder ein, aber der Tower meldete sich nicht. Wahrscheinlich war das Funkgerät beim Absturz kaputtgegangen. *Die werden sich schreckliche Sorgen machen*, dachte er.

Dann merkte er, dass Wyvern nicht mehr unruhig im Kreis ging, sondern still und ruhig da stand, als ob sie auf seine Befehle wartete. Verblüfft streichelte er ihr die Ohren und die Flanken und erntete dafür ein leises Wiehern. Aus irgendeinem Grund, den er sich nicht erklären konnte, fühlte er plötzlich eine sehr viel engere Verbindung zu Wyvern. Sie reagierte willig auf kleinste Bewegungen und folgte ohne Zögern seinen Anweisungen. Mit einem Mal war sie *sein* Pferd. Vielleicht hatte sein kleiner Wutausbruch ja etwas genützt. Alfie lächelte und tätschelte ihr erneut den Hals. Ein kleiner Sieg.

»Braves Mädchen. Wie wär's, wenn wir uns jetzt mal auf die Suche nach den restlichen Stücken von Alfreds Krone machen, bevor diese Echse uns zuvorkommt?«

Wyvern stampfte zustimmend mit den Hufen, und schon im nächsten Augenblick zischten sie wieder über den Himmel.

In der folgenden Woche waren Alfie und Wyvern Abend für Abend in England und Wales unterwegs, immer auf der Suche nach den fehlenden Stücken von Alfreds Krone. Aber sie hatten keinen Erfolg. Die Insel Athelney erwies sich als grasbewachsener Hügel mit einem einfachen Gedenkstein dort, wo vor Urzeiten eine Abtei gestanden hatte. Zu Zeiten Alfreds des Großen war sie von Sümpfen umgeben gewesen, aber jetzt gab es hier nichts als Felder. Alfie hatte die Sehende Kugel vom Gürtel genommen und auf seine ausgestreckte Handfläche gelegt, um ihr dann »Such!« zu befehlen. Zu seiner großen Verwunderung fing die Kugel daraufhin an zu leuchten, schwebte für einen Moment in der Luft, bohrte sich in die Hügelerde und war verschwunden. Alfie machte die Augen zu, genau wie Brian es ihm gesagt hatte. Und tatsächlich konnte er jetzt sehen, was die Kugel sah, wie auf einem Fernseher, der in der Dunkelheit leuchtete: Steine,

Geröll, Baumwurzeln, aber nicht die geringste Spur von Alfreds Krone. Der Hofmarschall hatte gesagt, dass sie »leuchtet wie glühende Kohle« und daher leicht zu erkennen sein würde, aber hier war gar nichts, abgesehen von der kalten, dunklen Erde.

Die nächste Station war die St. Bartholomew's Parish Church in Winchester. Dort befand sich die Grabstätte König Alfreds. Seine sterblichen Überreste waren zwar schon längst verschwunden, aber der HM meinte, es könnte durchaus sein, dass ein Stück der Krone mit ihm zusammen beerdigt worden war und nach wie vor im Fundament der Kirche lag. Alfie und Wyvern waren unbemerkt von den Menschen, die weiter unten ahnungslos vorbeigegangen waren, auf dem Dach gelandet. Alfie ließ die Sehende Kugel durch das leere, dunkle Gebäude schweben, aber auch hier gab es keinen Hinweis auf Bruchstücke der Krone zu entdecken.

Am folgenden Abend, in dem Örtchen Wantage in Oxfordshire, wo Alfred der Große geboren worden war, war es nicht anders. Auf dem Marktplatz stand eine prächtige Statue des Königs. Allerdings hatten ein paar gelangweilte Jugendliche einen der Arme (es war der mit der Axt) abgeschlagen. Alfie war erschöpft – tagsüber hatte er ständig irgendwelche offiziellen Verpflichtungen, und nachts flog er als Defender kreuz und quer durch das Land. Klar, dass er nur wenig Schlaf bekam. Während die Kugel sich also neben dem Denkmal in den Erdboden bohrte, lehnte er sich an den Sockel, um sich ein wenig auszuruhen. Dort entdeckte er folgende Inschrift:

ALFRED SAH, DASS ALLE BILDUNG BRACH LAG
UND ER MACHTE DIE BÖDEN DES GEISTES
FRUCHTBAR,
DASS DIE LEHRE VERNACHLÄSSIGT WURDE
UND ER GAB IHR NEUE BEDEUTUNG,
DASS DIE GESETZE KRAFTLOS WAREN
UND ER VERLIEH IHNEN NEUE MACHT,
DASS DIE KIRCHE ERNIEDRIGT WAR
UND ER VERLIEH IHR NEUES ANSEHEN,
DASS DAS LAND DURCH EINEN
SCHRECKLICHEN FEIND VERWÜSTET WAR
UND ER BEFREITE ES.
ALFREDS NAME SEI GEPRIESEN IMMERDAR,
SOLANGE DIE MENSCHHEIT DIE
VERGANGENHEIT ZU WÜRDIGEN WEISS.

»Also gar kein Erfolgsdruck«, murmelte Alfie ironisch vor sich hin.

»SIEG!«

Der Ruf schallte über den Hügel, und Alfie spürte, wie er sein Schwert aus der Flanke eines Tieres zog. Er war wieder auf dem Schlachtfeld bei Edington und starrte hinab auf die toten Teufelshunde, die sich vor seinen Füßen häuften – hatte er das getan? Plötzlich begann der Boden unter ihm zu beben, und ein Wikinger brach durch das Geäst eines nahe gelegenen Wäldchens. Er war zehnmal größer als die Toten, die ringsumher den Boden bedeckten. Ein wahrer Riese mit gewaltigen Armen und Beinen und wütend wie ein wilder Stier. Irgendwoher kannte Alfie auch seinen Namen. Das war Guthrum, der Fürst der Wikinger. Sie stürmten gleichzeitig los, und als ihre Schwerter aufeinanderprallten, wurde der Himmel kilometerweit in ein gleißend helles Licht getaucht.

Atemlos erwachte Alfie aus der Vision und war wieder zurück in der Gegenwart. Er schüttelte schnaufend den Kopf. Plötzlich sah er einen Polizisten bei seinem nächtlichen Patrouillengang über den Marktplatz schlendern. Alfie konnte sich gerade noch rechtzeitig hinter der Statue seines Vorfahren verstecken.

Am siebten Abend seiner fruchtlosen Suche trottete Alfie zurück in die Zitadelle und legte die Tunika ab. Als er die Rüstung losgeworden war, ließ er sich erleichtert auf ein altes Ledersofa fallen. Herne hüpfte ebenfalls auf das Sofa und legte seinen zerzausten Kopf in Alfies Schoß. Alfie gähnte ... und Herne tat es ihm gleich.

Da kam Hayley mit einer Pizzaschachtel zur Tür herein. »Hier, bedien dich, solange sie noch warm ist.«

Alfie war froh, dass er für einen Moment seine gewaltigen Aufgaben vergessen konnte. Er sprang auf und schnappte sich ein Stück, kaute hastig und stutzte. Da stimmte doch etwas nicht. »Da ist keine Salami drauf.«

»Ist vegetarisch.« Hayley zuckte mit den Schultern. »Ist sowieso gesünder. Du willst doch ein Superheld sein. Dann solltest du dich zumindest vernünftig ernähren.« Sie lächelte Herne an, als dieser sich auf dem Sofa ausstreckte. »Es ist schön, ihn hier zu haben. Er leistet mir Gesellschaft, wenn du unterwegs bist. Stimmt's, mein Alter?« Sie streckte die Hand aus und wollte ihn gerade streicheln, da stieß der Hund ein lautes Knurren aus, und sie zog die Hand schnell wieder weg. »Obwohl … Zum Streicheln ist es vielleicht noch ein bisschen zu früh.«

Der Hofmarschall kam hereingestürmt und steuerte sofort den Kartentisch an. Dort machte er sich an den Markierungen zu schaffen, die die Orte kennzeichneten, an denen sie bereits gesucht hatten. »Ich nehme an, Ihr seid erneut leer ausgegangen, Sir?«

»Nicht mal ein Wurstzipfelchen habe ich entdeckt. Fast so wie bei der Pizza hier«, sagte Alfie. »Sind Sie sicher, dass das eine heiße Spur war?«

Der HM gab keine Antwort, sondern legte nur besorgt die Stirn in Falten. Alfie stieß einen unhörbaren Seufzer aus. Eigentlich gefiel ihm seine Rolle als Defender mittlerweile. Er hatte sich endlich mit Wyvern angefreundet, er konnte immer besser mit den Insignien umgehen und jetzt, wo er nach seinen nächtlichen Ausflügen mit Hayley reden konnte, fühlte er sich nicht mehr ganz so schlecht, weil er seinem Bruder und seiner Schwester die Wahrheit vorenthalten musste. Er wollte sich vom Hofmarschall jedenfalls nicht die Stimmung verderben lassen.

»Na ja, wenigstens ist die Schwarze Echse nicht mehr aufgetaucht, oder?«, sagte er voller Hoffnung.

Der alte Mann starrte gedankenverloren auf die Landkarte. »Genau das macht mir ja Sorgen, Majestät. Diese Bestie war uns immer einen Schritt voraus. Ich fürchte, es ist nur eine Frage der Zeit, bevor sie das nächste Mal zuschlägt. Aber wo? Wir haben an jedem nur denkbaren Ort gesucht …«

Der Alte erstarrte und zeigte auf die Pizza wie der Staatsanwalt im Gerichtssaal auf die Tatwaffe.

»Moment mal … Wo kommt *das* denn her?«

Hayley entgegnete achselzuckend: »Aus der Pizzeria. Sie wissen schon, ich habe angerufen, und dann hat ein kleiner Mann auf einem Moped sie vorbeigebracht.«

»In die Zitadelle? In unseren geheimen Stützpunkt, der seit Jahrhunderten von keinem Menschen entdeckt worden ist? Brian! Brian?!«

Hayley seufzte. Sie war noch keine zwei Wochen hier, aber sie hatte sich bereits an die kleinen Ausbrüche des Hofmarschalls gewöhnt. »Zählen Sie mal bis zehn oder irgend so was. Ich mein's ernst. Einer von ihren Beef-Typen da oben hat sie in Empfang genommen. Sie brauchen keine Angst zu haben. Ihr Geheimnis ist immer noch sicher.«

Der HM lief knallrot an vor Wut. »Das sind die Yeoman Warders. Wenn Sie hierbleiben wollen, junge Dame, dann seien Sie doch wenigstens so höflich und lernen Sie die korrekten Bezeichnungen!«

»Von mir aus!« Hayley nahm sich noch eine Pizzaecke und stopfte sie sich in den Mund.

Alfie spürte, wie der letzte Rest seiner guten Laune sich in Luft auflöste. Alle waren gestresst. Hayley hatte den Tower seit ihrer Ankunft kein einziges Mal verlassen. Sie hatte vermutlich einen kleinen Lagerkoller. Er beugte sich zu ihr und flüsterte ihr zu: »He, Hayley. Wie wär's mit einem kleinen Ausflug?«

19
Das Leben der oberen Zehntausend

Skeptisch beäugte Hayley die alte Kutsche am Tunneleingang in der geheimen Kammer. »Ich habe gedacht, ich darf nicht raus?«

»Ich verrate es niemandem, wenn du es auch für dich behältst. Und außerdem brauchst du dringend einen Tapetenwechsel«, erwiderte Alfie.

Hayley lächelte. Er hatte recht. Sie hatte die seltsamsten und aufregendsten vierzehn Tage ihres Lebens an einem einzigen Ort zugebracht. Geschlafen hatte sie auf dem alten Ledersofa gleich neben dem Kartentisch, unter einer von Hernes alten Hundedecken. Der Chief Yeoman Warder hatte ihr ein Prepaidhandy gegeben, damit sie zumindest ihre Gran anrufen und sich versichern konnte, dass bei ihr alles in Ordnung war. Hayley hätte sie liebend gerne besucht, aber es war ihr zumindest ein Trost, dass sie am Telefon immer fröhlich klang und sich in dem »Hotel«, in dem sie zu sein glaubte, wohlfühlte.

»Normalerweise bin ich nicht mit irgendwelchen Fremden unterwegs«, sagte Hayley.

»Ich bin doch kein Fremder! Du weißt mehr über mich als die allermeisten Leute!«

Alfie sprang in die Kutsche und hielt ihr die Tür auf. »Hüpf rein. Ich zeig dir mal, wo ich wohne.«

Hayley stieg in die Kutsche. »Wie bei Aschenputtel«, sagte sie grinsend.

»Und jetzt gut festhalten. Das Ding fährt schneller, als man glaubt.« Alfie ließ den Sicherheitsbügel einrasten.

Im nächsten Augenblick ging es los. Sie wurden immer schneller und schneller, bis die Tunnelwände nur noch verschwommen an ihnen vorbeizischten.

Am anderen Ende angekommen, bestand Hayley darauf, dass sie die gleiche Tour noch einmal machten, damit sie beim zweiten Mal die Augen offen lassen konnte und nicht ganz so viel kreischen musste. Zu einem kräftigen Adrenalinschub hatte sie schließlich noch nie Nein gesagt. Und eine Fahrt mit dieser Superkutsche war wie ein Dutzend Energiedrinks gleichzeitig. Ihr Herz klopfte wie wild, und sie hatte die Augen vor Aufregung weit aufgerissen. Alfie gab sich alle Mühe, so zu tun, als würde er es genauso genießen wie sie.

Als sie schließlich über die geheime Wendeltreppe in Alfies Zimmer gelangten, war es schon nach ein Uhr morgens. Alfie ließ es sich nicht nehmen, Hayley überall herumzuführen – allerdings mussten sie sich gelegentlich verstecken, um nicht einem Diener bei irgendeinem nächtlichen Botengang in die Arme zu laufen. Der Rundgang führte durch Ballsäle, Bibliotheken und Salons. Hayley bewunderte die riesigen Ölgemälde, die reich verzierten, mit Gold gesprenkelten Tapeten und die vielen Antiquitäten. »So leben also die oberen Zehntausend, hmm?«

Der Tower war auch schon beeindruckend gewesen, aber eher als historischer Ort, etwa wie eine alte Ritterburg. Buckingham Palace hingegen … Der war noch mal eine ganz andere Liga. Hayley fand es sehr seltsam, dass Alfie ihn sein Zuhause nannte. Das klang viel zu klein und kuschelig für so ein riesiges Gebäude.

In der langgestreckten Gemäldegalerie zeigte Alfie ihr die Porträts längst verstorbener Könige und Königinnen. »Macht dich das nicht manchmal verrückt, diese vielen Augen, die dich ununterbrochen beobachten?«

Alfie zuckte mit den Schultern. »Man gewöhnt sich daran. Dad ist manchmal hierhergekommen. Ich habe mich immer gefragt, wieso er das macht, aber jetzt kann ich ihn verstehen. Es ist irgendwie … als würde man sie nicht enttäuschen wollen oder so was.«

»Das ganze Defender-Team, was?« Hayley warf Alfie einen Blick zu. Schmächtig und allein stand er da, während seine Vorfahren auf ihn herabstarrten. »Dein Dad wäre ganz bestimmt stolz auf dich.«

Alfie lächelte. Es war schön, das zu hören, auch wenn er seine Zweifel daran hatte. »Was ist eigentlich mit *deinem* Dad? Vermisst er dich denn gar nicht?« Er wusste sofort, dass das die falsche Frage gewesen war. Hayleys Lächeln erlosch von einer Sekunde auf die andere.

»Mein Dad wollte mich nie kennenlernen. Ich weiß nicht einmal, wo er wohnt.«

Alfie überlegte fieberhaft, wie er den Schaden wenigstens begrenzen konnte. »Möchtest du vielleicht ein bisschen Eiscreme? Oh, äh … Isst du so was überhaupt?«

»Ich bin Vegetarierin, Alfie, und keine Nonne«, zischte sie ihn an, holte tief Luft und setzte noch einmal neu an. »Das klingt gut, ja, vielen Dank.«

Um diese Zeit war kein Mensch in der Palastküche. Hayley pfiff bewundernd durch die Zähne, als die Deckenbeleuchtung rund dreißig Meter Edelstahlflächen und Kochplatten zum Glänzen brachte. Alfie öffnete einen Kühlschrank und zauberte nach langem Suchen die größten Eiscremebehälter hervor, die Hayley je gesehen hatte. Sie aßen Schokoeis mit Stückchen, Karamell-Toffee, Pistazie, Blaubeere und dann noch eine Sorte, die nach Wassermelone oder Mango schmeckte (da konnten sie sich nicht entscheiden). Hayley hatte noch nie im Leben so viel Eis auf einmal gegessen.

»Tut mir leid, dass ich dich in das alles reingezogen habe«, sagte Alfie.

Sie zuckte mit den Schultern. »Ist besser als in irgendeiner Pflegefamilie zu landen. Wobei, ein eigenes Zimmer wäre schon nicht schlecht. Der HM ist nicht gerade ein Traum von einem Mitbewohner.«

»Wir sollten wieder zurückfahren, bevor er merkt, dass du ausgebüxt bist.«

»Ja, stimmt. Aber er braucht sich wirklich keine Sorgen zu machen. Ich würde niemals jemandem davon erzählen. Ich meine … Es würde mir ja sowieso keiner glauben, stimmt's?«

Sie gingen wieder in Alfies Zimmer. Als sie sich vorstellten, wie der HM und Brian ausflippen würden, wenn sie wüssten, was sie beide gerade machten, und furchtbar darüber lachen mussten, klopfte es auf einmal an die Tür. Erschrocken starrten sie einander an, dann klappte Alfie hastig die Luke auf, die in den Geheimgang führte, und signalisierte Hayley stumm hineinzuklettern.

Klopf-klopf-klopf.

»Moment, bitte!«, rief er.

Hayley saß bereits auf der Treppe, doch in der Eile war Alfie gegen die Frisierkommode gestoßen und hatte die Sachen, die darauf standen, umgeworfen. Eine Deo-Dose fiel auf den Boden, rollte gegen den Schließmechanismus der Luke und blockierte ihn.

Erneut ertönte ein lautes Klopfen. Die Zimmertür wurde vorsichtig aufgeschoben. »Alfie?«

Mit einem Satz war Alfie bei der Tür und stellte sich davor, so dass sie sich nicht noch weiter öffnen ließ.

Draußen stand Richard. Er trug ein Harrow-School-T-Shirt und eine Schlafanzughose. »Stellst du dein Zimmer um oder was?«

Hayley streckte die Hand nach oben und zerrte an der eingeklemmten Dose, versuchte, sie wegzuziehen. Alfie verzog das Gesicht und hustete, um die Geräusche zu überdecken. »Ich wusste gar nicht, dass du heute hier übernachtest, Rich.«

»Wir haben morgen ein Rugbyspiel, gegen Westminster. Ich dachte, ich schaue mal vorbei und schlafe hier.« Richard reckte den Hals und versuchte, über Alfies Schulter hinweg ins Zimmer zu sehen. »Ich habe gehört, wie jemand gelacht hat.«

»Du kennst mich doch. Ich bin ein Idiot. Ha, ha, ich lache ständig. Manchmal ohne jeden Grund.« Gut, dass das Licht nicht an war. Er merkte genau, wie ihm die Röte ins Gesicht stieg.

»Es war aber ein *Mädchen.*« Richard zog eine Augenbraue in die Höhe. »Wo hast du eigentlich den ganzen Abend gesteckt?«

Alfie wusste, dass Hayley die Luke schließen konnte, wenn er Richard nur lange genug beschäftigte. »Ach, du weißt ja, alle möglichen Vorbereitungen für die Krönungsfeier. Langeweile für Fortgeschrittene. Der HM dreht fast durch wegen der ganzen Proben und so …«

Richards Frage war nur ein Bluff gewesen. Er drehte sich ein wenig zur Seite und stieß Alfie mit der vorgereckten Schulter ins Zimmer.

»Nein!«, schrie Alfie und wirbelte herum.

Richard knipste das Licht an. Doch das Zimmer war leer, und auch die Frisierkommode stand wieder an Ort und Stelle.

»Also gut, Entschuldigung. Keine Mädchen. Hätte ich mir denken können. Früher habe ich immer gemerkt, wenn du gelogen hast …«

Alfie grinste und versuchte, lässig auszusehen. »Ich schätze mal, du bist ein bisschen außer Form. Und jetzt, wenn ich bitten darf? Ihre Majestät befiehlt Euch, die königlichen Gemächer zu verlassen.« Er gähnte gespielt.

»Dass dir das bloß nicht zu Kopf steigt. Die offizielle Krönung steht noch aus. Nacht!« Richard knipste das Licht aus und zog langsam die Tür zu. Alfie blieb im Dunkeln zurück.

Kurze Zeit später waren Alfie und Hayley wieder in der Zitadelle. Sie steckten die Köpfe zusammen, kicherten und ließen noch einmal Revue passieren, wie knapp sie der Entdeckung entkommen waren. Sie waren so aufgedreht, dass an schlafen überhaupt nicht zu denken war.

»Darf ich mitlachen, Majestät?« Ganz plötzlich stand der Hofmarschall in der Tür.

»Wir … äh … sprechen über die Strategie.« Hayley tat so, als würde sie sich brennend für den Kartentisch interessieren. Da tauchte auch Brian auf. Er warf einen prüfenden Blick in das Magazin seiner Handfeuerwaffe, bevor er sie wieder in das Halfter steckte.

»Das solltet ihr besser den Fachleuten überlassen«, sagte er.

Hayley stemmte die Hände in die Hüften. »Was denn? Ich hab auch ein bisschen Grips, ja?«, giftete sie zurück. »Und so wie ich das sehe, tanzt dieses Echsenvieh euch ganz schön auf der Nase rum.«

»Nun, was schlägt Miss Hayley Hicks aus Watford denn vor? Wo sollen wir wohl nach den letzten Bruchstücken der zerbrochenen Krone von Alfred dem Großen suchen? Wir sind ganz Ohr.« Der HM kicherte.

Alfie seufzte. Er wusste nicht, ob er so spät in der Nacht noch einen Streit verkraften konnte. Aber Hayley betrachtete konzentriert die Landkarte mit den vielen weißen Kreuzen, die die Orte markierten, an denen Alfie bereits vergeblich gesucht hatte.

»Was haben Sie eigentlich gegen Schottland?«, fragte sie schließlich.

Und tatsächlich, während England und Wales mit Kreuzen gepflastert waren, herrschte nördlich der Grenze gähnende Leere.

»Im Hinblick auf die britische Geschichte habe ich wohl die größte Kompetenz«, knurrte der Hofmarschall. »Alfred der Große war nie in Schottland.« Doch schon, während er das sagte, erlosch sein Lächeln.

»HM?«, sagte Alfie. »Was ist denn?«

Der Hofmarschall rieb sich die Schläfen, als ob er sich einen Gedanken wegmassieren wollte.

»Nach allem, was wir aus den Chroniken wissen, war Alfred der Große nie selbst in Schottland. Aber sein Lieblingsenkel Athelstan ist, als er bereits König war, einmal dort einmarschiert, und niemand hat eine Erklärung dafür. Es gibt keinerlei Aufzeichnungen einer Schlacht.«

»Ist das nicht sehr ungewöhnlich? Bei einem Einmarsch gibt es doch eigentlich immer irgendwelche Schlachten«, sagte Alfie.

Der HM nickte zustimmend. »Wohl wahr. Was, wenn Alfred ihm ein Stück der Krone anvertraut hätte, damit er es eines Tages hoch oben im Norden versteckt?«

»Genau so was habe ich auch gerade gedacht«, entgegnete Hayley. »Falls Sie noch mehr Hinweise benötigen, in bin in meinem Büro.«

Sie warf dem grimmig dreinschauenden Brian ein kleines Markierungs-X zu, das dieser nur mit Mühe auffangen konnte. Dann schlenderte sie zum Sofa, legte sich der Länge nach hin und verschränkte die Hände im Nacken.

20
Feuer unter dem Schloss

Der Defender war im Blindflug unterwegs. Die Sturmfront verfolgte ihn seit London, und jetzt regnete es so heftig, dass er nur wenige Meter weit sehen konnte. Blitze zuckten über ihn und Wyvern hinweg. Alfie wusste, dass Flugzeuge einen Blitzeinschlag unbeschadet überstehen konnten – und hoffte, dass das auch für ihn und seine Rüstung galt. Zumindest schien Wyvern den Weg zu kennen. Sie reckte jedenfalls ihren schlanken Kopf in den Wind und stürmte nach Norden.

Wenigstens lösten die Wolken sich jetzt immer mehr auf, und die Morgendämmerung zeigte sich über dem düsteren, pinkgrün-farbenen Flickenteppich der Moorlandschaft unter ihnen. Die Grenzregion zu Schottland. Er konnte sich noch daran erinnern, dass er schon einmal darüber hinweggeflogen war, als Kind, in einem Hubschrauber, auf dem Weg zu einem der unvermeidlichen Sommerurlaube auf Schloss Balmoral. Das war der einzige Ort gewesen, an dem die ganze Familie gerne gemeinsam Zeit verbracht hatte, sogar sein Vater. Sie hatten die Wochen mit Lagerfeuern und Wanderungen durch süßlich duftende Tannenwälder verbracht und sich fernab von den gierigen Blicken der Fernsehkameras und

Menschenmengen ein wenig erholt. Richard war immer gerne mit seinem Vater zum Jagen gegangen, ganz im Gegensatz zu Alfie. Einmal hatte er seinem Vater erklärt, das sei »gegen seine Prinzipien«, aber in Wirklichkeit hatte es wahrscheinlich eher daran gelegen, dass er ein miserabler Schütze war und Angst vor Schusswaffen hatte. An dem Tag, als der König das gesamte Anwesen an eine Hotelkette verkaufen musste, hatte ihm das Herz geblutet. Alfie wusste noch, wie er sich mit dem Premierminister am Telefon gestritten hatte. »Das Balmoral-Luxus-Wellness-Resort? Das ist erniedrigend!«

»Stählerner Adler, bitte kommen!« Hayleys Stimme ertönte in seinem Headset, und ihr Lachen riss ihn aus seinen Gedanken. Sie dachte sich immer wieder neue Codenamen für ihn aus – und kein einziger fand die Zustimmung des HM. Was sie in keiner Weise störte. Es gefiel Alfie, dass sie in jeder Situation noch einen Witz machte, ganz egal, wie ernst die Lage war. Wahrscheinlich war das einfach ihre Art.

»Empfang klar und deutlich, Beefeater.« Das würde dem HM bestimmt genauso wenig gefallen. Alfie hörte das Lächeln in Hayleys Stimme. »Du hast ja eine schöne Aussicht von da oben.«

Wie versprochen hatte Hayley eine winzige Kamera an einem Stirnband befestigt, das Alfie unter dem Helm tragen konnte. Brian war sich sicher gewesen, dass es nicht funktionieren würde, aber aus irgendeinem Grund tat es das doch, und Hayley platzte fast vor Stolz. »Ich sollte dafür bezahlt werden, echt jetzt, Leute!«

Die Kamera bewirkte, dass Alfie sich nicht ganz so alleine fühlte. Immerhin bekamen jetzt alle in der Zitadelle mit, was er gerade sah.

»Achtung, Achtung, eine aktuelle Information.« Brian meldete sich zu Wort. »Seismische Aktivitäten im Zentrum von Edinburgh, vor exakt sechs Minuten.«

»Seismische Aktivitäten?« Alfie glaubte, dass er sich verhört hatte. »Was soll das denn sein? Etwa ein Erdbeben?«

War das Zufall? Oder war die Schwarze Echse ihm zuvorgekommen? Wyvern korrigierte den Kurs, legte die Beine an den Körper und stieß nach unten, der schottischen Hauptstadt Edinburgh entgegen.

So, wie sie da lag, eingekuschelt zwischen den blauen Wassern des Firth of Forth und den mächtigen Schatten der Berge, wirkte sie deutlich kleiner, als Alfie erwartet hatte. Während sie auf das Stadtzentrum zu flogen, schallte ihnen ein schrilles Konzert aus Autohupen und Polizeisirenen entgegen. Alfie und Wyvern sausten über fein säuberlich angeordnete, schiefergraue Wohnblocks hinweg bis zur Hauptverkehrsader, der Princes Street, die ihren Namen vollkommen zu Recht trug. Es war noch früh am Morgen, doch die Menschen strömten verwirrt und verängstigt aus ihren Häusern. Jetzt brachte ein weiteres Beben die Fenster zum Zittern. Dachziegel lösten sich aus der Verankerung und fielen zu Boden.

»Es scheint vom Schloss auszugehen, Sir. Gebt acht.« Der HM klang besorgt, und Alfie konnte es ihm nicht verdenken.

Das Schloss von Edinburgh kauerte auf einem gewaltigen Felsen hoch über der Stadt. Von der einen Seite führte die sanft ansteigende Royal Mile mit ihren Lokalen und Souvenirgeschäften bis vor das Schlosstor, doch auf der anderen Seite gab es nichts als eine achtzig Meter hohe, steil abfallende Klippe, an deren Fuß sich ein Park erstreckte. Alfie zog sanft an Wyverns Zügeln. Sie gehorchte sofort und ließ sich tiefer sinken, bis die Felswand auf der Südseite des Schlosses direkt vor ihnen auftauchte. Jetzt konnten sie bis zur Schlossmauer nach oben steigen, ohne dass jemand ihr Kommen bemerkte.

Während sie an der Klippe entlang aufwärts jagten, wurde die Stadt von einem weiteren Beben erschüttert. Alfie meinte, einen frischen Riss in der Felswand zu erkennen, aber sie waren so schnell, dass er das nicht wirklich deutlich erkennen konnte. Da brach ein großer Felsbrocken aus der Festungsmauer und verfehlte sie nur um wenige Zentimeter. Wyvern wich ruckartig nach links aus. Als Alfie schließlich einen Blick über die Mauer werfen konnte, bot sich ein Bild der Zerstörung. Ein Museumsgebäude brannte lichterloh. Frische Schmauchspuren führten im Zickzack über den ganzen oberen Innenhof, als ob sich dort ein Wahnsinniger mit einem Flammenwerfer zu schaffen gemacht hätte. Taschen und Kameras lagen auf dem Boden verstreut. Gerade führten die Soldaten des Königlich-Schottischen Regimentes in ihren karierten Kilts und gefiederten Mützen die letzten Touristen durch das Eingangstor mit dem Fallgitter zum Schloss hinaus. Überall in der Stadt jaulten Polizeisirenen.

Hayleys warnende Stimme ertönte in seinem Ohr. »Alfie, pass auf. Kann gut sein, dass die Schwarze Echse schon da ist.«

Nach der Landung schlüpfte Wyvern in Alfies Sporen zurück, und er blickte sich auf dem menschenleeren Schlosshof um. Sein Blick fiel auf eine sehr kleine, sehr einfache, steinerne Kapelle mit einer eingetretenen Holztür.

»Oh, ja, da könntest du recht haben«, murmelte Alfie vor sich hin.

Die St. Margaret's Chapel war das älteste Gebäude der ganzen Schlossanlage: ein einfacher Raum mit weißen Wänden, in dem gerade einmal sechs Kirchenbänke und ein kleiner Altar unter einem Torbogen Platz fanden. Alfie konnte sich zwar nicht erklären, wieso die Schwarze Echse ausgerechnet hier eingebrochen war, wo sie doch Dutzende prächtiger Speisesäle und Türme zur Auswahl gehabt hatte, aber sie war ganz eindeutig hier gewesen. Der Altar war umgestürzt, so dass sich Kerzen und Blumen überall in der Kapelle verteilt hatten. Und im Steinboden klaffte ein riesiges Loch.

Alfie zog sein Schwert aus der Scheide und ließ sich von dem goldenen Schimmer leiten, während er sich immer dichter und dichter an das Loch heranpirschte. Seine Sinne waren bis zum Äußersten geschärft. Als er näher kam, registrierte er verblüfft, dass er von einer Hitzewelle erfasst wurde. Er flüsterte, so laut er es wagte, in das Mikrophon: »Da unten brennt es.«

»In der Rüstung kann dir eigentlich nichts passieren.« Das war Brian. »Aber ich würde auch nicht zu lange da rumstehen. Wir wollen schließlich nicht, dass du gebrutzelt wirst.«

»Schönen Dank für den Hinweis. Sehen wir mal nach, was hier los ist, ja?«

Alfie nahm die Sehende Kugel von seinem Gürtel und warf sie in das Loch. Er machte die Augen zu und konnte sofort das sehen, was die Kugel sah. Sie schwebte direkt in einen leicht abwärts führenden Tunnel. Das einzige Licht kam vom anderen Ende, wo ein flackerndes, warmes Schimmern zu sehen war. Als die Kugel die Stelle erreicht hatte, drehte Alfie den Kopf einmal von rechts nach links. Die Kugel folgte den Bewegungen ihres Gebieters, so dass er die gesamte Umgebung in den Blick nehmen konnte.

»Ich glaube, ich habe eine Art Portal in die Unterwelt entdeckt«, flüsterte Alfie.

Der Tunnel endete in einer riesigen Höhle, die von einem gewaltigen, in unergründlicher Tiefe lodernden Feuer erhellt wurde. Er hörte ein Geräusch – ein merkwürdiges Schaben. Alfie schickte die Kugel noch weiter. Erst jetzt sah er die Tunnelöffnung auf der gegenüberliegenden Seite des Abgrundes. Aber nicht nur das … In der wabernden, heißen Luft bewegte sich etwas. Die Umrisse einer gebeugten Gestalt, die zu graben schien. Noch während er die Gestalt beobachtete, begann sie zu zucken und sich zu verformen, bis sie unter unheimlichem Knacken und Ächzen ihre menschlichen Umrisse zusehends verlor und die unverwechselbaren Konturen der Schwarzen Echse annahm.

Grelle Flammen blendeten Alfie. Er stand oben in der Kapelle und hielt den Atem an. Es kam ihm fast so vor, als hätte er selber mitten im Feuer gestanden. Einen Augenblick später kam die Kugel aus dem Loch emporgeschossen und landete in seiner Hand. Trotz der schützenden Rüstung war sie fast zu heiß, um sie anzufassen. Alfie wischte den Ruß von der Oberfläche und hängte die Kugel wieder an seinen Gürtel.

»Was habt Ihr gesehen, Sir?«, wollte der Hofmarschall wissen.

»Sie ist hier. Die Echse. Aber es war ein Mann – die Schwarze Echse ist ein Mensch.«

»Hat er das nächste Stück der Krone gefunden?«

»Ich schätze nicht, sonst wäre er bestimmt schon weg.« Alfie packte sein Schwert. Er spürte, wie er von einem Energiestrom erfasst wurde, wie seine Nervosität zumindest nachließ, auch wenn sie nicht vollständig verschwand. »Vielleicht kann ich ihm dieses Mal ja zuvorkommen.«

Alfie sprang in den Tunnel. Er war in seinem Leben bisher nur einmal in einer Sauna gewesen, allerdings nur kurz, weil er nämlich noch am Eingang kehrtgemacht hatte. Es war ihm ein Rätsel, was der Reiz an solchen Temperaturen sein sollte. Er hatte ja kaum mehr Luft bekommen, wie sollte man sich da entspannen? Aber im Vergleich zu der Hitze hier unten war das wirklich gar nichts gewesen. Schweißbäche flossen ihm übers Gesicht, so dass er immer wieder die Schweißperlen wegschütteln musste, um überhaupt etwas sehen zu können. Außerdem wurde die glühende Hitze immer schlimmer, je näher er der Kuhle am Ende des Tunnels kam. Vorsichtig, um nur ja nicht auszurutschen, reckte er den Hals nach vorne und blickte in die blubbernden, kochenden Flammen des Hochofens tief unter ihm.

»Was ist das?«, flüsterte er in sein Mikrophon.

Da hörte er das Räuspern des Hofmarschalls. Das war immer ein eindeutiger Vorbote schlechter Nachrichten. »Der Felsen, auf dem das Schloss erbaut wurde, fungiert als Verschluss für einen prähistorischen Vulkan. Und die Grabungen der Schwarzen Echse haben allem Anschein nach, nun ja, den Verschluss geöffnet.«

»Und das sagen Sie mir *JETZT*?«, zischte Alfie zurück.

Hayley legte die Hand über ihr Mikrophon. »Sie müssen ihn da rausholen. Sofort!«

Der Hofmarschall schüttelte den Kopf. »Noch nicht. Wir dürfen unter keinen Umständen zulassen, dass der Echse noch mehr Teile der Krone in die Hände fallen.«

Alfie erstarrte und gab keinen Mucks von sich. Auf der gegenüberliegenden Seite des Abgrundes sah er jetzt den Rücken der Schwarzen Echse auftauchen. Die Flammen beleuchteten ihre grauenerregenden Klauen von unten her. Darin lag etwas. Alfie konnte ein metallisches Glänzen erkennen, während die Kreatur die Erde von dem Gegenstand wischte. Etwas Goldenes kam darunter zum Vorschein.

Ein Stück von der uralten Krone Alfreds des Großen.

Alfie war zu spät gekommen. Die Schwarze Echse hielt

das neuentdeckte Fragment neben ein anderes Stück. Es war größer – die eine Hälfte der Krone, die bereits im Besitz der Bestie war, genau wie der HM befürchtet hatte. Jetzt schmiegten sich die beiden Stücke wie Magnete aneinander und vereinten sich, begleitet von einem gleißenden Lichtblitz, zu einem einzigen Stück. Nur noch ein Viertel der Krone fehlte. An seiner Stelle bildeten seltsam gewundene, schwarze Knochen eine Art Überbrückung.

»Ich kann dich riechen, Ritter.« Die Stimme der Schwarzen Echse klang tief und heiser.

Alfie richtete sich auf und packte sein Schwert noch ein wenig fester. »Was willst du?« Trotz seiner Bemühungen gelang es ihm nicht, das Zittern aus seiner Stimme zu vertreiben.

»Was *mein* ist.«

Flammen schossen aus dem Abgrund, der zwischen ihnen lag, empor, und Alfie wurde von einer erneuten Hitzewelle überschwemmt. »Das gehört dir nicht. Ich … Ich befehle dir, die Krone wegzulegen.«

»Du Narr.« Die Echse ließ ein kehliges Lachen hören. »Niemand gibt mir Befehle.«

Die Schwarze Echse riss den Kopf herum, machte das Maul weit auf und schoss eine Feuerkugel auf Alfie ab. Er konnte nicht mehr ausweichen und wurde durch den Aufprall ein ganzes Stück weit in den Tunnel geschleudert.

Sie hat Feuer gespuckt! Sie hat Feuer gespuckt!, dachte Alfie, während er sich wieder und wieder überschlug.

Die Stimmen in seinem Headset schrien alle wild durcheinander, aber sie waren nur aus weiter Ferne zu hören, mal lauter, mal leiser. Alfie konnte nichts anderes tun, als den Kopf zu heben und sich auf die riesige, düstere Gestalt zu konzentrieren, die durch den Tunnel auf ihn zu gekrochen kam.

Was alle anderen in der Zitadelle ebenfalls sehen konnten.

»STEH AUF! ALFIE!«, schrillte Hayleys Stimme an sein Ohr.

Alfie beugte die Knie, ignorierte die brennenden Schmerzen, die sein glühend heißer Brustpanzer ihm verursachte, richtete die Spitze seines Schwerts nach oben und sprang auf. Er brach durch die Tunneldecke und landete knirschend auf dem umgekippten Altar in der Kapelle. Kaum hatte er sein Schwert herumgewirbelt, explodierte der Boden unter seinen Füßen. Marmorbrocken flogen in sämtliche Richtungen, als die Schwarze Echse mit einem gewaltigen Satz die Tunneldecke durchstieß und mit dem Kopf ein Loch in das Dach der Kapelle schlug, bevor sie auf den Füßen landete und dabei eine hölzerne Kirchenbank zermalmte. Alfie sah sie jetzt klar und deutlich vor sich, obwohl er im Moment sehr, sehr viel lieber sehr, sehr weit weg gewesen wäre. Hier oben wirkte die furchterregende Echse irgendwie noch riesiger. Eine schleimige, gespaltene Zunge zuckte zwischen den rasiermesserscharfen Zähnen der Bestie hervor, während ihre grausamen Klauen über den Steinfußboden scharrten. Sie kam näher, vibrierend vor Energie, die ebenso mächtig war wie die Hitze unter dem Boden, auf dem sie standen.

»Ich habe dich schon einmal getötet. Was sollte mich daran hindern, es wieder zu tun?«, stieß die Schwarze Echse hervor.

Alfie erinnerte sich an einen Satz, den Brian einmal während einer ihrer nächtlichen Trainingsstunden gesagt hatte. Dass Angriff die beste Form der Verteidigung sei oder etwas in der Art. Also sprang er mit einem Satz vom Altar, schwang sein glühendes Schwert und visierte die Kehle der Echse an.

Keine gute Idee. Die Bestie schwang fast beiläufig ihren Schwanz herum und traf Alfie mit solcher Wucht, dass er zur Seite geschleudert wurde, die Mauer der Kapelle durchschlug und erst neben dem großen Steinhaufen im oberen Schlosshof liegen blieb.

Wenige Sekunden später sprang die Echse durch das Loch im Dach der Kapelle und landete krachend im Hof. Sie reckte ihren mächtigen Schädel in den Himmel und spuckte noch mehr Feuer. Anscheinend freute sie sich wie ein kleines Kind über ihr neues Spielzeug.

Alfie lag auf dem Rücken und versuchte, davonzukrabbeln. »Äh, also, Leute, ich glaube, unsere Echse ist jetzt ein Drache. Ich wiederhole: DIE ECHSE VERWANDELT SICH IN EINEN DRACHEN!«

Aber er erhielt keine Antwort. Anscheinend war die Verbindung abgerissen. Er war ganz auf sich gestellt. Die Schwarze Echse – nein, der Schwarze *Drache* war mit einem Satz bei ihm und stellte einen seiner mächtigen Klauenfüße auf Alfies Brustkorb, so dass dieser sich nicht mehr rühren konnte. Seine dunklen, schlangenartigen Augen fixierten ihn, während der Schwanz mit den tödlichen Stacheln hin und her pendelte, jederzeit bereit zuzuschlagen. *War das das Letzte, was mein Vater gesehen hat?*, fragte sich Alfie. Er hatte sich aber ganz bestimmt heftiger gewehrt. »Wieso tust du das?«

Der Schwarze Drache zögerte, als hätte die Frage ihn aus dem Konzept gebracht. Für einen kurzen Moment hatte Alfie das Gefühl, als wollte das Monster den Fuß von seiner Brust nehmen – vielleicht ließ es ihn doch noch entkommen?

»Schicksal …«, zischte der Schwarze Drache. Der scheußliche Stachelschwanz erstarrte. Jeden Augenblick würde er Alfies Brustpanzer durchstoßen und in sein Herz eindringen.

Da bebte die Erde, und der Schwarze Drache geriet aus dem Gleichgewicht. Der Boden hob und senkte sich in Wellen. Ein seltsames Geräusch drang aus der Tiefe nach oben, als würde durch tausend Abflüsse gleichzeitig Wasser abgesaugt werden. Ohne Vorwarnung drehte der Schwarze Drache sich um, hüpfte davon und war mit einem Satz über die Schlossmauer verschwunden.

Während Alfie sich noch wunderte, wieso der Drache so plötzlich Reißaus genommen hatte, öffnete sich ein mächtiger Krater und verschluckte die kleine Schlosskapelle. Alfie taumelte rückwärts, während der Schlosshof und alles, was darauf lag, in den riesigen Krater stürzten, dessen Ränder sich stetig weiterfraßen. Der Abstand zu

Alfies Füßen war in Windeseile auf wenige Zentimeter geschrumpft. Alfie kam sich nicht mehr vor wie auf einem Schloss, sondern eher wie auf einem verlassenen Berggipfel. Nein, kein Berg, sondern eher … ein Vulkankrater.

21
Eruption

Die Luft färbte sich lila, als eine Lavasäule aus dem Krater emporschoss und sich wie ein wahnwitziges Feuerwerk dreißig Meter hoch in den Nachthimmel bohrte. Alfie wich vor der glühenden Hitze zurück und warf sich über die Schlossmauer. Flammen schossen aus den Spalten in der Felswand hervor und verbrannten seine Rüstung, während er haltlos in die Tiefe taumelte. *Sporen, Sporen, Sporen!!* Wyvern kam aus seinen Fersen und tat, begleitet von schrillem, entsetztem Wiehern, was sie tun musste, um den brennenden Felsbrocken auszuweichen, die wie glühende Meteoriten an ihnen vorbeizischten.

Trotz des Helms konnte Alfie die Schwefelgase riechen. Bei dem ekelerregenden Gestank nach faulen Eiern fiel ihm eine längst vergessene Chemiestunde wieder ein. Da entdeckte er in der schwarzroten Wolkenwand, die immer dichter und immer bedrohlicher wurde, eine kleine Lücke, ein stecknadelkopfgroßes Stückchen Himmel. Er zog an den Zügeln, bis Wyvern es ebenfalls sah und Kurs auf den immer schmaler werdenden Spalt nahm. Während sie den gewaltigen Feuerball hinter sich ließen, warf Alfie einen Blick auf die Stadt und dachte: *So muss es in der Hölle sein.*

Der Vulkan spie Lava und Asche und brennende Felsbrocken in alle Richtungen. Die Steilklippe des Schlossbergs von Edinburgh hatte sich in einen Wasserfall aus Feuer verwandelt, der sich in den darunterliegenden Park ergoss. Zur anderen Seite hin nahm die Lava den einzigen Weg, der ihr blieb, und floss die Royal Mile hinunter. Links und rechts der schmalen Straße schlugen Flammen aus den Häusern, sobald die Lavawand sie erreicht hatte. Autos, Straßenlaternen und alles andere, was sich der glühenden Masse in den Weg stellte, wurde einfach verschlungen. Schreiende Menschen rannten um ihr Leben. Doch das Schrecklichste war nur für Alfie zu erkennen, der hoch über der Straße in der Luft schwebte: Die Lava wurde immer schneller.

Die Soldaten, die vorhin noch das Schlosstor bewacht hatten, rannten jetzt von Haus zu Haus, immer vor der Feuerwalze her, und holten Nachzügler heraus, trieben sie zur Eile an, zerrten sie auf die Straße. Die meisten brauchten keine zweite Ermahnung.

Alfie landete neben einem Soldaten, der gerade an eine Haustür klopfte. Er war kaum älter als Alfie, höchstens achtzehn. Schweiß und Ruß bedeckten sein Sommersprossengesicht. Falls er verblüfft war, dass der Defender inmitten dieses Durcheinanders neben ihm aufgetaucht war, dann ließ er sich nichts anmerken – er hatte sehr viel größere Sorgen.

»Da macht niemand auf!«, rief der Soldat.

Alfie zerschlug ein Fenster und schickte die Sehende Kugel ins Haus. Sie sauste einmal durch alle Zimmer und landete dann wieder in seiner Hand. »Keiner da!«, sagte er.

Der Soldat nickte und ging zum nächsten Haus.

Alfie schickte die Kugel noch in drei weitere Häuser. Im dritten entdeckte er einen alten Mann, der hinter seinem Sessel kauerte.

»Unten rechts!«, rief Alfie und zeigte auf das Haus. Zwei Soldaten brachen die Tür auf, geleiteten den alten Mann nach draußen und halfen ihm die Straße hinunter.

Immer mehr Menschen schlossen sich der Gruppe der Fliehenden an, liefen die Straße hinunter, brachten sich vor dem Lavastrom in Sicherheit. Allerdings wurde es am Fuß des Hügels immer enger, so dass sich bereits eine Menschentraube gebildet hatte. Panik breitete sich aus. Alfie blickte wieder nach oben. Die Lava konnte nirgendwohin ausweichen und wälzte sich daher immer schneller dem unteren Ende der Royal Mile entgegen. Alles, was sich ihr in den Weg stellte, wurde vernichtet. Er konnte Wyvern rufen und die Menschen paarweise von hier wegbringen, aber das hätte viel zu lange gedauert. Darum zog Alfie sein Schwert und fing an, die Laternenpfähle links und rechts der Straße zu fällen. Funken sprühten, als sie, einer nach dem anderen, auf das Kopfsteinpflaster kippten. Während Alfie sich den Schweiß aus den Augen pustete, häufte er die schweren Laternenmasten auf der Straße übereinander und errichtete so einen Damm. Es funktionierte.

»Ha-ha!«, brüllte Alfie triumphierend.

Doch die gestaute Lava quetschte sich durch die Lücken und floss seitlich an der Barrikade vorbei, bis sie schließlich die obere Kante erreicht hatte und sich nicht länger aufhalten ließ. Da erwachte das Funkgerät wieder zum Leben, und Alfie hörte die verzweifelte Stimme des Hofmarschalls sagen: »Majestät! Majestät, wo seid Ihr?«

»Noch ungefähr zehn Sekunden, dann werde ich hier bei lebendigem Leib gegrillt.«

In der Zitadelle arbeitete Hayley fieberhaft, bis es ihr endlich gelang, den Kontakt zu Alfies Kamera wiederherzustellen. Trotz des zersprungenen Objektivs konnten sie auf dem Monitor die Lava sehen, die sich auf Alfie zu wälzte.

»Verschwinde von da, aber sofort!«, bellte Brian.

Alfie warf einen Blick hügelabwärts. Dort wurde das Gedränge immer schlimmer. Die verzweifelten Menschen kletterten schon übereinander hinweg, nur um irgendwie aus der Gefahrenzone zu gelangen. »Ich kann nicht! Noch nicht!«

Ein großer Touristenbus stand verlassen am Straßenrand. Alfie versuchte, ihn in die Mitte zu schieben, um die Straße zu blockieren. Es gelang ihm zwar mit Hilfe der Kräfte, die ihm die Rüstung verlieh, den Bus Zentimeter um Zentimeter zu verrücken, aber er war nicht schnell genug.

»Hast du mal nachgesehen, ob der Schlüssel noch steckt?«, rief Hayley ihm ins Ohr.

Gar keine schlechte Idee, dachte Alfie und kam sich ein wenig doof vor. Er rannte zur Tür und sprang auf den Fahrersitz. Und tatsächlich – der Zündschlüssel steckte noch. Der Fahrer musste es sehr eilig gehabt haben. Alfie startete den Motor, legte knirschend den ersten Gang ein, lenkte den Bus in die Straßenmitte und stellte ihn quer zu dem herannahenden Lavastrom ab. Er würde den tödlichen Fluss nicht stoppen, aber Alfie hoffte, dass er ihn zumindest ein wenig aufhalten konnte.

Der Bus schwankte, als die Lava gegen die Seitenwand prallte. Alfie hörte die Reifen platzen, spürte, wie der Unterboden sich bog und wellte. Es war Zeit abzuhauen. Da züngelten bereits die ersten Flammen vor der Tür – dieser Ausweg war also versperrt. Alfie zog sein Schwert und schnitt, so schnell er nur konnte, ein Loch in das Dach.

Als er sich nach oben gehievt hatte, sah er, dass die Lava den Bus einfach hochgehoben hatte und ihn nun mit sich hügelabwärts trug. Die meisten Fußgänger hatten in der Zwischenzeit in einer der Seitenstraßen Zuflucht gefunden, aber dann entdeckte er vier Soldaten auf einem Autodach. Die Lava hatte sie umzingelt und stieg schnell höher, war bereits auf halber Höhe angelangt.

Alfie rief Wyvern herbei und flog zu den Soldaten. Er packte erst einen und dann noch einen und setzte sie hinter sich auf Wyverns Rücken. Sie wieherte zwar leise vor Anstrengung, hielt aber ihre Position und schwebte über dem Auto. Alfie wusste, dass er nicht genügend Zeit hatte, um erst diese beiden in Sicherheit zu bringen und dann die anderen zu holen. Die Lava hatte das Dach schon beinahe erreicht. Er musste sie jetzt mitnehmen. Unter Aufbietung all seiner Kräfte hob Alfie den dritten Soldaten hoch, hielt ihn mit einer Hand fest, während er mit der anderen die Zügel gepackt hielt. Wyvern schwankte leicht und sank durch das zusätzliche Gewicht ein Stückchen tiefer. Jetzt waren sie nur noch wenige Zentimeter von der kochenden Lava entfernt.

Der letzte Soldat – es war der sommersprossige junge Mann, dem Alfie vorhin schon begegnet war – rief laut um Hilfe. Doch Alfie konnte den Soldaten, den er bereits festhielt, nicht einfach fallen lassen. Aber er wagte auch nicht, Wyverns Zügel loszulassen, aus Angst, dass sie dann alle abstürzen würden.

»RETTE IHN!«, riefen die anderen Soldaten Alfie zu.

Aber würden sie das zusätzliche Gewicht verkraften? Wenn Alfie dem letzten Mann nicht half, dann würde er sterben, das stand fest. Und wenn doch, dann fanden sie womöglich alle den Tod. Direkt neben ihnen ging ein Telegraphenmast in Flammen auf. Wyvern wich ein Stück zurück, und der Mast fiel krachend um, ohne sie zu treffen und sie so alle ins Verderben zu reißen. Aber jetzt waren sie noch ein Stück weiter von dem letzten Soldaten entfernt. Die Lava kitzelte fast schon seine Füße. Alfie würde ihn nicht mehr rechtzeitig erreichen. Er hatte zu lange gezögert, und jetzt … jetzt war es zu spät.

Da erschien ein greller Lichtstrahl am Himmel. Alfie wurde für einen kurzen Moment geblendet. Ein Hubschrauber der Luftwaffe senkte sich durch die Rauchwolken herab. Wyvern brachte die ersten drei Soldaten in Sicherheit, während sich ein Mann aus dem Hubschrauber in Windeseile abseilte und den letzten Soldaten gerade noch rechtzeitig vom Dach des Autos pflücken konnte, bevor es endgültig von dem glühenden Fluss aus geschmolzenem Gestein verschluckt wurde.

Wenige Augenblicke später setzte Alfie die verdatterten Soldaten in einer Seitenstraße ab und ließ Wyvern hoch in die Luft steigen. Erschöpft blickte er auf Edinburgh hinab. Das ganze Stadtzentrum stand in Flammen. Es sah aus wie in einem Kriegsgebiet.

Da ertönte die Stimme des Hofmarschalls in seinem Ohr. »Kommt nach Hause, Eure Majestät.«

Alfie lenkte Wyvern nach Süden. Es fühlte sich an wie ein Rückzug nach einer verlorenen Schlacht.

22
Ein nächtlicher Ausflug

»Im Namen meiner gesamten Familie möchte ich den Menschen in Schottland in dieser schwierigen Situation unser tiefempfundenes Mitgefühl ausdrücken. Die schrecklichen Vorfälle in Edinburgh machen uns wieder einmal bewusst, wie sehr wir den Launen von Mutter Natur unterworfen … Tut mir leid, aber ich kann das nicht.«

Alfie hörte auf zu lesen, rieb sich die Augen und ließ sich in den Schreibtischsessel seines Vaters sinken. Korrigiere: In *seinen* Schreibtischsessel. Den königlichen Schreibtischsessel. »Den Launen von Mutter Natur unterworfen? Wer hat diesen Mist eigentlich verzapft?«

»Ich, Euer Majestät.« Der Hofmarschall blickte ihn über die Kamera hinweg finster an.

Der Regisseur rieb sich die Schläfen und gab Anweisung, noch einmal von vorne anzufangen. Zum sechzehnten Mal! Die Techniker bastelten an den Scheinwerfern herum. Eine Maskenbildnerin kam zu Alfie gehastet und tupfte ihm mit einem Schwämmchen im Gesicht herum. Aber er wusste, dass sie alle nur so beschäftigt taten und in Wirklichkeit auf nichts anderes warteten, als dass er ein einziges Mal seinen Text fehlerfrei aufsagte. Der HM schickte die Maskenbildnerin wieder weg und zog sich mit Alfie in eine ruhige Ecke zurück.

»Gibt es ein grundsätzliches Problem, Majestät?«

»Nein … Ja! Was ich da vorlesen soll, ist doch lächerlich. Das ist nicht das, was ich den Leuten sagen möchte.«

»Und was genau *möchtet* Ihr den Leuten sagen, Sir?«, wollte der Hofmarschall wissen.

Alfie bekam das Gesicht des jungen Soldaten, dem die Todesangst so deutlich anzusehen gewesen war, einfach nicht mehr aus dem Kopf. Wie er ihn angefleht hatte. Wie ihm plötzlich klargeworden war, dass Alfie ihn nicht mitnehmen würde. Dieses abgrundtiefe Entsetzen. Alfie wollte ihn ausfindig machen, wollte ihm erklären, dass er doch eigentlich noch ein Kind war und auch furchtbare Angst gehabt hatte.

»Ich weiß auch nicht. Aber es soll echt sein und von Herzen kommen … Wie wär's denn zum Beispiel mit ›Es tut mir leid‹? Es tut mir leid, dass ich zu schwach war, um den Schwarzen Drachen zu besiegen. Es tut mir leid, dass ich nicht verhindern konnte, dass die halbe Stadt in Schutt und Asche liegt. Es tut mir leid, dass ich nicht mutig genug war, um diesem Soldaten zu helfen.«

Der HM blickte sich nervös um, aber niemand hatte Alfies Worte gehört.

»Dem jungen Mann geht es gut. Der Hubschrauber hat ihn gerettet«, flüsterte der Hofmarschall.

»Aber das wäre meine Aufgabe gewesen!«, gab Alfie

wütend zurück. »Ich brauche erst mal eine Pause.« Ohne das missbilligende Stirnrunzeln des Hofmarschalls zu beachten, stürmte er hinaus.

Im Garten des Palastes beruhigte er sich langsam wieder. Wie viele Sommertage hatte er hier zugebracht? Wie oft war er zusammen mit Richard und Ellie durch das Labyrinth der von Hecken gesäumten Pfade gestreift, hatte Blumenbeete bewundert oder sich irgendwo am Ufer des Sees versteckt? Damals war das hier seine Welt gewesen, eine endlose Wildnis, in der er für alle Zeit umherstreifen konnte. Doch jetzt wurde ihm bewusst, was es in Wirklichkeit war. Ein Park, umgeben von hohen Mauern, von Wachen gesichert – eine Fata Morgana inmitten einer feindlichen Wüste.

Er bog um eine Ecke und sah Brian auf einer Bank sitzen.

»O Mann, kann ich nicht mal einen Spaziergang machen, ohne dass du mir hinterherspionierst?«, sagte Alfie.

»Mach ich doch gar nicht. Hier sitze ich immer in der Mittagspause.« Brian zeigte auf eine Tupperschüssel mit Sandwiches und einer Banane. »Du darfst dich gerne dazusetzen, aber du musst mir versprechen, dass du mir nicht die Stimmung versaust.«

Alfie ließ sich neben ihn auf die Bank plumpsen. »'tschuldigung.«

»Diese Edinburgh-Geschichte macht dir immer noch zu schaffen, was?«

Alfie nickte.

»Du bist nicht weggelaufen. Du hast dich dem Kampf gestellt, und das ist das, was zählt«, sagte Brian.

»Das war kein Kampf. Das war eine demütigende Niederlage! Du weißt nicht, wie das war, als der Schwarze Drache mich getroffen hat – er ist übermächtig!«

»Kann sein. Aber jetzt wissen wir, dass er auch nur ein Mensch ist – zumindest zeitweilig.«

»Was haben wir davon, so lange wir nicht wissen, wer er ist?«

»Ich mein ja nur, geh nicht zu hart mit dir ins Gericht. Du hast deine Sache gut gemacht.«

»Und nächstes Mal werdet Ihr sie noch besser machen.« Das war der Hofmarschall, der zwischen den Blumenbeeten hindurch auf sie zugestakst kam. Er fuhr fort: »Nach der Krönung werdet Ihr Eure Kräfte in vollem Umfang anwenden können, und dann seid Ihr dieser abscheulichen Bestie ebenbürtig.«

Die Krönung, dachte Alfie. Nur noch eine knappe Woche, dann wurde er offiziell zum König gekrönt. Und gleichzeitig würde er voll und ganz der Defender werden – und es für den Rest seines Lebens auch bleiben.

»Die Kameras warten, Majestät …«

Alfie seufzte und machte sich auf den Weg, um seine Ansprache endlich abzuschließen.

»Wäre es eigentlich so schlimm, wenn Sie dem Jungen ab und zu mal ein ermunterndes Wort mitgeben würden?«, knurrte Brian, kurz nachdem Alfie weg war.

»Wieso? Das habe ich doch getan«, grummelte der Hofmarschall beleidigt zurück.

Brian wollte sich wortlos entfernen, doch dann überlegte er es sich anders, drehte sich um und schleuderte dem alten Herren noch etwas entgegen. »Sie erinnern sich noch daran, wie es war, als sein Vater König geworden ist, oder?«

»Welch absurde Frage. Natürlich erinnere ich mich!«

»Dann wissen Sie auch noch, was er am Anfang für eine jämmerliche Figur abgegeben hat. Er konnte in der Rüstung kaum aufrecht stehen, so sehr haben seine Knie geschlottert. Und dabei hat er es im ersten Jahr höchstens mal mit ein paar schlechtgelaunten Sumpfkobolden zu tun bekommen.«

»Die Fenland-Plage. Ja, ich erinnere mich. Igitt.«

»Wenn man sich mal überlegt, was Alfie schon alles bewältigen musste, dann ist es ein Wunder, dass er überhaupt noch am Leben ist.«

»Trotzdem steuern wir auf eine Niederlage zu.« Tiefe Sorgenfalten gruben sich in das Gesicht des Hofmarschalls. »Mit jedem Stück der Krone wird unser Gegner stärker und mächtiger. Er wird zu *Drakonem*, dem Drachen. Er wäre der erste seiner Art seit dem Großen Feuer. Wenn es uns nicht gelingt ihn aufzuhalten, dann sind die verletzten Gefühle Seiner Majestät bald das geringste unserer Probleme.«

An diesem Abend fand Alfie Hayley alleine im Tower, mit dem Laptop auf den Knien.

»Wo sind denn die anderen?«, wollte Alfie wissen und legte sich neben Herne auf das Sofa. Der Hund wachte kurz auf, gähnte und schlief wieder ein.

»Die sind da unten und spielen Schatzsuche.« Hayley wies mit einem Kopfnicken in Richtung Archiv. Der Hofmarschall hatte alle dort hinunterbeordert, um geheime Schriftrollen und Dokumente aus tausend Jahren zu durchforsten. Vielleicht ließ sich dadurch ja das Versteck des letzten Kronenfragmentes ausfindig machen.

Alfie sah, wie Hayleys Finger über die Tastatur tanzten. »Funktioniert das WLAN immer noch nicht?«

Hayley schüttelte den Kopf. »Du meinst wohl das ›Drahtlosnetzwerk‹?«

Der HM beharrte auf dieser umständlichen Bezeichnung, und normalerweise brachte sie Alfie damit zum Lachen. Aber heute nicht.

Hayley dreht sich ihm zu und sah in sein niedergeschlagenes Gesicht. »Na, komm schon, Alfie, mach dir nichts draus. Ein bösartiger Superdrache hat dich plattgemacht und einen Mega-Vulkanausbruch mitten in Edinburgh verursacht, aber abgesehen davon lief doch alles normal, ich weiß gar nicht, was du hast.«

Jetzt lachte Alfie doch noch, aber es klang hohl. »Es geht doch nicht um mich. Es geht um die ganzen Leute. Sie haben jemanden verdient, der sie wirklich beschützen kann.«

»Aber du gibst dein Bestes.«

»Und wenn das nicht gut genug ist?«

Hayley blickte Alfie über den Rand ihres Monitors

hinweg an. Schlapp wie eine Stoffpuppe lag er auf dem Sofa. Sie klappte den Laptop zu. »Ich glaube, du brauchst mal einen Tapetenwechsel. Aber diesmal entscheide ich, wohin es geht. Wir brauchen nur noch ein Transportmittel.«

Alfie schüttelte den Kopf. Nach dem Debakel in Edinburgh wollte er auf gar keinen Fall schon wieder in seine Rüstung steigen. Doch Hayley schickte ihm einen dieser Blicke, die besagten, dass sie ihn garantiert nicht in Ruhe lassen würde, bis er machte, was sie von ihm wollte.

Wenige Augenblicke später streifte er die mottenzerfressene Tunika über und verwandelte sich in den Defender. Wyvern glitt aus seinen Sporen, und Alfie streckte Hayley seine gepanzerte Hand entgegen, um sie zu sich auf den Pferderücken zu ziehen.

»Also gut. Wohin?«

Turpin hielt Fulchers Schnarchen nicht mehr aus. Seit über einer Woche standen sie nun schon mit ihrem Wagen vor dem Seniorenstift Flüsterwäldchen, nur für den unwahrscheinlichen Fall, dass Hayley ihrer Gran einen heimlichen Besuch abstatten wollte. Am vierten Tag waren sie sich einig gewesen, dass das reine Zeitverschwendung war. Doch ihre Befehle lauteten, dass sie warten sollten … und warten … und warten. Turpin hatte den Verdacht, dass das die Strafe dafür war, dass sie sie beim ersten Versuch hatten laufen lassen. Aber so langsam wurde es unangenehm. *Einpacken*, dachte er. *Die kommt nicht mehr.* Er schickte seiner Partnerin, die schnarchte und schnaufte wie ein Bär im Winterschlaf, einen spöttischen Blick. *Wenn du deinen Feind nicht besiegen kannst, verbünde dich mit ihm.* Turpin legte den Kopf in den Nacken und machte die Augen zu. Exakt zwei Sekunden später glitt ein schwacher Lichtstrahl über das Auto hinweg und verschwand irgendwo auf der Rückseite des dunklen Gebäudes.

»Gran, ich möchte dir jemanden vorstellen«, sagte Hayley.

Alfie hatte nach der Landung in dem dunklen Garten seine Tunika ausgezogen. Es war zwar schon längst keine Besuchszeit mehr, aber glücklicherweise bewohnte Hayleys Gran ein Zimmer im Erdgeschoss mit Blick auf den Garten. So mussten sie lediglich das Fenster aufschieben und hineinklettern.

Alfie gab der alten Dame die Hand. »Ich bin Alfie. Sehr erfreut.«

»Da brat mir doch einer 'nen Storch«, sagte Hayleys Gran. »Du siehst ja genauso aus wie der junge Prinz von Wales.«

Alfie und Hayley wechselten einen belustigten Blick.

»Na ja, Gran, das ist er ja. Beziehungsweise, er war es. Jetzt ist er der König.«

Die alte Dame brach in schallendes Gelächter aus. »Du willst mich verhohnepiepeln, Hayley!« Doch als ihre beiden Gäste nicht mitlachten, hielt sie inne. Sie musterte Alfie etwas gründlicher als zuvor von oben bis unten, dann verfiel sie in hektische Aktivität, lenkte ihren neuen, elektrischen Rollstuhl vor einen Spiegel und fing an, sich die Haare zu bürsten. »Wie habt ihr euch denn kennengelernt? In der Schule?«

»Hayley hatte im Palast zu tun«, erwiderte Alfie.

»Ja, hauptsächlich Computersachen. Ziemlich langweilig. Der Laden ist irgendwo im Mittelalter steckengeblieben.«

»Und ich sitze da im Morgenmantel und mit völlig zerzausten Haaren, also wirklich. Sie müssen entschuldigen, Euer Majestät«, sagte Hayleys Gran. »Ach, Gottchen. Ich bestelle uns mal schnell ein bisschen Tee.«

Ohne Vorwarnung legte sie den Rückwärtsgang ein und fuhr über Alfies Fuß. Dann wollte sie den Wandschalter drücken, um nach einer Krankenschwester zu rufen, doch Hayley stellte sich ihr in den Weg,

»Keinen Tee, danke, Gran. Lass uns doch einfach nur ein wenig plaudern.«

Und das taten sie dann auch. Hayleys Gran schwärmte Alfie von ihrem »hübschen Hotel« vor und wie viel besser das Essen hier sei im Vergleich zu dem, was Hayley ihr immer vorgesetzt hatte. Hayley war kein bisschen beleidigt, sondern einfach nur froh, dass ihre Gran sich hier so wohl fühlte. Sie musste kichern, als Gran voller Stolz ihre Geschirrhandtücher mit der britischen Flagge und die Tassensammlung mit Motiven der beiden letzten Königskrönungen vorführte. Sie erzählte, dass sie die Nacht vor der Krönung von Alfies Vater auf der Straße gewartet hatte. Es war ungemütlich gewesen, aber notwendig, um einen guten Platz zu bekommen und die Prozession aus der Nähe sehen zu können.

»Ich nehme an, Ihr wart damals noch so klein, dass Ihr Euch daran gar nicht mehr erinnern könnt, Euer Majestät.«

Alfie lachte. »Bitte, nennen Sie mich doch einfach Alfie.«

Gran nickte lächelnd. »Dann bist du also bald König Alfred, der Zweite. Also, ich muss schon sagen, es ist eine große Herausforderung, diesem Namen gerecht zu werden.«

Alfies Lächeln erstarb. »Ja, ich weiß.«

Hayley überlegte, ob sie vielleicht lieber wieder gehen sollten, bevor Alfies Stimmung sich noch weiter eintrübte. Doch bevor sie etwas sagen konnte, griff Gran nach Alfies Hand. »Lass mich dich anschauen.« Die alte Dame blickte dem jungen König direkt in die Augen und musterte ihn gründlich von Kopf bis Fuß. »Es ist ganz natürlich, Angst zu haben. Du bist noch sehr jung. Wie ich damals, als ich das erste Mal alleine eine U-Bahn gesteuert habe. Nur ich, und hinter mir eine ganze U-Bahn voller Menschen. Sie haben ihr Leben in meine Hand gelegt, und zwar ohne dass sie es wussten. Das war eine große Verantwortung für ein so junges Mädchen, alleine und verängstigt in der Dunkelheit unter der Erde. Aber als wir dann an der Station White City aus dem Tunnel an die frische Luft gekommen sind, weißt du, was da passiert ist?«

Alfie schüttelte den Kopf. Mit einem Satz sprang die alte Dame aus ihrem Rollstuhl und breitete die Arme aus.

»Die Sonne stand strahlend hell am blauen Himmel. Ich hatte alle meine Passagiere sicher durch das Dunkel geführt und ans Licht gebracht. Hallelujah!«

»Hallelujah!«, rief Hayley und warf ebenfalls die Arme in die Luft.

»Hallelujah«, fügte Alfie hinzu und lachte mit den beiden anderen mit.

Da ertönte ein lautes *Klopf-klopf-klopf* an der Tür. Sie zuckten zusammen.

»Ist alles in Ordnung, Mrs Hicks?« Es war eine der Krankenschwestern.

Alfie konnte gerade noch unter das Bett kriechen und Hayley ins Badezimmer huschen, da ging auch schon die Tür auf, und die Krankenschwester streckte den Kopf herein.

»Oh, ja, meine Liebe. Gerade habe ich mit dem König von England gesprochen.« Gran strahlte.

Die Krankenschwester nickte besorgt. »Ich bringe Ihnen gleich Ihre Medizin.« Sie schloss die Tür und entfernte sich hastig. Alfie kam unter dem Bett hervor, und Hayley trat kichernd wieder ins Zimmer.

»Ich glaube, wir sollten lieber wieder gehen«, sagte Hayley und brachte ihre Gran zurück ins Bett.

Gran sah Alfie mit gerunzelter Stirn an. »Willst du mich nicht erst noch deinem Freund vorstellen?«

Hayley seufzte und gab ihr ein Wangenküsschen. »Nächstes Mal vielleicht, okay? Gute Nacht.«

Gran ließ sich auf die Matratze sinken und sang leise vor sich hin, während Alfie und Hayley zum Fenster hinauskletterten. »Auf Wiederseeeehn, auf Wiederseeeehn, bleib nicht zu lange weeeeeg …«

Sie sprachen kein Wort, bis sie wieder auf Wyvern saßen und den Garten langsam hinter sich ließen.

»Du musst entschuldigen«, rief Hayley Alfie zu. »Sie ist leider ziemlich durcheinander. Aber trotzdem hat es ihr bestimmt total gut gefallen, dass sie dich kennengelernt hat. Danke, dass du das mitgemacht hast.«

»Kein Problem«, erwiderte Alfie. »Es war mir eine Ehre. Sie ist eine bemerkenswerte Dame.«

»Ja, das ist sie«, sagte Hayley.

Dann schlang sie die Arme um die Hüften des Defenders und drückte sich an ihn. Als sie über das Dach des Seniorenheims schwebten, sah sie auf der anderen Straßenseite ein Auto, das ihr bekannt vorkam. Auf den Vordersitzen kauerten zwei Gestalten. »Könnten wir vielleicht noch einen kleinen Abstecher machen, Alfie?«

Gewaltige Donnerschläge rissen Turpin und Fulcher aus dem Schlaf, und sie hasteten panisch auf die Straße. Verwirrt blickten sie sich um, suchten nach der Ursache für den grässlichen Lärm. Dann fiel ihr Blick auf das Dach ihres Wagens. Es war mit tiefen Beulen übersät … hufförmigen Beulen.

23
Der Nächste, bitte

»Das ist … inakzeptabel! *Inakzeptabel!*«

Alfie und Hayley saßen am Kartentisch, während der Hofmarschall wutschnaubend vor ihnen auf und ab ging. Auf seinem normalerweise blassen Gesicht hatten sich zahlreiche rote Flecken gebildet. Brian lehnte daneben an einer alten Säule und zog ebenfalls eine grimmige Miene, während er gleichzeitig mit einem Zahnstocher im Mund herumpulte. Immer wieder huschten geschäftige Yeoman Warders vorbei, aber Alfie wusste genau, dass sie nur mitbekommen wollten, wie der König die Standpauke seines Lebens bekam.

»HM, es ist doch alles in Ordnung. Kein Mensch hat uns gesehen«, sagte Alfie.

»Das könnt ihr doch gar nicht wissen«, wandte Brian ein. »Und seit Edinburgh ist das ganze Land verrückt nach dem Defender.«

Das stimmte. Bei seinem Versuch, die Lavamassen auf der Royal Mile aufzuhalten, war der Defender mehr als einmal fotografiert worden. Zwar war auf den Fotos nichts zu sehen, woraus man schließen konnte, wer tatsächlich unter der Rüstung steckte, aber er war dieses Mal von zu vielen Menschen gesehen worden, als dass man ihn noch als Hirngespinst abtun konnte. Die völlig überdrehten Medien hatten rund um die Uhr nur noch ein Thema: Den »Superhelden in unserer Mitte« und wer wohl dahinterstecken mochte. Ununterbrochen wurden den Redaktionen neue Bilder zugeschickt: von Wetterballons, von chinesischen Laternen und leuchtenden Sternen am Himmel … Alles und jeder wurde jetzt plötzlich für den Defender gehalten.

»Und was dich betrifft, junge Dame«, wandte der HM sich nun an Hayley, »du wirst immer noch vom MI-5 gesucht. Man will dich befragen! Woher willst du also wissen, dass sie nicht das Seniorenheim beobachten und nur darauf warten, dass du deine Großmutter besuchen kommst? Dass ihr nicht erkannt oder festgenommen worden seid, ist nichts anderes als … schieres Glück!«

Alfie und Hayley tauschten einen stummen Blick aus. Es war vermutlich besser, wenn sie ihr kleines Abschiedsgeschenk für die blöden Geheimagenten unerwähnt ließen.

»Eine unautorisierte Mission des Defenders? Was, wenn euch etwas zugestoßen wäre? Wir hatten ja keine Ahnung, wo ihr wart. Wir hätten also unmöglich Hilfe schicken können!«

»Ich bin der Defender. Ich brauche keine Hilfe!«, brüllte Alfie und stürmte davon.

Er stand auch so schon genügend unter Druck, da musste er sich nicht wie ein ungehorsames Schulkind abkanzeln lassen. Er marschierte einen Gang entlang und fühlte sich erbärmlich. Ohne nachzudenken ließ er sich durch das Gewirr der Gänge treiben und gelangte so immer tiefer in das Innere der Zitadelle, vorbei an alten Vorratskammern mit schweren Eisentüren und einer Waffenkammer, in deren Regalen fein säuberlich sortierte Lanzen und Schwerter lagerten. Eine weitere Tür führte in einen großen Schlafsaal, über dem sich ein halbrundes Dach wölbte. Der Saal wirkte verlassen, und Alfie, der neugierig geworden war, trat ein. Links und rechts des Mittelgangs reihten sich tadellos gemachte Stockbetten aneinander. Jedes besaß einen eigenen Schuhschrank. Hier schliefen vermutlich die Yeoman Warders, wenn sie Dienstschluss hatten.

Alfie nahm einen Bilderrahmen in die Hand, der neben einem der Betten stand. Ohne seine Uniform bot der dickliche, bärtige Yeoman Warder einen seltsamen Anblick, aber er war es tatsächlich – stand da mit seinen beiden Kindern an irgendeinem Strand und lächelte entspannt in die Kamera.

»Grundgütiger, der Chef hat heute aber wirklich eine Stinklaune.«

Stimmen kamen aus dem Korridor auf ihn zu. Alfie stellte das Foto wieder an seinen Platz und duckte sich hinter ein Stockbett. Natürlich hatte er jedes Recht, hier zu sein, aber irgendwie fühlte er sich trotzdem wie ein ungebetener Eindringling. Jetzt betraten zwei Yeoman Warders den Schlafsaal, nahmen die Hüte ab und warfen sie auf ihre Betten, die glücklicherweise ein ganzes Stück weiter hinten standen. Einen von ihnen kannte Alfie: Das war der Rabenmeister. Er musste sich, wenn er nicht in der Zitadelle zu tun hatte, um die Raben kümmern, die den Tower bewohnten.

»Ich finde, er war ein wenig hart zu dem Jungen«, sagte der Rabenmeister und knöpfte seine Tunika auf. »Weißt du noch, als sein Vater Streit mit seiner Frau hatte? Da hat er Wyvern sogar über den Großen Teich entführt, bloß um sie zurückzuholen.«

Das Lachen des anderen Yeoman Warders klang rau und freundlich. »Ja, ich weiß. Als der Boss dahintergekommen ist, habe ich wirklich gedacht, dass ihm gleich sämtliche Sicherungen durchbrennen! Vielleicht ist der Junge ja doch aus dem gleichen Holz geschnitzt wie sein Alter.«

Alfie musste lächeln und überlegte, ob er vielleicht aufstehen und das Ganze mit einem Witz überspielen sollte.

»Trotzdem, ich frage mich immer wieder, wie der Ersatzprinz sich wohl schlagen würde«, sagte der andere Beefeater jetzt. Die beiden gingen an Alfies Versteck vorbei, ohne in seine Richtung zu blicken, und betraten einen Raum mit einer ganzen Reihe altmodischer Porzellanwaschbecken.

»Wie meinst du das?«, wollte der Rabenmeister wissen und drehte einen Messinghahn auf.

»Richard. Also, wenn du mich fragst, der wäre der bessere König geworden.«

»Das steht ja wohl außer Frage, Terry«, gab der Rabenmeister zurück. »Aber was soll's. Für uns gilt ja das Motto:

Frage nicht wieso, warum,
diene treu und sterbe stumm.«

»Das Problem ist nur, dass wir womöglich deutlich früher sterben, wenn dieser Hänfling in der Rüstung steckt.«

Der Rabenmeister knallte die Badezimmertür zu und Alfie konnte ihr gedämpftes Gelächter hören. Das Herz wurde ihm schwer. *Sie trauen es mir nicht zu. Ich bin der Aufgabe nicht gewachsen. Ich bin nicht schlau genug. Ich bin nicht stark genug. Ich bin einfach … nicht genug.*

Er war nicht einmal wütend. Wie auch, wenn er tief im Innersten wusste, dass sie recht hatten? Das war ihm schon an seinem ersten Abend in der Zitadelle klargeworden, als er von dem unfassbaren Geheimnis seiner Familie erfahren hatte. Er hatte es während seines Trainings und bei seinen ersten Ausritten als Defender gewusst. Er hatte es an jenem schrecklichen Abend in Edinburgh gewusst, als ein tapferer junger Mann ihn vergeblich um Hilfe angefleht hatte. Aber was konnte er daran ändern?

In meiner Hand liegt mein Schicksal, ich bin der Käpt'n meiner Seel' …

Die Worte aus dem Gedicht, das Professor Lock während der Proben zur Krönungsfeier zitiert hatte, schwirrten ihm im Kopf herum. Das hier war *sein* Leben, es war *seine* Entscheidung. Er war nicht dafür geschaffen, König zu sein, und schon gar nicht der Defender. War er nie. Würde er nie sein. *Aber ich kenne jemanden, der es ist.*

Richard ließ den einen Gegner ins Leere laufen, rammte den nächsten mit der Schulter zu Boden und verpasste dem dritten einen Stoß vor die Brust, der daraufhin im hohen Bogen rückwärts fiel. Dann täuschte er einen Pass an, so dass auch der letzte Abwehrspieler ihm nur noch hilflos hinterhersehen konnte, überquerte im leichten Trab die Linie und legte den Ball in der Endzone ab. Jubel ertönte auf den Zuschauerrängen. Doch anstatt ausgiebig zu feiern, ging Richard zu dem Gegner, den er als Letztes in den Matsch geschickt hatte, und reichte ihm die Hand, um ihm aufzuhelfen.

Niemand hatte bemerkt, dass Alfie sich ein kleines Stückchen entfernt in den Schatten eines Baumes gesetzt hatte. Zu Brian hatte er nur gesagt, dass es sich um einen heimlichen, inoffiziellen Besuch handelte. Brian hätte zu gerne gewusst, wieso sie wieder an die Harrow School gefahren waren, aber Alfie hatte ihm nur verraten, dass es nicht lange dauern würde – er wollte sich eben kurz mit seinem Bruder unterhalten. Als die Teams in Richtung Umkleidekabinen trotteten, entdeckte Richard Alfie, lächelte überrascht und kam zu ihm gelaufen. Er wirkte kein bisschen erschöpft.

»Hey, Bruderherz. Ich hab gestern in den Nachrichten deine Rede gesehen. Das war ja ein Hammer, was da in Edinburgh passiert ist, oder? Ellie ist immer noch felsenfest davon überzeugt, dass da irgendwelche Superhelden ihre Finger im Spiel gehabt haben. Wenn sie nicht aufpasst, dann landet sie irgendwann in der Klapse.«

»Ellie ist ziemlich clever, echt jetzt.«

Richard blickte Alfie stirnrunzelnd an. Sie konnten sich schon immer sehr gut in den anderen hineinversetzen. Zwischen den Zwillingen blieb nichts lange geheim. »Willst du etwas loswerden, Alfie?«

Alfie blickte sich um, um sicherzugehen, dass niemand in der Nähe war. Brian hielt sich, wie abgesprochen, im Hintergrund. »Na ja, so könnte man das vielleicht sagen … Ähm … Könntest du mir einen Gefallen tun?« Es war doch schwieriger, als er gedacht hatte.

»Nichts wie raus damit, Alfie, ich stinke.« Richard schnüffelte an seinen Achselhöhlen und verzog das Gesicht. »Ich muss duschen.«

»Okay, also … Du hast doch gesagt, dass ich mich melden soll, wenn ich etwas brauche, stimmt's? Na ja, und jetzt ist es so weit. Ich … Ich möchte, dass du König wirst. An meiner Stelle. Bitte!«

Richard lachte. Dann warf er einen Blick in Alfies erschöpftes, bedrücktes Gesicht. »Was? Aber … das kannst du doch nicht machen.«

»Ehrlich gesagt, doch. Das kann ich. Man nennt es Abdankung. Es ist zwar ungewöhnlich, aber es wäre nicht das erste Mal.«

Noch nie hatte Alfie erlebt, dass Richard sprachlos war. Für einen kurzen Augenblick kam es ihm so vor, als müsste sein Bruder sich übergeben. Doch dann spazierten sie eine Weile über das Spielfeld, und Alfie machte Richard klar, weshalb er sich der Aufgabe nicht gewachsen fühlte und weshalb das bei Richard eindeutig anders war.

»Ich bin eben nicht wie du. Die Leute wollen mir nicht folgen. Aber dir, dir folgen sie ohne Probleme.«

»Aber, Alfie«, stieß Richard hervor, »überleg doch mal, was du da von mir verlangst. Was ich alles aufgeben müsste. Ich könnte keinen Sport mehr treiben. Und die Karriere bei der Armee könnte ich auch vergessen. Das wäre das Ende meines Lebens.«

»Ich weiß, Rich, und es tut mir leid«, erwiderte Alfie. Das beste Argument hatte er sich bis zum Schluss aufgehoben. »Aber ich glaube, genau das hätte Dad auch gewollt. Und sag nicht, dass das nicht stimmt.«

Jetzt weinten sie beide.

»Das Land braucht dich, Rich, es braucht dich mehr als du glaubst.«

Das Einzige, was Alfie mit keinem Wort erwähnte, war der zweite Teil des Jobs: der Defender zu sein. Er wusste, dass Richard ihn sonst für verrückt gehalten hätte. Fliegende Pferde, Zauberrüstungen und Schwarze Drachen – das alles musste Richard eben auf die harte Tour lernen. Und Alfie hatte keine Zweifel, dass sein Zwillingsbruder damit sehr viel besser zurechtkommen würde als er selbst.

»Das könnt Ihr doch nicht machen, Majestät!«

Voller Bewunderung registrierte Alfie, dass der Hofmarschall immer noch die förmliche Anrede »Majestät« benutzte, obwohl alle Anzeichen darauf hindeuteten, dass er unmittelbar vor einem Herzinfarkt stand. »Wann hört das eigentlich endlich mal auf, dass alle Leute mir Ratschläge geben und mir sagen wollen, was ich machen kann und was nicht!«, rief Alfie. »Nur, falls Sie das vergessen haben sollten: Das Ganze war nicht meine Idee. *Sie* haben mich schließlich mit dem ganzen Zeug überfallen, kaum dass mein Vater tot war!«

»Aber … aber … aber … ABDANKEN?«, stammelte der HM. »Das ist Pflichtverleugnung! Ein Affront gegenüber sämtlichen Traditionen, die uns lieb und teuer sind! Sir, Ihr seid der König. Ihr seid der Defender. Es ist Eure heilige Pflicht, an … an Euer Land zu denken. An Euer *Volk*!«

»GENAU DAS VERSUCHE ICH JA!« Mit diesen Worten verließ Alfie im Stechschritt die Zitadelle, dicht gefolgt von Hayley.

Brian, der das Ganze mitverfolgt hatte, ließ sich mit einem tiefen Seufzer auf das Sofa sinken. »Ich habe Sie gewarnt. Ich habe Ihnen gesagt, dass Sie ihn nicht so unter Druck setzen sollen …«

Doch der HM gab keine Antwort. Er stützte sich mit seinem ganzen Gewicht auf den Kartentisch, hielt den Kopf gebeugt, während ein gehetzter Ausdruck in seinem Blick lag.

Alfie war mittlerweile bei der Untergrundkutsche angelangt. Er war immer noch außer sich vor Wut. »Ich soll an mein Land denken! Hat er das tatsächlich gesagt? Wenigstens muss ich mir jetzt nie wieder seine dämlichen Vorträge anhören!«

»Ja, na ja«, sagte Hayley. »Ich glaube, der alte Knacker hat recht.«

Alfie drehte sich ungläubig zu ihr um. »Du schlägst dich allen Ernstes auf SEINE Seite?«

»Allerdings! Du kannst jetzt doch nicht einfach aufgeben, bloß weil du einmal den Kürzeren gezogen hast.«

»Darum geht es doch gar nicht. Mein ganzes Leben lang werde ich von allen immer bloß angeglotzt und eingeschätzt, und jeder sagt mir, was ich machen soll und wie ich es machen soll. Aber ich erwarte gar nicht, dass du das verstehst. Du bist ja nicht einmal ...«

»Was denn? Von königlichem Geblüt? Du glaubst, bloß weil ich nicht mit einem goldenen Löffel im Mund auf die Welt gekommen bin, weiß ich nichts über Pflichterfüllung? Ich habe für meine Familie schon viel mehr getan als du für deine. Lauf doch weg, wenn du unbedingt willst, aber bitte tu nicht so, als würde es um irgendetwas anderes gehen als um dich und deine Feigheit!«

»Na gut! Ich geb's zu! Ich habe Angst! Angst, dass ich dieses Monster nicht besiegen kann! Angst, dass ich niemanden retten kann. Angst, dass ich werde wie mein Vater – ein schlechtgelaunter, einsamer Versager!«

Hayley zitterte. Tränen standen ihr in den Augen. »Ich habe deinen Dad kämpfen sehen. Er war tapfer und treu, und er hat nicht aufgegeben. Also brauchst du dir wirklich keine Sorgen zu machen – du bist ganz und gar nicht wie er!« Sie zitterte immer noch am ganzen Körper vor Wut, drehte sich um und marschierte davon.

Stunden später saß Richard immer noch dort, wo sein Bruder sich von ihm verabschiedet hatte, auf dem mittlerweile dunklen Spielfeld von Harrow. Er spürte nicht den kalten Wind. Er hörte nicht, wie der Lehrer in der

Schule seinen Namen rief. Er spürte nur ein seltsames Pochen, als ob sein Herz bis in seinen Schädel hinein schlüge. Schatten schienen im Nebel über dem Rugbyfeld zu tanzen, fast so, als seien sie lebendig, als suchten sie nach etwas. Mit kribbelnden Fingern kratzte er sich an einer schorfigen Stelle am Knie. Es tat weh, und er verzog das Gesicht und blickte nach unten, immer noch halb gefangen in seinem Tagtraum. Blut lief ihm das Bein hinunter.

Dickes, blaues Blut.

24
Unbesiegt

Alfie hätte nicht gedacht, dass er sich über seine Rückkehr ins Gefängnis so sehr freuen würde. Aber nach allem, was er in den letzten Tagen durchgemacht hatte, kam ihm die Harrow School fast vor wie ein Ferienlager. Sein Zimmer mit den nackten, kahlen Wänden erschien ihm warm und einladend, und als er sich an den Schreibtisch setzte und den Blick über die Dächer schweifen ließ, stieß er einen tiefen Seufzer der Erleichterung aus.

»Wo soll das denn hin?«, ließ sich eine leise, eintönige Stimme von der Tür her vernehmen.

Das war Jim oder Jeff, sein neuer Leibwächter jedenfalls – Alfie konnte seinen Namen einfach nicht behalten. Er schleppte Alfies Koffer ins Zimmer. Nachdem Brian mit sofortiger Wirkung Richard zugeteilt worden war, musste Alfie sich mit diesem Chaoten in seinem viel zu weiten Anzug herumschlagen. Während Brian ein vorbildlicher Vertreter der Spezialeinheiten gewesen war, war Jim (oder Jeff) eher so etwas wie der Hilfskoch des Gulaschkanonen-Regiments. Die Bewachung des jungen, gescheiterten Ex-Königs wurde zurzeit offensichtlich nicht als besonders wichtige Aufgabe eingestuft.

»Egal«, antwortete Alfie.

Jim (oder Jeff) nahm ihn beim Wort und ließ die Koffer einfach mitten im Zimmer fallen. Dann schlurfte er davon und nuschelte dabei etwas, was sich wie »Kaffee kochen« anhörte.

Alfie spürte bereits, wie der Stress der letzten Tage von ihm abfiel. Als die Nachricht von seiner Abdankung an die Öffentlichkeit gekommen war, hatten die Zeitungen und die Fernsehkommentatoren ihm nicht etwa Respekt gezollt, weil er das Zepter an Richard übergeben hatte – etwas, wozu sie ihn schließlich seit Wochen ununterbrochen aufgefordert hatten –, sondern waren stattdessen wie ein ausgehungertes Wolfsrudel über ihn hergefallen. *Wendehals. Überläufer. Verräter.* Und das waren noch die netteren Bezeichnungen, mit denen sie ihn überschüttet hatten. Nach Meinung der Kritiker »beschmutzte er das Andenken seines Vaters«, indem er sich schon vorauseilend weigerte, seine Pflicht zu erfüllen. Alfie hatte versucht, das alles so gut wie möglich auszublenden.

Ellie war natürlich stinkwütend gewesen – sie hatte ihn am Telefon angebrüllt, dass er Richards Leben zerstört habe. Wieso konnte er nicht einfach tun, was getan werden musste, und seine Aufgabe erfüllen? War das denn wirklich so schwer? Was wollte er sonst den ganzen Tag machen? Alfie hätte ihr liebend gerne die wahren Gründe verraten, aber er wollte das Vertrauen des Hofmarschalls nicht noch mehr erschüttern.

Am schlimmsten quälte ihn jedoch sein schlechtes Gewissen gegenüber Hayley. Denn seine Entscheidung bedeutete, dass sie in die leere Wohnung ihrer Großmutter zurückkehren musste. Und dort blieb ihr nichts anderes übrig, als darauf zu warten, dass das Jugendamt sie abholte.

Der Hofmarschall hatte großzügig angeboten, dass sie bleiben konnte – sie hatte sich einen Platz in der Zitadelle redlich verdient. Doch sosehr Hayley sich über diese Geste gefreut hatte, so klar war ihr auch, dass das bisherige Team auseinanderbrechen und es nie wieder so sein würde wie zuvor. Und außerdem, sagte sie, wenn der Schwarze Drache den Kampf gewinnen und es hier wirklich so düster würde, wie alle behaupteten, dann wollte sie so viel Zeit wie möglich mit ihrer Gran verbringen. Alfie hatte ihr eine Nachricht geschickt, sich entschuldigt und ihr viel Glück gewünscht. Sie hatte ihm nicht geantwortet.

Ob sie mit ihrer letzten Bemerkung recht gehabt hatte? Hatte er wirklich nur nach billigen Ausreden gesucht? Redete er sich nur ein, dass er zum Wohl des großen Ganzen auf den Thron verzichtet hatte? War er in Wirklichkeit nur ein Feigling? Er schüttelte den Kopf und machte das Fenster auf, um ein bisschen frische Luft hereinzulassen. Er durfte sich nicht mehr so quälen. *Er* wusste ganz genau, wieso er das getan hatte. Es war das Richtige gewesen. Hoffentlich wusste sein Vater das auch, wo immer er sein mochte.

In der Schule wurde Alfie ganz genauso behandelt wie zuvor. Das Rugby-Team war sauer, weil sie ihren besten Mann verloren hatten, aber die meisten seiner Mitschüler ließen ihn in Ruhe, damit er sich wieder an den Schulalltag gewöhnen konnte. Mit einer Ausnahme natürlich, und das war Mortimer. Er war wie eine Katze, die einen verletzten Vogel in den Klauen hatte – er hatte fest vor, Alfie für den Rest seiner Schullaufbahn zu quälen, und machte daraus absolut kein Geheimnis. Und doch hatte sich seit ihrer letzten, dramatischen Begegnung in der Schulbibliothek etwas Entscheidendes geändert. Alfie hatte sehr viel furchterregenderen Monstern gegenübergestanden als einem Fäuste schwingenden Mitschüler. Er war in echter Lebensgefahr gewesen, hatte echte Schlachten geschlagen (auch, wenn er verloren hatte und durch eine Mauer geschleudert worden war). Als Mortimer also am ersten Abend nach Alfies Rückkehr im Speisesaal auf ihn zukam, ihm das Tablett mit seinem Essen über den Kopf kippte und ihm den Stuhl unter dem Hintern wegtrat, da stellte Alfie fest, dass etwas fehlte. Etwas, das er bisher immer gespürt hatte, aber jetzt nicht mehr: Angst.

»Du arme, kleine Prinzessin.« Mortimer kriegte sich gar nicht mehr ein vor lauter Lachen.

Alfie rappelte sich auf, hob ein Stück Pizza vom Boden auf und drückte es Mortimer sehr langsam und mit voller Absicht mitten ins Gesicht. Einen Augenblick lang war der massige Kerl vor Staunen wie erstarrt. Alle Jungen im Speisesaal hielten den Atem an und warteten auf die Abreibung, die jetzt unweigerlich auf Alfie zukommen würde. Doch als Mortimer seine mächtige Faust auf die Reise schickte, duckte Alfie sich blitzschnell, drehte sich um die eigene Achse und brachte das Riesenbaby mit einem Beinschwung aus dem Gleichgewicht. Die vielen

Trainingsabende mit Brian hatten Wirkung gezeigt. Die Bewegungen waren in Alfies Unterbewusstsein eingesickert, und er wusste ganz automatisch, was zu tun war. Mortimer brüllte wie ein wütender Bär, packte eine Gabel vom Tisch und ging damit auf Alfie los. Doch Alfie wehrte den Stoß ab und nutzte gleichzeitig Mortimers Schwung, um ihn auf den Tisch zu schleudern, so dass er mitten durch ein Dutzend halbleere Teller rutschte, bevor er gedemütigt am anderen Tischende auf dem Boden landete. Von diesem Augenblick an sollte Mortimer Alfie keines Blickes mehr würdigen.

Lächelnd saß Alfie in seinem Zimmer und lauschte den Regentropfen, die gegen sein Fenster prasselten. Die Schüler waren früher als üblich ins Wochenende entlassen worden, damit sie nach Hause fahren und die Krönungszeremonie im Kreis ihrer Familien mitverfolgen konnten. Aber er würde hierbleiben, ganz alleine … Na ja, abgesehen von Jim (oder Jeff), der allem Anschein nach hauptsächlich schlief oder sich Gedanken darüber machte, ob der Snack-Automat im Flur irgendwann einmal keine Chips mehr ausspucken würde.

Aber das war Alfie egal. Er hatte nur den einen Wunsch: dass für seinen Bruder alles glattgehen sollte. Seit Edinburgh hatte der Schwarze Drache sich nicht wieder blicken lassen. Vielleicht war die Kreatur ja in das widerliche Loch zurückgekehrt, aus dem sie irgendwann einmal hervorgekrochen war. Vielleicht bekam König Richard noch eine kleine Verschnaufpause, in der er sich mit seiner neuen Doppelrolle anfreunden konnte. Und Alfie würde für ihn da sein, wenn er jemanden zum Reden brauchte – einen Vertrauten, einen Verbündeten, eine Schulter, an der er sich im Notfall ausweinen konnte. Obwohl … Wenn man Richard kannte, dann war das nicht besonders wahrscheinlich.

Aber jetzt hatte Alfie erst einmal einen Riesenberg Hausaufgaben zu bewältigen. Da war zum Beispiel der Aufsatz in Geschichte, auf den Professor Lock immer noch wartete. Er war allerdings bei Alfies Rückkehr ohnehin nicht an der Schule gewesen, was Alfie sehr schade fand. Er hätte sich gerne bei ihm für seine Unterstützung bedankt. Dafür, dass er ihm einen Ausweg aus dem ganzen Durcheinander eröffnet hatte. Doch Lock war an den Palast gerufen worden, um Richard bei der Krönung zu unterstützen. Er würde erst nach der Zeremonie wieder an die Schule zurückkehren.

Aber er hatte etwas auf Alfies Schreibtisch hinterlassen – das Gedicht, aus dem er in der Westminster Abbey zitiert hatte. Der Titel lautete »Invictus«. Alfie schlug in seinem Latein-Lexikon nach. »Invictus« bedeutete »unbesiegt«.

25
Der Tag der Krönung

Sie hatten sie schon den ganzen Vormittag daran gehindert, Richard zu sehen (»zu beschäftigt«, »letzte Vorbereitungen«, »Lassen Sie ihm ein wenig Freiraum, Euer Hoheit«), aber jetzt war Prinzessin Eleanors Geduld zu Ende. Sie erklärte dem Wachmann vor der Tür, dass sie jetzt auf der Stelle anfangen würde zu schreien und erst wieder aufhören würde, wenn er ihr Platz gemacht hatte. So gelangte sie schließlich doch noch in das Ankleidezimmer des Königs. Richard hatte sie gar nicht gehört. Er stand vor einem Spiegel. Die Marinekadetten-Uniform stand ihm ausgezeichnet. Er hatte den einen Ärmel hochgekrempelt und schien die Adern an seinem Handgelenk anzustarren.

»Alles okay, Ricky?« So nannte Ellie ihn immer, wenn sie ein bisschen übermütig war.

Richard riss den Ärmel nach unten und knöpfte die Manschetten zu. »Ellie. Hallo.« Doch sein Lächeln konnte die dunklen Ringe unter seinen Augen genauso wenig überdecken wie die Sorgenfalten auf seiner Stirn.

»Was hast du denn?«, fragte sie ihn.

Dumme Frage. Sie hätte sich viel mehr gewundert, wenn ihr Bruder *nicht* nervös gewesen wäre. Schließlich wusste er erst seit kurzem, dass er König werden und vor den Augen von Milliarden von Fernsehzuschauern gekrönt werden sollte.

»Ich komme mir bloß ein bisschen … komisch vor. Als würde ich eigentlich nicht hierhergehören.«

»Na ja, das liegt wahrscheinlich daran, dass du das auch nicht tust.«

Ellie trat sich in Gedanken selbst gegen das Schienbein. Sie hatte sich doch fest vorgenommen, positiv zu bleiben und keinen Streit anzufangen – und wie üblich hatten ihre guten Vorsätze genau zehn Sekunden lang gehalten. Richard legte ihr die Hände auf die Schultern und blickte ihr fest, aber freundlich in die Augen. Vielleicht lag es ja an der Uniform, aber er sah aus, als sei er seit ihrer letzten Begegnung um zehn Jahre gealtert.

»Du darfst es Alfie nicht übelnehmen«, sagte Richard. »Das alles ist nicht seine Schuld. Und wer weiß, vielleicht hat er ja recht. Vielleicht ist es besser so …«

Ellie nickte. Es hatte keinen Sinn, jetzt, an Richards großem Tag, Stunk zu machen. Sie nahm ihn fest in den Arm und drückte ihr Gesicht an den rauen Stoff seiner Jacke.

Draußen vor dem Fenster sah Richard, wie die Polizeihunde ein letztes Mal die Prachtstraße nach Sprengstoff absuchten. Die Eisengitter waren schon vor Tagen aufgebaut worden. Sie sollten die Menschenmengen in Schach halten.

»Meinst du, dass sie kommen werden?«, fragte Richard.

»Wer?«, fragte Ellie zurück.

»Das Volk.«

Sie kamen. Mit dem Auto, mit der Bahn, mit dem Bus und zu Fuß. Aus Wohnblöcken, Dörfern und Städten, aus jeder Ecke des Landes und von jenseits der Grenzen kamen die Menschen, um bei der Krönung des neuen Königs dabei zu sein. Ob aus Neugier oder aus altmodischem Patriotismus, das Volk würde heute Präsenz zeigen. Schon am frühen Morgen standen sie in Zehnerreihen hinter den Barrikaden, die sich vom Buckingham Palace bis zur Westminster Abbey am Straßenrand entlangzogen. Fahnen aus aller Welt – keineswegs nur der Union Jack – lagen bereit. Auf den Straßen und in den Wohnzimmern Großbritanniens herrschte Partystimmung. Die Reporter hatten dafür auch schnell einen Begriff erfunden, sie nannten es den »Richard-Effekt«. Die Menschen strömten herbei, beseelt von dem Wunsch, den demütigen jungen Mann zu unterstützen, der den Thron nicht gewollt und sich trotzdem nicht gescheut hatte, die Verantwortung zu übernehmen, die sein schwächlicher Zwillingsbruder nicht zu tragen bereit gewesen war. Aber das war nicht der einzige Grund. Es war auch einer dieser Tage, wo Geschichte mehr war als nur ein Stapel staubiger Bücher. Sie wurde lebendig, greifbar, geschah direkt vor ihren Augen, und niemand, nicht einmal der hartgesottenste Zyniker, wollte das verpassen.

Im Gegensatz dazu hatte Alfie beschlossen, sich in sein Zimmer im Internat zurückzuziehen und sich die Fernsehberichte zu ersparen. Um sich abzulenken, wollte er seinen Geschichtsaufsatz endlich zu Ende bringen. Morgens um sieben stand er auf, erledigte letzte Korrekturen und überprüfte noch einmal die Rechtschreibung, bevor er sich auf den Weg zu Professor Locks Arbeitszimmer machte. Unterwegs kam er an einem Lehrerzimmer vorbei und sah Jim (oder Jeff) im Sessel hängen. Er mampfte Käsebällchen aus einer riesigen Schüssel und sah sich die Vorberichte zur Krönungsfeier an. Die goldene Staatskarosse, die von acht Pferden gezogen wurde, wartete vor den Toren des Palastes auf den jungen König Richard. Ein Grenadierregiment hatte hinter der Kutsche Aufstellung genommen, und dahinter waren zahlreiche uniformierte Reiter zu erkennen. Ihre Rüstungen glänzten hell im Licht der Sonne. Und dann waren da noch die Yeoman Warders in ihrer roten Galauniform, die einen schützenden Ring um die Kutsche gebildet hatten. Ihre Tudorhüte hatten sie mit Blumenkränzen geschmückt.

»Öch, öch, öch, guck mal die Deppen da«, rülpste Jim (oder Jeff).

Wenn du wüsstest, dachte Alfie. Jetzt beschrieben die Fernsehkommentatoren die Strecke, die die Kutsche zurücklegen würde: die Prachtstraße entlang, am St. James' Park vorbei, unter dem Admiralty Arch hindurch, anschließend die langgezogene Whitehall-Straße entlang, am Palace of Westminster und am Big Ben vorbei, um Richard dann endlich vor den Toren der Westminster Abbey abzusetzen. Alfie fragte sich, was in seinem Bruder jetzt wohl vor sich ging. Wie würde *er* sich jetzt fühlen, wenn er sich nicht entschlossen hätte, abzudanken? Der Gedanke versetzte ihm einen Stich. Nein, er konnte sich das nicht ansehen. Alfie setzte seinen Weg durch die menschenleeren Flure der Schule fort.

Die Tür des Arbeitszimmers war abgeschlossen. Aber Alfie wollte, dass Professor Lock den Aufsatz gleich bei seiner Rückkehr erblicken würde. Er sollte sehen, wie schnell Alfie sich wieder in den Schulalltag hineingekämpft hatte. Auf die erste Seite hatte er sogar einen kleinen Notizzettel geklebt, auf dem er sich für das Gedicht bedankte, das der Professor zitiert hatte *(Anscheinend bin ich tatsächlich der Käpt'n meiner Seel'! Oder zumindest der Steuermann)*. Er ging in die Knie und wollte den Aufsatz unter der Tür hindurchschieben. Doch der Spalt war zu schmal, so dass die Seiten zerknittert wurden. Alfie ärgerte sich – nun hatte er sich schon so viel Mühe gegeben, da wollte er nicht im letzten Moment alles kaputt machen. Er legte die Hand an die Klinke und drückte die Tür nach oben, so gut es ging, doch der Aufsatz passte immer noch nicht hindurch. *Komm schon!*

Klack. Er spürte, wie die Klinke kurz warm wurde, dann schnappte die Tür auf. Seine Fingerspitzen kribbelten auf eine Art und Weise, die ihm sehr bekannt vorkam. Seine Adern schimmerten bläulich. *Ich schätze mal, da ist noch ein bisschen was von meiner Zauberkraft übrig. Wenigstens für eine Stunde oder so,* dachte Alfie und betrat das Arbeitszimmer.

Schmale Lichtstreifen drangen zu den geschlossenen Jalousien herein, gerade genug, dass Alfie auf dem Weg zum Schreibtisch des Professors den vielen, wackeligen Stapeln der Bücher, die nicht mehr in die übervollen Regale passten, ausweichen konnte. Im Vergleich zum Rest des Zimmers sah der Schreibtisch beinahe leer aus – nur ein paar Bilderrahmen und ein Kugelschreiber, nicht einmal ein Computer war dort zu sehen. Alfie hatte ein ungutes Gefühl. Er kam sich vor wie ein Eindringling und wollte so schnell wie möglich wieder weg. Darum legte er den Aufsatz einfach auf den Schreibtisch und machte auf dem Absatz kehrt.

Moment mal, wie würde das denn aussehen? Als hätte er hier eingebrochen, nur um seinen Aufsatz abzugeben. Lock würde ihn vermutlich für einen Irren halten. Nein, er würde sein Werk hinter der Tür auf den Fußboden legen, damit es so aussah, als hätte er es tatsächlich durch den Türschlitz geschoben. Also nahm Alfie den Aufsatz wieder in die Hand. Dabei stieß er gegen einen der Bilderrahmen. Er verfluchte seine Ungeschicklichkeit und stellte ihn wieder auf. Zum Glück war nichts kaputtgegangen. Puh.

Dann sah er sich das Bild genauer an. Es zeigte einen fröhlichen Professor Lock, umringt von Schülern in wetterfester Kleidung. Lock stand neben einem frischen Erdloch, den Metalldetektor wie ein Gewehr über die Schulter gelegt. Aber im Hintergrund war noch etwas zu sehen, und Alfie wusste, was das war: eine riesige Gestalt, die in das Gestein eines Hügels geritzt worden war.

Das Weiße Pferd von Westbury.

Eine seltsame Kälte kroch Alfies Wirbelsäule empor,

wie Eisblumen auf einem Fenster. Was hatte der HM über das Weiße Pferd gesagt? Es markierte den Schauplatz der Schlacht, in der Alfred der Große die Wikinger geschlagen hatte. Im vergangenen Sommer waren dort mehrere geheimnisvolle Löcher aufgetaucht, und irgendwo dort musste der Schwarze Drache das erste Stück von Alfreds Krone gefunden haben. Alfie stellte das Foto wieder auf den Schreibtisch und sah sich ein wenig gründlicher in dem vollgestellten Büroraum um. Er wusste zwar nicht genau, wonach er suchte, aber er musste wissen, ob an der verrückten Idee, die sich ganz allmählich in seinem Kopf festsetzte, auch nur ansatzweise etwas dran war.

Hatte Professor Lock womöglich das erste Stück von Alfreds verlorener Krone entdeckt? Konnte es sein, dass sein Geschichtslehrer in Wirklichkeit der Schwarze Drache war?

Aber nirgendwo in seinem Arbeitszimmer war ein Hinweis darauf zu entdecken – keine Fotos, keine Unterlagen, nichts. Alfie war erleichtert – vielleicht war das alles ja nur Zufall. Und doch kroch ihm wieder dieses kalte Kribbeln über die Haut, wie eine instinktive Warnung, ein Alarmsignal aus seinem Unterbewusstsein. Der kleine Notizzettel, den er oben auf seinen Aufsatz gelegt hatte, bewegte sich ganz leise, hob sich ein winziges Stückchen, flatterte kaum wahrnehmbar, wie von einem leichten Windhauch erfasst. Er nahm ihn in die Hand und bückte sich, bis sein Gesicht unmittelbar über dem Schreibtisch schwebte. Tatsächlich, da wehte ein kaum spürbarer Luftzug durch ein winziges Loch im Holz. Wie war das möglich? Er kroch um den Schreibtisch herum und suchte nach einer Öffnung, aber es war nichts zu entdecken. Der Schreibtisch war fest in mehreren Kerben im Fußboden verankert und ließ sich nicht von der Stelle rücken.

Ratlos ließ Alfie sich auf den bequemen Ledersessel sinken. Er wollte den Kugelschreiber, der einsam und alleine auf der Tischplatte lag, in die Hand nehmen, aber der Stift war an einem Ende fest mit dem Tisch verbunden. Alfie konnte ihn lediglich wie einen Riegel nach oben klappen. Mit einem Mal fuhr der ganze Schreibtisch unter leisem Surren zurück, und Alfie glitt mitsamt seinem Sessel durch den Fußboden nach unten.

Als der Sessel ruckartig zum Stehen kam, sah Alfie sich um. Er war in einer großen, unterirdischen Kammer gelandet. Es war kalt und roch moderig, wie in dem Weinkeller unter der Palastküche, den sein Vater ihm einmal gezeigt hatte. An der Wand waren kräftige Holzträger montiert, und darauf lagen gewaltige Knochen, schwarz und gezackt – es sah aus wie das Skelett eines gigantischen Tausendfüßlers, so lang, dass es sich mehrfach im Kreis um die Kammer wickelte. Was immer das für eine Kreatur gewesen sein mochte, sie war riesig. Das Knochenbündel endete schließlich in einem mächtigen, schweren Schädel mit dolchartigen, spitzen Zähnen. Als Alfie die Flügel entdeckte, die in schweren, verfaulten Fetzen von der Decke hingen, hielt er den Atem an. Er wusste, was das war. Es gab nur eine Erklärung dafür.

Das war ein Drache.

Alfie war schlagartig schlecht, aber es ließ sich nicht

leugnen: Professor Lock hatte die Bruchstücke der Krone Alfreds des Großen gefunden und sich mit Hilfe ihrer mächtigen Zauberkräfte in den Schwarzen Drachen verwandelt. Alfie versuchte, sich daran zu erinnern, was Lock ihm geraten hatte … Dass er seinen eigenen Weg suchen, sein Schicksal selbst bestimmen musste. Sein Lehrer hatte ihm Gift ins Ohr geträufelt, hatte ihn ermutigt abzudanken und sich zurückzuziehen. Dabei wurde genau jetzt der Defender dringender gebraucht als je zuvor. Was hatte er mit Richard vor? Wie wollte er Alfies Bruder überlisten? Was würde mit ihm passieren, wenn Lock auch das letzte Stück von Alfreds Krone gefunden hatte?

An einer Wand, unterhalb des Drachenskeletts, hing eine große Landkarte des Vereinigten Königreichs. Sie war mit Notizen übersät, manche waren wieder überkritzelt, andere unterstrichen worden. Dutzende Orte waren mit Kreuzen markiert. Viele davon hatte auch Alfie bei seiner Suche nach den Kronenfragmenten besucht. Aber nur vier waren mit einem dicken, runden Kreis versehen: Westbury, Stonehenge, das Schloss von Edinburgh und … Alfie schauderte.

»O nein.«

Westminster Abbey.

26
Zur Abbey, aber schnell

»Ist der Platz noch frei?«

Professor Lock lächelte freundlich und schob sich neben eine ziemlich umfangreiche Dame mit einem breitkrempigen, pfirsichfarbenen Hut auf die Kirchenbank. Die Westminster Abbey strahlte wie noch nie. Jeder Zentimeter Gold und Silber funkelte, das Schachbrettmuster des frisch gewischten Marmorfußbodens glänzte, und roter Samt ergoss sich in langen Bahnen von den Emporen auf die erwartungsvolle Gemeinde herab. Er liebte diese Abbey. Und er bezweifelte stark, dass den anderen Gästen, die an ihren Krawatten und Hüten herumzupften und zum zehnten Mal nach dem Zettel mit dem genauen Ablauf des Gottesdienstes griffen, klar war, dass sie in Wirklichkeit nicht von Deckengewölben und turmhohen Säulen umgeben waren, sondern vom Tod. Überall in den umgebenden Mauern lagen die Knochen und die Asche längst verstorbener Könige und Königinnen, Priester und Poeten. Und noch bevor dieser Tag zu Ende war, würde der Tod erneut in diesen alten Mauern wandeln, da war er sich ganz sicher.

Lock steckte die Hand in seine Westentasche und tastete nach dem glatten Gegenstand, den er in den Saum eingenäht hatte. Er war ungefähr so groß wie ein Kieselstein. Lock hatte ihn problemlos durch die Metalldetektoren mit den verschlafenen Polizisten am Eingang vorbeigeschmuggelt. Aber selbst, wenn sie ihn entdeckt hätten, hätten sie erkannt, was es war? Ein stumpfer, grüner Smaragd, nicht besonders groß, nur ein weiterer Edelstein inmitten eines ganzen Meers von Juwelen an Hunderten von Hälsen und Fingern. Niemand konnte wissen, dass dieser Smaragd ursprünglich von der Krone Alfreds des Großen stammte – jenem Relikt, das Lock schon bald zum ersten Mal seit tausend Jahren wieder zusammenfügen würde. Und wenn es so weit war ... Nun, dafür war später noch Zeit. Jetzt hatte er erst einmal zu tun.

Der Smaragd würde ihm sagen, wenn er in der Nähe des letzten Stückes der verschollenen Krone war, ganz egal, wo es versteckt war. So, wie er ihn schon zu den Fragmenten in Stonehenge und im Schloss von Edinburgh geführt hatte. Er verhielt sich wie ein Magnet, strebte voller Verlangen nach Vereinigung. Schon während der Proben zur Krönungsfeier hatte Lock versucht, das letzte Stück ausfindig zu machen, aber die Abbey war groß, und irgendwann war ihm die Zeit ausgegangen. Doch dann hatte er bei Recherchen einen Hinweis entdeckt, so deutlich wie ein leuchtender Pfeil. Jetzt wusste er mit Sicherheit, wo er suchen musste. Er musste nur im richtigen Moment an der richtigen Stelle sein.

Lock schlüpfte auf den Gang hinaus und steuerte eine dunkle Nische an. Er hatte sein ganzes Leben dem Studium der Geschichte gewidmet, aber heute ... heute würde er Geschichte *schreiben*. Schon bald würde ein neuer Herrscher diese Inseln regieren. Schon bald würde das ganze Königreich vor seinem neuen Gebieter knien.

Alfie stand kurz vor einer Panikattacke. Er musste unbedingt mit Brian und dem Hofmarschall sprechen. Er musste sie warnen! Richard war dabei, in eine Falle zu tappen. Der Schwarze Drache – Lock! – erwartete ihn, und wer weiß, vielleicht hatte er bereits die ganze Krone Alfreds des Großen in seinen Besitz gebracht.

»Ich verstehe das nicht, wieso geht Brian denn nicht an sein Handy?«, stieß er frustriert hervor.

»Wie ich bereits gesagt habe, Sir«, erwiderte Jim (oder Jeff) ungnädig, weil er seinen Käsebällchen-Schmaus unterbrechen musste. »Die Abbey ist während der Krönungsfeierlichkeiten komplett abgeriegelt. Alle Mobiltelefone müssen am Eingang abgegeben werden. Aber wenn Sie mir vielleicht eine Nachricht anvertrauen wollen, dann kann ich versuchen, sie ihm nach der Zeremonie zukommen zu lassen …«

Alfie warf einen Blick auf den Fernseher. Gerade kam sein Bruder aus dem Palast und bestieg die Goldene Staatskarosse. Er hoffte inständig, dass die Yeoman Warders ihn beschützen konnten. Aber wie sollten sie das schaffen, wenn sie keine Ahnung hatten, was da auf sie zukam?

»Du musst mich in die Abbey bringen.«

Der schlaffe Leibwächter hätte sich beinahe an einem seiner Käsebällchen verschluckt und zählte eine ganze

Reihe von Gründen auf, wieso das absolut unmöglich war. Niemand rechnete mit Alfies Erscheinen, darum war auch keine Wachmannschaft für ihn eingeteilt, und er hatte ja schließlich zugesagt, der Feier fernzubleiben, also würde sein Auftauchen dort alles durcheinanderbringen. Und durch den Stadtverkehr dorthin zu gelangen, wäre eine absolute Zumutung. Alfie sah es ein: Jim (oder Jeff) war eindeutig keine Hilfe. Er zwang sich zu einem Lächeln und entschuldigte sich, redete sich mit dem großen Druck heraus, der auf ihm lastete, und verließ das Zimmer. Dann lief er die Treppe hinauf und in sein Zimmer. Es gab noch einen anderen Menschen, der ihm helfen konnte. Er hoffte nur, dass dieser Mensch überhaupt noch mit ihm sprach.

Hayley stand in ihrem Zimmer in der Wohnung ihrer Gran und packte gerade ihre letzten Sachen in einen alten Koffer. Die muntere Betreuerin vom Jugendamt, Sandra, saß auf dem Sofa im Wohnzimmer und hatte den Fernseher eingeschaltet.

»Hayley, das musst du dir ansehen! Der neue König ist schon unterwegs!«, rief sie.

Hayley schleppte ihren Koffer in den Flur. Sandra war heute früh gekommen, um sie abzuholen. Sie hatte zwar eine Menge Fragen darüber gestellt, wo Hayley in den letzten Wochen eigentlich gesteckt hatte, doch Hayley hatte ihr kein Wort verraten.

»Ich bin dann so weit.« Hayley ließ den Koffer fallen und baute sich vor dem Fernseher auf.

»Interessiert dich das denn gar nicht?«, erkundigte sich Sandra und reckte den Hals, um an Hayley vorbeisehen zu können. »Heute wird Geschichte geschrieben.«

Hayley schüttelte den Kopf. »Nö. Ist nicht so mein Ding.«

Auf der Straße angekommen, trug Hayley ihren Koffer an Dean Barron und seinen Kumpels vorbei, die um seinen lindgrünen Peugeot herumstanden, während die viel zu großen Boxen basslastigen Hip-Hop in die Gegend dröhnten.

»Schreib mir mal 'ne Postkarte!«, rief Dean ihr lachend hinterher.

»Einfach nicht beachten«, sagte Sandra, um Hayley beizustehen.

Da summte Hayleys Handy. Sie holte es aus ihrer Tasche und schaute auf das Display. Sofort beschleunigte sich ihr Herzschlag – dort stand als Anrufer »Stählerner Adler«. Hayley ging dran, doch das Wummern der Bässe aus Deans idiotischem Auto war so laut, dass sie Alfie kaum verstehen konnte. Er redete viel zu schnell, und außerdem flüsterte er nur – keine besonders gute Kombination. Irgendetwas über den Schwarzen Drachen, die Abbey, schreckliche Gefahr. Eines war jedenfalls klar: Alfie brauchte Hilfe, und zwar sofort.

Hayley fällte eine spontane Entscheidung. »He, Dean?« Der Nachwuchsrennfahrer konnte gerade noch den Kopf heben, da landete Hayleys schwerer Koffer in seiner Magengrube und riss ihn zu Boden. Hayley sprang hinter das Steuer des Peugeot und drehte den Zündschlüssel.

»Alfie? Ich bin sofort bei dir«, rief sie in ihr Handy und knallte die Fahrertür zu.

Sandra kam schreiend und mit hocherhobenen Armen auf das Auto zugerannt, doch Hayley legte einfach den Rückwärtsgang ein, gab Vollgas und schoss mit heulendem Motor nach hinten. Ein lautes Knirschen ertönte, als sie den Bordstein streifte.

Jetzt kam auch Dean auf sie zu. »Bitte, pass auf mein Auto auf, bitte, pass auf mein Auto auf!«

Echte Tränen liefen ihm über die Wangen.

Hayley legte krachend den ersten Gang ein und schoss an ihm vorbei. Kurz danach sah sie im Rückspiegel eine zutiefst erschütterte Sandra, die ihr hinterherstarrte, während Dean auf und ab hüpfte und dabei heulte wie ein wütendes Kleinkind. Dieses Bild würde sie noch jahrelang im Gedächtnis behalten. Sie würde es hüten wie einen wertvollen Schatz.

Ich muss mir endlich mal eine Strickleiter anschaffen, dachte Alfie, nachdem er an der Regenrinne abgerutscht und in dem Blumenbeet unter seinem Zimmerfenster gelandet war.

Aber er ging nicht davon aus, dass Jim (oder Jeff) etwas mitbekommen hatte. Der hing wahrscheinlich immer noch vor der Glotze und stopfte sich mit Käsebällchen voll. Als Alfie dann über die niedrige Mauer auf die Straße sprang, stand er urplötzlich doch seinem verdutzten Leibwächter gegenüber, der gerade einem Pizzalieferanten Geld in die Hand drückte. Zum Glück war

Alfie schneller. Er zischte an ihm vorbei, und bevor der schwerfällige Mann seine Pizzaschachtel behutsam auf dem Boden abgestellt und die Verfolgung aufgenommen hatte, hatte Alfie schon einen komfortablen Vorsprung herausgelaufen. Allzu weit würde er wohl trotzdem nicht kommen, es sei denn, Hayley …

KREEEIIISCHSCH!

Ein lindgrüner Peugeot raste auf den Bürgersteig und blieb ungefähr zweieinhalb Zentimeter vor Alfies Beinen stehen. Hayley lugte vorsichtig über das Lenkrad und nahm die Hand von den Augen. Sie strahlte ihn an – offensichtlich war sie froh, dass sie ihn nicht überfahren hatte.

»HE! KOMM ZURÜCK!«

Jim (oder Jeff) kam den Hügel herabgeschnauft, während die kümmerlichen Reste seiner Karriere an seinem geistigen Auge vorbeizogen.

Alfie warf sich auf den Beifahrersitz. »Schicke Karre. Fahr los!«

Auf der Straße war zunächst nicht viel los, und das war auch gut so, weil Hayley nämlich die gesamte Breite nutzte. Sie versicherte Alfie zwar, dass sie schon einmal Auto gefahren war, aber das war auf einem großen Parkplatz gewesen, nicht länger als fünf Minuten, und trotzdem hatte sie dabei einen Poller gestreift. Das Navigationsgerät bellte ihnen irgendwelche Richtungsangaben entgegen, während sie ins Zentrum von London rasten.

»Erst willst du *nicht* König werden, dann *willst* du wieder König werden, entscheide dich gefälligst mal!«, schrie Hayley ihn an, um die vielen Hupen zu übertönen.

»Darum geht es doch gar nicht«, entgegnete Alfie. »Aber das, was du kürzlich zu mir gesagt hast, das stimmt. Ich war feige und bin weggelaufen und jetzt schwebt Richard in Lebensgefahr, und ich bin schuld.«

»Trotzdem, das hätte ich nicht sagen dürfen«, gab Hayley zurück. »Du hast schließlich dein Bestes gegeben. Ich möchte niemals Prinzessin sein, nicht in einer Million Jahren …«

Alfie deutete aufgeregt nach vorne. »Auto, Auto, AUTO!«

Er kniff die Augen zusammen, während Hayley mit quietschenden Reifen ein langsameres Fahrzeug vor ihnen umkurvte.

»Vielleicht sollten wir später darüber reden?«, keuchte Alfie, als das Navi ihnen empfahl, in die entgegengesetzte Richtung zu fahren. Hayley folgte dem Vorschlag und schrammte nur knapp an einem Baum vorbei.

»Später bist du vielleicht schon tot, wenn der Schwarze Drache sich auch dort blicken lässt.«

»Es sei denn, du bringst mich mit deinen Fahrkünsten schon vorher ins Grab.«

Sie mussten nur möglichst dicht vor die Westminster Abbey kommen, damit Alfie seinen Bruder warnen konnte, aber das war gar nicht so einfach. Richard war in seiner achtspännigen Kutsche sicherlich langsamer als sie, aber er hatte freie Fahrt. Im Gegensatz zu ihnen.

»Umleitung!«

Als sie am Rand des St. James' Parks entlangschrammten, wollte das Navi sie geradeaus führen. Doch ein gelangweilter Verkehrspolizist winkte die herankommenden Fahrzeuge alle nach links weg. In seinem Rücken befand sich eine gesperrte Straße – sie führte direkt durch Soho, Richtung Themse und Westminster Abbey.

»Wir müssen da durch!«, rief Alfie.

»ICH WEISS!«, kreischte Hayley.

Sie drückte auf die Hupe, die natürlich – schließlich saßen sie in Deans Auto! – eine Spezialanfertigung war und wie eine Fanfare bei einem Kavallerieangriff klang. Hayley zwang das Auto auf den Bürgersteig, vorbei an dem erschütterten Verkehrspolizisten und der Barrikade.

Im selben Augenblick hörten sie auch die ersten Sirenen. Blaulichter tauchten in Hayleys Rückspiegel auf, als nicht ein, sondern gleich drei Streifenwagen um die Ecke bogen. Touristen ließen schreiend ihre Fähnchen fallen und sprangen zur Seite, als sie den schlingernden Wagen auf sich zurasen sahen. Hayley drückte ununterbrochen auf die Hupe, während Alfie die Leute mit Handzeichen aus der Bahn scheuchte. Immer mehr Polizeiautos beteiligten sich jetzt an der wilden Jagd, und dann ertönte auch noch das dröhnende *Tschak-tschak-tschak* eines Polizeihubschraubers über ihren Köpfen.

Während sie an mehreren Querstraßen vorbeisausten, die alle auf das parallel verlaufende Victoria Embankment führten, erhaschte Alfie auch einen kurzen Blick auf die Goldene Staatskarosse. Sie würden es schaffen! Nachdem sie noch eine Barrikade durchbrochen hatten, schleuderten sie auf die Whitehall-Straße, wo sie von gaffenden Schaulustigen umringt waren. Jetzt hatten sie einen Vorsprung vor Richards Kutsche sowie freie Bahn bis zur Abbey am Parliament Square.

Theoretisch.

Praktisch waren ihnen jetzt zehn Polizeiautos auf den Fersen, während zwei Hubschrauber dicht über ihnen schwebten und »Stehen bleiben oder wir schießen!« brüllten. Ach, und dann natürlich die berittenen Palastwachen mit ihren Schwertern. Sie galoppierten links und rechts neben dem Peugeot her und schlugen mit ihren Zeremonienklingen immer wieder auf die Seitenfenster ein.

KRACH! Die Heckscheibe verabschiedete sich in einem Scherbenregen.

»Erkennen die dich denn nicht?«, brüllte Hayley.

»Ich habe gesagt, dass ich gar nicht komme!«, erwiderte Alfie.

Da erschien ein Stück weiter vorne am Straßenrand ein Polizist in Schutzkleidung und rollte etwas über die Straße. Es sah aus wie ein Schlauch. Die Räder explodierten, als sie über die harten Spitzen der »Nagelsperre« fuhren, und dann verlor Hayley endgültig die Kontrolle über das Fahrzeug. Sie drehten sich mehrfach um die eigene Achse und kamen dann keine zweihundert Meter vom Eingang der Abbey entfernt zum Halten. Dort stand der einigermaßen verdutzte Bischof und hielt sich sein Gesangbuch vor die Brust wie einen Brustpanzer.

Alfie und Hayley überprüften kurz, ob sie sich verletzt

hatten, aber sie waren beide heil geblieben. Vorerst. Polizisten und Geheimdienstagenten umringten das Auto, richteten ihre Gewehre auf sie und brüllten sie an, die Hände hochzunehmen. Alfie befürchtete kurz, dass sie gleich erschossen wurden, noch bevor sie die Möglichkeit hatten, sich zu ergeben. Aber dann kam Brian angerannt und befahl den Wachmannschaften: »Wegtreten!«

Der Leibwächter beugte sich in den Peugeot und grinste spöttisch. »Alfie! Wie schön, dass du es doch noch einrichten konntest!«

Der zerknautschte Heckspoiler fiel klappernd auf die Straße. Etliche Kilometer entfernt stieß Dean Barron vor dem Fernseher einen schmerzerfüllten Schrei aus. Mehrere Nachbarn riefen sofort bei der Polizei an und meldeten ein verzweifelt kreischendes, entlaufenes Tier in ihrer Wohnsiedlung.

»Unmöglich! Absolut unmöglich!«

Der Hofmarschall ging aufgeregt im Anbau der Abbey auf und ab. Alfie hatte ihm in größter Hast alles erzählt – was er unter Professor Locks Schreibtisch entdeckt hatte, seinen Verdacht, dass das letzte Stück der Krone Alfreds des Großen hier in der Westminster Abbey lag und dass der Schwarze Drache – also Lock – danach suchte. Brian verständigte sofort seine Leute und gab eine Beschreibung des Professors durch, aber bis jetzt hatte man ihn noch nicht gefunden. An seinem Platz saß er jedenfalls nicht. Der HM betonte immer wieder, dass die Abbey bereits sehr gründlich durchsucht worden sei

– als einer der ersten Orte überhaupt – und dass das letzte Stück der Krone *unmöglich* hier sein konnte.

»Sie müssen etwas übersehen haben«, sagte Alfie.

Draußen wurde Deans zerknautschtes Auto gerade auf einen Abschleppwagen verfrachtet. Bald schon war die Straße wieder frei, und die verspätete Staatskarosse mit seinem Bruder würde hier eintreffen.

»Ihr müsst Richard warnen. Ist er bereit?«

Der HM und Brian wechselten einen unsicheren Blick. Hayley, die danebensaß und sich ihren verstauchten Knöchel rieb, kapierte sofort, was das bedeutete.

»O mein Gott! Sie haben es ihm noch gar nicht gesagt, stimmt's?«

Alfie gefror das Blut in den Adern. »*WAS*?«

Dann sackte er auf einen Mauervorsprung. Sein armer Bruder hatte keine Ahnung, dass er der Defender war.

»Wieso denn nicht?«, schrie er den Hofmarschall an.

Der HM nahm Alfie am Ellbogen und brachte ihn in einen menschenleeren Kreuzgang. »Ich glaube, dass es einen Grund dafür gibt, dass Ihr vor Eurem Bruder geboren worden seid.«

»Zehn Sekunden, HM. Lächerliche zehn Sekunden!«

»Zehn Sekunden oder zehn Jahre, das spielt keine Rolle.«

Alfie schüttelte den Kopf. »Sie haben doch gesehen, was ich bei dem allem für eine miese Figur mache.«

Jetzt war es der Hofmarschall, der den Kopf schüttelte. »Ich habe einen jungen Mann gesehen, der um sein wahres Potential nicht weiß, genau wie Alfred der Große vor tausend Jahren. Als Alfred König wurde, da war er ein junger Mann, genau wie Ihr. Er glaubte, dass er nicht länger als ein paar Wochen regieren würde. Aber er hat sich mit Feuereifer auf diese Aufgabe gestürzt und in den folgenden Jahren mehr erreicht, als er selbst jemals für möglich gehalten hätte.«

Am anderen Ende des Kreuzgangs tauchten jetzt Brian und Hayley auf. Sie musterten Alfie aufmerksam, während der HM mit leiser, drängender Stimme auf ihn einredete.

»Ich bin keineswegs so streng zu Euch, weil ich nicht an Euch glaube. Sondern eben, *weil* ich es tue, und zwar aus tiefstem Herzen. Ich möchte, dass Ihr derjenige werdet, zu dem das Schicksal Euch auserkoren hat. Es ist *Eure* Bestimmung zu regieren, nicht Richards. Ihr mögt mich für altmodisch halten …«

»Allerdings. Für sehr altmodisch sogar«, fiel Alfie ihm ins Wort.

»*Ihr mögt mich für altmodisch halten*, aber ich glaube an die Thronfolge. Ihr seid derjenige, der dieses Land regieren soll, sei es ein paar Jahrzehnte oder nur wenige Stunden lang. Ihr seid König Alfred der Zweite. Und wer weiß, eines Tages nennt man Euch vielleicht auch ›den Großen‹.«

Vor der Abbey ertönte jetzt eine Fanfare. Unter dem Jubel der Menschenmenge trat Richard aus der Kutsche in die Sonne. Die Zeit war gekommen, einen neuen König zu krönen.

27
Gott schütze den König

Prinzessin Eleanor hatte Angst. Eigentlich hätte die Krönungsfeier schon vor einer halben Stunde anfangen sollen, aber die in der Abtei versammelten Gäste flüsterten sich alle möglichen Gerüchte zu, dass es draußen einen Zwischenfall gegeben habe, vielleicht sogar einen Terrorangriff. Auch sie hatte die Sirenen gehört, aber jetzt war alles wieder ruhig, abgesehen von dem ungeduldigen Geschnatter in den endlosen Sitzreihen hinter ihr. Ellie betete eigentlich nie, aber jetzt hoffte sie inständig, dass mit Richard alles in Ordnung war. Sie hatte bereits ihren Dad verloren. Falls nun auch noch ihrem Bruder etwas zustoßen sollte …

Ihre Mutter, Königin Tamara, saß neben ihr. Sie rutschte ununterbrochen hin und her und hatte sich den Hut tief ins Gesicht gezogen, um den Fernsehkameras möglichst wenig Gelegenheit zu geben, sie ins Bild zu nehmen. Sie war erst am Morgen angekommen und mit einem Taxi direkt vom Flughafen hierhergefahren. Niemand hatte davon gewusst, was am Eingang zu etlichen hastigen Diskussionen geführt hatte (sie hatte nicht auf die Einladung reagiert und stand deshalb auch nicht auf der Gästeliste). Doch nachdem sie den Polizeichef in aller Freundlichkeit darauf hingewiesen hatte, dass er sich genau genommen des Hochverrats schuldig machen würde, wenn er die Mutter des Königs nicht zu den Feierlichkeiten zuließ, hatte er sie mit hochrotem Kopf durchgewunken.

»Dads Beerdigung war dir also nicht wichtig genug, ja? Aber das hier schon?« Mit diesen Worten hatte Ellie ihre Mutter begrüßt, nachdem sie sich neben sie gesetzt hatte.

»Ich bin wegen Richard hier«, hatte Tamara erwidert. »Und wegen dir.«

»Ha!« Mit einem sarkastischen Lachen hatte Ellie ihr den Rücken zugekehrt.

Jetzt spielte die Orgel die ersten, dröhnenden Akkorde des Einzugsmarsches. Die Stimmen des Jubelchores erfüllten den Raum. Ellie war erleichtert – endlich. Also war Richard nichts zugestoßen. Doch dann ging plötzlich ein erneutes Raunen durch die bis auf den letzten Platz gefüllte Kirche. Was war denn los? Hatte sich ein Verrückter an den Kontrollen vorbeigemogelt? Ellie reckte den Hals, aber da sie in der allerersten Reihe saß, gleich vor dem Altar und König Edwards Thron, konnte sie Richard immer noch nicht sehen. Endlich tauchten die ersten Priester in ihren langen Gewändern unter dem Torbogen auf. Sie bildeten die Spitze der Prozession und trugen das Goldene Staatsschwert sowie den Reichsapfel in den Händen. Die Nervosität in der Kirche erreichte einen neuen Höhepunkt – was war denn los? Und dann sah Ellie den Anlass für die allgemeine Unruhe.

Fast winzig inmitten der großgewachsenen Soldaten, so kam er den Mittelgang entlanggeschlurft – nicht Richard, sondern Alfie! Er zog seine Hose hoch und blickte sich nervös nach allen Seiten um, während die Gäste ihn mit offenem Mund anstarrten. Ellie erhob sich ungläubig und suchte Alfies Blick. Er lächelte sie verlegen an und zuckte mit den Schultern, als wollte er sagen: »Tut mir leid.« Königin Tamara zerrte Ellie wenig feierlich zurück auf ihren Platz.

»Was macht er denn da? Er hat doch abgedankt? Er hat den Thron aufgegeben!«, platzte Ellie heraus.

»Sieht ganz so aus, als hätte er es sich anders überlegt«, flüsterte Tamara ihr zu. »Und jetzt lächle, Schätzchen, für die Kameras. Die ganze Welt schaut zu, das dürfen wir nicht vergessen, ja?«

Währenddessen versuchte Alfie irgendwie, seine Hose am Rutschen zu hindern. Wenige Minuten zuvor hatte er den verwirrten Richard in ein kleines Nebenzimmer gezerrt und ihm erklärt, dass er seine Meinung geändert hatte. Er durfte seinen Bruder nicht zwingen, diese Bürde auf sich zu nehmen, die eigentlich *seine* Bürde war. Alfie wollte jetzt doch König werden. Richard war zuerst sprachlos gewesen und dann wütend. Wie konnte Alfie die ganze Familie vor aller Welt so blamieren? Was würden die Leute dazu sagen? Wieso erst jetzt? Alfie konnte sich nur immer wieder entschuldigen und dem Prinzen versprechen, dass er ihm später alles ausführlich erklären würde. Aber jetzt musste er Richard bitten, ihm den Vortritt zu lassen. Ach ja, und ob er ihm vielleicht seine Kleider leihen konnte? Alfie trug nur eine alte Jeans und ausgetretene Turnschuhe, was für den Anlass einigermaßen ungeeignet erschien. Und so hatte er Richard alleine und verwirrt in seiner Boxershorts zurückgelassen und sich auf den Weg in die Abbey gemacht, mit einem Anzug, der ihm etliche Nummern zu groß war. Erst im letzten Augenblick hatte er sich beim Hofmarschall noch nach den Kronjuwelen erkundigt – was, wenn sie anfingen zu leuchten, wenn er sie berührte? Was würden die Leute denken?

»Keine Sorge, Majestät«, hatte der HM ihn beruhigt. »Die Juwelen wissen genau, wo sie sind. Sie werden sich zu benehmen wissen.«

Und jetzt musste Alfie das alles ausblenden. Den Skandal, den er mit seiner Rückkehr auslösen würde, die schwierigen Fragen, die Schuldzuweisungen aus dem Freundeskreis und der Familie. Das alles musste warten. Jetzt ging es nur darum, den Schwarzen Drachen aufzuhalten. Und dazu musste Alfie voll und ganz der Defender werden, musste seine gesamten Kräfte auf sich vereinigen. Er musste unbedingt zum König gekrönt werden.

Noch nie zuvor hatte Hayley den Hofmarschall so schnell durch die Gegend flitzen sehen. Der alte Mann flog buchstäblich an der Nordseite der Abbey entlang, sah höchstpersönlich neben jedem Grab, hinter jedem Denkmal, in jeder Nische und jedem Schlupfwinkel nach, wo Alfreds Krone versteckt sein konnte. Doch bis jetzt hatte er nichts entdeckt. Gleichzeitig durchkämmten Brian und die Yeoman Warders so diskret wie nur möglich die Menschenmenge auf der Suche nach Professor Lock. Doch das war angesichts der insgesamt achttausend Gäste, die sich in der Abbey versammelt hatten, alles andere als einfach.

Alfie sah sich die Gesichter in seiner Umgebung an, doch auch er konnte seinen Lehrer, den Verräter, nirgendwo erkennen. Und außerdem – was sollte er machen, falls er ihn doch zu Gesicht bekam? Er konnte ja schlecht die Krönungszeremonie unterbrechen, auf ihn zugehen und ihn verhaften. In diesem Augenblick merkte er, dass der Erzbischof, der vor ihm stand und mit dröhnender Stimme irgendwelche lateinischen Sätze von sich gegeben hatte, verstummt war und ihn mit feierlichen Blicken durchbohrte. Anscheinend wartete er auf eine Antwort. Alfie merkte, wie ihm das Blut ins Gesicht schoss.

»'tschuldigung«, flüsterte er. »Könnten Sie die Frage vielleicht noch mal wiederholen?«

Der Erzbischof zuckte kaum erkennbar zusammen und sagte dann ruhig: »Versprecht und schwört Ihr feierlich, die Völker des Vereinigten Königreiches von Großbritannien und Nordirland und des gesamten Commonwealth gemäß ihren jeweiligen Gesetzen und Bräuchen zu regieren, die Schuldigen zu bestrafen und die Gerechten zu beschützen und in Ehren zu halten?«

Alfie hatte diesen Eid während der Proben schon einmal gehört, doch zum allerersten Mal hatte er jetzt das Gefühl, ihn auch zu verstehen. Obwohl der Tag bis jetzt an Verrücktheit gar nicht zu überbieten war, dachte er über die Bedeutung der Worte nach und überlegte sich sorgfältig, was er antworten sollte. Dabei tauchte vor seinem geistigen Auge ein Gesicht auf, mit dem er nicht gerechnet hatte – nicht das seines Bruders oder Vaters, nicht einmal das des Hofmarschalls. Es war das Gesicht des jungen Soldaten in Edinburgh, der mit ängstlich aufgerissenen Augen auf dem Autodach gestanden hatte, während die Lava rings umher immer höher gestiegen war. Der Soldat, der Alfie um Hilfe angefleht hatte. In diesem Sekundenbruchteil schwor Alfie sich, dass er nie wieder jemanden enttäuschen würde, der seine Hilfe benötigte. Nicht, dass er plötzlich selbst keine Angst mehr hatte – er hatte, um ehrlich zu sein, sogar schreckliche Angst –, aber im Lauf der vergangenen Wochen hatte er gelernt, dass es Wichtigeres gab als seine Ängste. Loyalität. Ehre. Freundschaft. Die »Pflicht«, von der sein Vater immer gesprochen hatte und die Alfie immer als eine langweilige, lästige Aufgabe betrachtet hatte – wie Zimmer aufräumen oder Hausaufgaben machen –, war in Wirklichkeit etwas unglaublich Einzigartiges. Es war eine tiefgehende, lebenslange Verpflichtung. Etwas sehr Bedeutendes.

Alfie hob den Kopf und sagte mit klarer, selbstbewusster Stimme: »Das verspreche ich feierlich.«

In der nun folgenden Zeremonie kamen eine verwirrende Menge von Artefakten, Segenssprüchen, Talaren und erneuten, feierlichen Schwüren vor, bis sie schließlich bei ihrem heiligsten Teil angelangt war: der Salbung. Vier Ritter des Hosenbandordens trugen einen goldenen Baldachin herbei und hielten ihn über den Kopf des jungen Königs. Alfie kam sich darunter vor wie in seiner eigenen, kleinen Welt. Dann nahm der Erzbischof eine goldene Ampulle in Form eines Adlers, goss ein paar Tropfen eines seltsam riechenden Öls auf den winzigen, antiken Löffel und verteilte es auf Alfies Kopf. Eine Hitzewelle durchströmte seinen Körper, fast wie ein Wüstenwind. In der Abbey schien es mit einem Mal stockdunkel zu werden, und er konnte bis auf den sanft leuchtenden Altar nichts mehr sehen. Dann, plötzlich und wie aus heiterem Himmel, kamen die ersten schimmernden Erscheinungen auf ihn zugeflogen. Abbilder von längst verstorbenen Königen und Königinnen, zunächst nur grau und verschwommen, wie aus einem alten Kinofilm, dann immer schärfer und klarer.

Er hörte ihre Stimmen in seinem Kopf, auch wenn ihre Lippen sich nicht bewegten, ein Durcheinander aus unterschiedlichen Sprachen, mal lauter, mal leiser. Er sah seine Großmutter, die ihn mit ihren gütigen Augen liebevoll anlächelte, wie damals, als er noch ein kleines Kind gewesen war. Alfie spürte überhaupt keine Angst, sondern wurde von einem warmen und schönen Gefühl durchströmt, als ob er von den Füßen an aufwärts mit Licht erfüllt würde. Jede Nervenzelle vibrierte, fühlte sich an, als würde sie mit elektrischer Energie aufgeladen. Schließlich verstummten die Stimmen, und sein Vater erschien. Die Sorgenfalten, die eigentlich immer auf seinem Gesicht gelegen hatten, waren verschwunden, und in seinen Augen glänzte lebendige Liebe. Er sagte kein Wort. Das brauchte er auch nicht. Er gab Alfie einfach einen Kuss auf die Stirn und verschwand.

Schlagartig war Alfie wieder in der Abbey. Der Baldachin war nicht mehr zu sehen und er war von vielen neugierigen Gesichtern umgeben. Im Hintergrund hörte man das Raunen der unruhigen Menschenmenge. Der Erzbischof stand vor ihm und hielt eine Krone mit funkelnden Edelsteinen in allen Farben dieser Welt in den Händen – die Krone des heiligen Edward. Generationen seiner Vorfahren hatten diese Krone bei ihrer Krönung getragen, und jetzt war er an der Reihe. Der Erzbischof setzte sie Alfie auf den Kopf. Sie war schwer, doch Alfie wankte nicht, sondern blieb regungslos wie eine Statue. Er war jetzt kein Junge mehr, sondern ein Teil der Geschichte: Er war König.

Vielleicht hatte der Hofmarschall ja doch recht. Vielleicht sollte es so sein.

Da hallte tiefes, kehliges Gelächter durch die Abbey. Es schien von oben zu kommen. Als die Menschen die Köpfe in den Nacken legten und in die dunklen Ecken des Deckengewölbes starrten, verbreitete sich Panik. Ein Schrei ertönte, und die dicke Frau mit dem pfirsichfarbenen Hut deutete auf ein großes Buntglasfenster, auf dem die Legende vom heiligen Georg, dem Drachentöter, abgebildet war. Urplötzlich wurde die Gestalt des Drachen lebendig und kroch quer über das Fenster bis zur Wand. Alfie erkannte den Schwarzen Drachen jetzt eindeutig. Sein stacheliger Schwanz zuckte über das Gemäuer.

»Du glaubst, nur weil du eine Krone trägst, bist du auch König?«

Die spöttischen Worte des Schwarzen Drachen dröhnten durch die Abbey. Dann landete die Kreatur mit einem großen Satz im Mittelgang der Kirche. Die Marmorfliesen knirschten unter ihren Füßen. Die Gäste brachen in hysterisches Geschrei aus. Sie drängten panisch zu den Bänken hinaus und rannten zu den Türen wie Wasser, das den Abfluss sucht. Die Soldaten, die den Mittelgang säumten, zogen tapfer ihre Schwerter und bauten sich zwischen der schrecklichen Bestie und der Königsfamilie auf. Doch der Schwarze Drache schwang nur einmal seinen Schwanz und fegte seine Gegner aus dem Weg. Jetzt hatte er freie Bahn.

Alfie schrie seiner Mutter zu, dass sie Ellie nach draußen bringen sollte, warf seine Krone auf einen Stuhl und rannte zum Altar. Dabei riskierte er einen schnellen Blick zurück.

Mit einem mächtigen Feuerstoß schlug der Schwarze Drache die nächste Gruppe Soldaten zurück und trat König Edwards Thron um wie einen klapprigen Liegestuhl. Der Erzbischof ging in Deckung, während der Schwarze Drache seinen Schwanz hoch in die Luft schwang und dann mit voller Wucht zu Boden sausen ließ. Allerdings traf er damit nicht den Priester, sondern den Stein der Bestimmung – jenen uralten Steinblock, der erst gestern aus Schottland eingetroffen war, um an seinen traditionellen Platz unter dem Krönungsthron gelegt zu werden. Der Stein zerbrach unter der Wucht des Schlages, und als Alfie einen Blick wagte, sah er, dass zwischen den Bruchstücken etwas Glänzendes hervorlugte.

Der Schwarze Drache bückte sich und fischte ein verstaubtes Stück gebogenes und mit Juwelen besetztes Gold aus den Trümmern. Das letzte Stück der Krone Alfreds des Großen! Der Drache holte die Dreiviertelkrone unter seinem Schuppenkleid hervor und warf die Knochen weg, die das fehlende Stück bis jetzt ersetzt hatten. Zu Tode erschrocken beobachtete Alfie, wie der Schwarze Drache das Stück aus dem Stein mit der Dreiviertelkrone vereinte. Die goldenen Ränder schienen vor seinen Augen miteinander zu verschmelzen.

Die Bestie lachte erneut auf. »Und jetzt zeige ich dir, was *wahre* Macht bedeutet …«

Der Schwarze Drache setzte sich die Krone auf den Kopf. Ein gleißendes, grelles Licht flammte auf, und Alfie musste schützend die Hand vor die Augen legen. Der Drache röhrte so laut, dass sich im Mauerwerk Risse bildeten und einzelne Steine aus der Decke brachen. Kirchenbänke stürzten um wie Dominosteine, und die Flaggen, mit denen die Abbey geschmückt worden war, flatterten wie abgestorbene Blätter zu Boden. Alfie schlug die Augen auf. Der Schwarze Drache schien noch einmal größer geworden zu sein. Feuer loderte in seinen Augen, Rauch quoll aus seinen gehörnten Nasenlöchern und Flammen züngelten über seine Schuppen, so dass es so aussah, als bestünde er selbst aus Feuer. Er beugte sich bebend nach vorne, krümmte sich zusammen, bis mit einem grauenhaften Knacken Flügel aus seinem Rücken hervorbrachen. Laut kreischend breitete der Schwarze Drache die schwarzen, ledrigen Schwingen aus und erhob sich in die Luft wie eine neuerschaffene Kreatur der Hölle.

Immer noch staute sich die Masse der völlig verängstigten Gäste am Haupteingang der Abbey. Mitten im Gewühl lagen mehrere Verletzte. Tapfere Soldaten sammelten sich und machten sich zu einem weiteren Angriff auf den Eindringling bereit. Alfie wusste, dass sie sterben würden, wenn er nichts unternahm. Er packte sein Schwert und wollte gerade losstürmen, da klappte der Drache seine Flügel ein, drehte sich zu ihm um und riss das Maul auf.

Brian rammte Alfie von der Seite und riss ihn einfach mit sich zu Boden, während der Feuerstoß den Altar in Brand setzte. Alfie spürte, wie noch andere Hände nach ihm griffen – es waren Hayley und der Hofmarschall. Sie schleppten ihn gegen seinen Willen in eine leere Seitenkapelle. Im selben Moment explodierte der nächste Feuerball in Alfies Rücken. Brian knallte die Tür ins Schloss und lehnte sich von innen dagegen. Er war vollkommen außer Atem.

»Was macht ihr denn da?«, brüllte Alfie. »Da draußen sind doch immer noch Leute!«

Der HM, außer Atem und völlig blass, legte Alfie die Hand auf die Schulter.

»Jawohl, und Ihr werdet ihnen helfen … Hayley!«

Hayley streckte ihm die Schleiertunika entgegen. »Wie wär's, wenn wir die Chancen ein bisschen zu unseren Gunsten verschieben?«

Sie half Alfie, die Tunika überzustreifen, und schon stand er in seiner Defender-Rüstung vor ihr. Hastig befestigte Brian die Sporen an seinen Stiefeln und steckte das Staatsschwert und andere Waffen an seinen Gürtel. Zum Schluss reichte der Hofmarschall Alfie noch etwas anderes. Den Ring der Herrschaft. Als der Alte ihn über Alfies Finger streifte, schien das Kreuz aus Rubinen vor Energie zu pulsieren. Schwer und irgendwie beruhigend fühlte er sich an. Er schimmerte dunkelrot.

»Was soll ich denn damit machen? Wie benutzt man den?«, wollte Alfie wissen.

»Tut mir leid, Kumpel, dafür gibt es kein Training«, sagte Brian. »Du hebst einfach die Hand und denkst wie ein König.«

Jenseits der Tür erscholl das wilde Brüllen des Schwarzen Drachen und das brausende Tosen der Flammen.

Der HM packte Alfie an beiden Schultern und blickte ihm in die Augen. »Ihr müsst Alfreds Krone von seinem Haupt entfernen, bevor sie sich für alle Zeiten damit verbindet. Habt Ihr verstanden?«

Der Hofmarschall kniete nieder. Brian ebenfalls.

»Nein, das … bitte nicht«, stammelte Alfie.

Der HM und Brian sahen Hayley an und erwarteten, dass sie es ihnen nachmachte. Doch sie blitzte die beiden nur vernichtend an und streckte Alfie die geballte Faust entgegen. Er lächelte, als er seine Faust gegen ihre stieß.

Der Hofmarschall seufzte und rief dann: »Gott schütze den König!«

»GOTT SCHÜTZE DEN KÖNIG!«, riefen auch Brian und Hayley.

»Und jetzt verpasst du dem Drachen da draußen ein paar kräftige Arschtritte, Alfie!«, fügte Hayley hinzu.

28
Die Schlacht um den Thron

Prinzessin Eleanor und Königin Tamara waren nicht bis zum Ausgang gekommen. In dem ganzen Durcheinander hatte Tamara sich den Knöchel verstaucht. Sie hatte zwar zu Ellie gesagt, dass sie sich alleine durchschlagen sollte, aber ihre Tochter war nicht von ihrer Seite gewichen und hatte sie zwischen das Chorgestühl gezogen. Kurz darauf hatte der Schwarze Drache angefangen, in alle Richtungen Feuer zu spucken. Jetzt kauerten sie immer noch zwischen den Bänken und versuchten, möglichst keinen Laut von sich zu geben, falls die Bestie sie hören konnte. Ganz langsam reckte Ellie den Hals und linste unter den Sitzen hindurch ins Kirchenschiff. Lange konnten sie hier nicht mehr bleiben – das Feuer breitete sich in Windeseile aus –, aber Ellie wollte dem Ungeheuer nicht unbedingt direkt in die Klauen laufen.

KKRRRAAAACKS!

Die Stuhlreihe, hinter der sie sich versteckt hielten, wurde aus ihrer Verankerung gerissen und, begleitet von einem Splitterregen, beiseitegeworfen. Der Schwarze Drache schwebte direkt über ihnen und fachte mit seinen Schwingen die Flammen, die sie eingeschlossen hatten, noch zusätzlich an. Tamara warf sich vor ihre Tochter und versuchte, so gut es ging, sie zu schützen. Der Drache riss sein schreckliches Maul auf, so dass die aufsteigenden Flammen in seiner Kehle deutlich zu erkennen waren.

Jetzt erfüllte ein grelles, weißes Licht die Abbey. Ellie und Tamara blickten auf und stellten verblüfft fest, dass der Defender die Feuerstöße des Schwarzen Drachen mit seinem leuchtenden Schwert ablenkte. Eng aneinandergeklammert huschten Mutter und Tochter geduckt zum Südausgang, um sich in Sicherheit zu bringen. Doch Ellie konnte nicht anders, sie musste kurz stehen bleiben, sich umdrehen und dieses unglaubliche Schauspiel mit eigenen Augen sehen: Der Defender gegen den Schwarzen Drachen, in einem Kampf um Leben und Tod.

Wenn er eine Chance haben wollte, dann, das war Alfie klar, musste er in Bewegung bleiben. Er spürte bereits, um wie viel stärker der Schwarze Drache geworden war, seit er Alfreds Krone trug.

»Sporen!«, rief er. Wyvern war sofort da und trug ihn unter lautem Wiehern in die Höhe. Sie wichen ununterbrochen nach links und rechts aus, während die Feuerbälle des Drachen in das verzierte Deckengewölbe einschlugen und immer mehr Steinbrocken herunterfielen. Wenn er es irgendwie schaffen konnte, dem Drachen die Krone vom Kopf zu schlagen, vielleicht würde ihn das schwächen. *Na gut, aber dazu müsste ich erst einmal dicht genug an ihn rankommen, ohne dass ich gegrillt werde,* dachte er. Nicht gerade das, was man einen perfekten Plan nennen würde, aber zumindest hatte das Auftauchen des Defenders den Soldaten genügend Zeit verschafft, um die restlichen Gäste zu evakuieren.

Da krachte ein Schnellzug in voller Fahrt gegen den Kopf des Defenders. Zumindest fühlte es sich genau so an. Der Schwarze Drache hatte keine Lust mehr, ihn mit Feuerbällen zu bombardieren, und hatte sich stattdessen für den guten alten Fußtritt entschieden. Alfie taumelte orientierungslos durch die Luft, während Wyvern sich wieder in seine Sporen zurückzog. Schließlich landete er krachend auf einem großen Messingpult, das jetzt – so viel stand fest – garantiert nicht mehr zu gebrauchen war. Mit einem lauten Knall landete der Schwarze Drache auf dem Fußboden. Seine Klauen durchlöcherten den Marmor, und er setzte seinen Angriff fort, indem er den Defender mit wüsten Schlägen seines Stachelschwanzes von einer Seite des Gangs auf die andere schleuderte.

»Glaubst du wirklich, dass du sie vor ihrem Schicksal bewahren kannst? Die Menschen? Keinen Einzigen hast du bis jetzt gerettet«, fauchte das Ungeheuer.

Alfie schlug mit dem Schwert zurück, doch jeder Hieb schien an seinem Gegner abzugleiten, ohne ihn im Geringsten zu beeindrucken. Er war einfach zu stark geworden. Aber vielleicht ließ er ja mit sich reden.

»Ich weiß, dass Sie es sind, Herr Professor. Es ist noch nicht zu spät. Hören Sie auf damit. Es muss doch keiner verletzt werden.«

Alfie konnte gerade noch rechtzeitig den Schild heben, bevor der Schwarze Drache den nächsten Flammenstoß hervorrülpste. *Na ja, andererseits … Vielleicht doch.*

»Du weißt gar nichts. Aber das brauchst du auch nicht. Du musst mich nur ab sofort deinen KÖNIG nennen!«, blaffte der Schwarze Drache zurück.

Alfie drückte sich mit dem Rücken an eine Säule, während rings um ihn herum immer mehr Flammen knisterten. Der Ring der Herrschaft schimmerte schwach. *Na gut*, dachte Alfie, *Praxis macht sowieso mehr Spaß als Theorie.* Er spähte um die Säule herum und richtete seine geballte Faust auf die schweren Kirchenbänke, die neben dem Mittelgang auf einem unordentlichen Haufen lagen. Nichts passierte, abgesehen davon, dass die Säule in seinem Rücken in kleine Bröckchen zerfiel, als der Flügel des Drachen nur wenige Zentimeter über seinem Kopf einfach hindurchschnitt.

Alfie brachte sich hinter der nächsten Säule in Sicherheit. *Nächster Versuch.* Erneut streckte er die Faust aus, konzentrierte sich voll und ganz auf die übereinandergestapelten Kirchenbänke, blendete den dunklen Schatten des Schwarzen Drachen, der auf ihn zugestakst kam, so gut wie möglich aus. Zu seiner großen Überraschung stellte Alfie fest, dass die Bänke irgendwie auf seine Gedanken reagierten. Es kam ihm vor, als würde die jahrhundertealte Eiche ihm antworten, als würde sie seine Befehle befolgen. Eine von ihnen erhob sich in die Luft und kreiselte auf den Schwarzen Drachen zu. Sie prallte gegen sein Schuppenkleid, und die Bestie heulte auf vor Schmerz. *Ja!*

Alfie schickte gleich noch eine Kirchenbank hinterher, aber dieses Mal war der Schwarze Drache vorbereitet und fing sie auf. Er betrachtete den Defender einen Augenblick lang fast so, als sei er beeindruckt. Doch die listige Attacke hatte seine Wut nur noch größer werden lassen. Er packte die Kirchenbank wie einen Rammbock und schleuderte sie gegen die Brust des Defenders.

KNIRSCH. Die Rüstung bewahrte Alfies Rippen zwar vor größerem Schaden, aber jetzt lag er unter der Bank. Er konnte sich nicht mehr rühren und konnte die Bank auch nicht mehr fliegen lassen, weil der Drache seinen Fuß darauf gestellt hatte und Alfie mit aller Macht zu Boden drückte. Alfie merkte, wie sich Panik in ihm breitmachte. Aber wenn er nicht ruhiger wurde, dann konnte er auch seine Kräfte nicht einsetzen, und wenn er seine Kräfte nicht einsetzen konnte …

Da ertönte irgendwo in der Abbey ein lauter Pfiff. Der Drache drehte sich um und entdeckte Hayley am Ende des Mittelgangs. Sie rannte, so schnell sie konnte, in einem weiten Bogen von Säule zu Säule, während der Drache ihr einen Feuerstoß nach dem anderen hinterherschickte und sie jedes Mal nur knapp verfehlte.

Jetzt tauchte hinter einer anderen Säule Brian auf und jagte dem Schwarzen Drachen ein ganzes Magazin Kugeln in den Rücken. Funken stieben von seinen Schuppen, und die Bestie riss ihren Kopf herum. Die Ablenkungsmanöver erfüllten ihren Zweck. Alfie konnte sich von der Kirchenbank befreien und sah, dass der Schwarze Drache ihm den Rücken zuwandte. Allerdings hatte er Brian in eine Ecke gedrängt. Nur noch wenige Sekunden, dann konnte er ihn mit seinen spitzen Klauen packen. Alfies

Blick fiel auf die Waffen, die an seinem Gürtel hingen, und er hatte eine Idee. Er hatte zwar nicht viel Übung mit den Zeptern, hatte aber gesehen, was man mit ihnen alles anstellen konnte.

Er riss die beiden langen, goldenen Stäbe heraus. Sie waren durch einen schimmernden, hauchdünnen, kaum sichtbaren Faden miteinander verbunden. Alfie ließ die Zepter über seinem Kopf kreisen wie ein Ninja seine Nunchucks, zielte und warf. Er traf den Schwarzen Drachen direkt am Hinterkopf, so dass der Silberfaden die Krone sauber vom Kopf der Bestie trennte. Während die Krone über den Fußboden davonrollte, heulte der Schwarze Drache vor unbändiger Wut und geriet ins Stolpern. Das verschaffte Brian den Spielraum, den er brauchte, um sich in Sicherheit zu bringen.

Der Schwarze Drache stürzte sich mit weitausgestreckten Klauen auf die Krone, doch da kam Hayley an ihm vorbeigesaust und schnappte sie ihm vor der Nase weg. Sie rannte zum Ausgang und übergab sie dem Hofmarschall, der sie, beschützt von einem Trupp Yeoman Warders, in aller Eile wegbrachte. Begleitet von wütendem Brüllen schlug der Drache mit den Flügeln und spie Feuer in alle Richtungen.

Jetzt oder nie, dachte Alfie. Er rannte den Mittelgang entlang, sprang ab, legte alle Kraft, die er hatte, in diesen einen Schlag und trennte eine der beiden Schwingen vom Rumpf des Drachen. Das Ungeheuer schrie auf vor Schmerz, prallte gegen den Altar und streckte seine Krallen nach Alfie aus. Dieser schlug einen Bogen und achtete sorgfältig darauf, nicht in die Reichweite des Stachelschwanzes zu geraten. Aber er erkannte, dass der Drache geschwächt war. Das war *die* Chance. Er packte das Schwert mit beiden Händen, hob die Arme und stürzte sich auf seinen am Boden liegenden Gegner.

Im nächsten Augenblick wurde sein gesamter Körper von einer Schmerzexplosion geschüttelt. Das Schwert fiel klirrend zu Boden. Der Schwarze Drache hatte mit dem Stachel am äußeren Ende seines anderen Flügels Alfies Hand durchbohrt. Alfie stieß laute Schreie der Qual aus. All seine Nervenbahnen brannten vor Schmerz, während er vergeblich seine verletzte Hand umklammerte. Der Schwarze Drache richtete sich auf und hob Alfie dabei in die Luft, um ihn dann unter lautem Gebrüll zu Boden zu schleudern. Entsetzt starrte Alfie seine verletzte Hand an – schwarze Streifen breiteten sich von der Wunde nach allen Seiten aus und füllten seine Adern. *Gift*, dachte Alfie, der bereits nicht mehr klar sehen konnte – die Schmerzen, die durch seinen Körper pulsierten, waren beinahe unerträglich.

Flammen leckten an den Mauern. Das Gold, das die Grabstätten schmückte, schmolz in der gewaltigen Hitze und floss langsam in das Kirchenschiff. Metall wölbte sich, und Holzbalken brachen, der Lärm war ohrenbetäubend. Bald schon würde das Inferno sich nicht mehr eindämmen lassen. Der Defender kniete mit gesenktem Kopf im Schatten des Schwarzen Drachen. Er hatte die Arme auf den Rücken gelegt, und sein Atem ging flach.

»Oh, ja, geh in die Knie vor deinem neuen König. Knie nieder, so wie alle, die da draußen bald schon vor mir knien werden.«

Ganz langsam, fast unmerklich, schob Alfie seine rechte Hand nach vorne. Der Ring der Herrschaft leuchtete hell wie ein Suchscheinwerfer durch die umherwirbelnden Rauchwolken. Dann sagte Alfie mit leiser, aber fester Stimme: *»Non ducor, duco.* Ich werde nicht geführt, ich führe.«

Als der Schwarze Drache sich umdrehte, schwebte ein mächtiger Schatten über ihm – ein gewaltiger Brocken aus Marmor und Gold. Die gesamte Grabstätte von Edward, dem Bekenner, hatte sich vom Boden erhoben und hing nun direkt über seinem Schädel. Alfie musste all seine Kraft aufbieten, um die Grabstätte unter Kontrolle zu behalten. Er öffnete die Faust und rollte sich beiseite. Der Schwarze Drache wollte noch nach ihm greifen, doch seine Klauen gingen ins Leere. Ein inbrünstiger Schrei schallte durch die Abbey, während der tonnenschwere, alte Stein wie eine Lawine auf den Drachen stürzte und ihn unter sich begrub.

Die Türen flogen auf, und Feuerwehrmänner mit Atemgeräten stürmten herein und löschten die Flammen. Alfie lag regungslos im Schatten, an eine geschwärzte Säule gelehnt. Seine Sporen glühten, als Wyvern herausglitt und ihn auf den Rücken nahm. Sie drehte den Kopf nach hinten und liebkoste unter leisem Wiehern das Gesicht ihres Gebieters. Dann schwebte sie vorsichtig zum anderen Ende der Abbey und landete neben dem Hofmarschall. Der alte Herr nahm Alfies Hand und betrachtete sie. Das Gift, das der Drache ihm mit seinem Stachel eingeflößt hatte, fraß sich durch das Fleisch. Schwarze Linien breiteten sich unter der Haut aus.

»Brian!«, rief der HM.

Hayley und der Waffenmeister kamen angerannt. Brian hatte ein anderes Schwert in der Hand, das mit der stumpfen, eckigen Spitze. Er legte es in Alfies schlaffe Hand. »Majestät, Ihr müsst das Schwert der Barmherzigkeit selbst in die Hand nehmen. Nur dann kann es seine Aufgabe erfüllen.«

Doch aus der Rüstung des Defenders kam keine Reaktion. Hayley trat einen Schritt vor. Sie war den Tränen nahe … und verpasste dem Helm des Defenders eine schallende Ohrfeige. »AUFWACHEN, ALFIE!«

Alfie reagierte und packte das Heft des Schwertes. Mit einem Mal fing es an zu leuchten. Stöhnend setzte er sich auf, während die Wunde in seiner Hand sich schloss und verheilte. Wyvern schnaubte erleichtert und zog sich wieder in die Sporen zurück. Die anderen hielten Alfie fest, so dass er sich seiner Rüstung entledigen konnte. Er wirkte immer noch etwas benommen, und sein Gesicht war verschwitzt und gerötet. »Ich habe geträumt, dass mich jemand geschlagen hat«, murmelte er.

Hayley lachte. »Ja, tut mir leid.«

Alfie wandte sich an den HM. »Kann ein König sich selber einen Namen geben?«, wollte er wissen.

»Ich wüsste nicht, was dagegenspräche, Sir. Was hattet Ihr denn im Sinn?«

»Alfie, der Gar-nicht-so-Üble. Was halten Sie davon?«, krächzte der neue König und wurde ohnmächtig.

Etliche Stunden später, lange nachdem Brian Alfie zu dem wartenden Wagen getragen und in den Palast zurückgebracht hatte, räumte ein Bergungstrupp der Yeoman Warders die zerbrochenen Überreste vom Grab Edwards des Bekenners beiseite. Unter dem Geröll lag nicht etwa der Schwarze Drache, sondern Professor Lock, klein und nackt und mit Schmutz und Asche beschmiert. Der Chief Yeoman Warder fühlte seinen Puls.

»Mein Gott … er lebt.«

29
Schwer ruht das Haupt, das eine Krone drückt

Es gibt tatsächlich Superhelden, es gibt sie wirklich.

Während des gesamten Krönungsbanketts gab es kein anderes Gesprächsthema. Die vierhundert wichtigsten Gäste waren eingeladen – Könige und Königinnen anderer Länder, Premierminister und Präsidenten, bedeutende Unternehmer und Prominente. Und alle redeten sie nur über den Schwarzen Drachen, der die Krönungszeremonie gesprengt hatte. Was war er? Lebte er noch? Stimmte es, dass der Defender aufgetaucht war, den König gerettet und die Bestie getötet hatte? Eine Kamera war heil geblieben und hatte den Kampf aufgezeichnet. Immer und immer wieder wurden die Aufnahmen gezeigt. Der Premierminister hatte bereits eine Notstandserklärung abgegeben: Er sei »fest entschlossen, alledem auf den Grund zu gehen« und versprach herauszufinden, »welche Bedrohung der Nation durch diese mysteriösen Gestalten womöglich erwachsen wird«.

Alfie hatte keinen Appetit. Er war, nach allem, was vorgefallen war, dagegen gewesen, das Bankett wie geplant stattfinden zu lassen, doch der HM hatte darauf bestanden. Niemand war ernsthaft verletzt worden, die Abbey war auch nicht allzu schwer beschädigt und ließ sich in vollem Umfang wiederherstellen. Und außerdem war es wichtig, den Menschen im Land zu zeigen, dass der neue König »in diesen ungewöhnlichen Zeiten« seinen Alltagsgeschäften nachging.

Wenigstens war Alfies plötzlicher Sinneswandel bei alledem ziemlich weit in den Hintergrund gerückt. Sogar seine Schwester schien ihm verziehen zu haben, allerdings nicht, ohne deutlich zu machen, dass sie ihn für einen kompletten Knallkopf hielt, weil er auf den letzten Drücker so ein Ding abgezogen hatte. Aber sie war sehr froh, dass sie alle lebend davongekommen waren. Sie hatte sogar darauf bestanden, neben ihrer Mutter zu sitzen. Der Hofmarschall wirkte nicht besonders glücklich, als er Königin Tamara am Kopfende des Tisches erblickte. Alfie hatte den Eindruck, dass die beiden sich nicht grün waren. Seine Mutter blieb auch gar nicht lange. Beim Abschied nahm sie Alfie kurz zur Seite.

»Alfie, du hast mich doch am Telefon etwas gefragt«, sagte sie. »Ich weiß, was du damit gemeint hast, ich konnte es bloß nicht sagen – man weiß schließlich nie, wer noch alles zuhört. Ich muss dir so viel erzählen. Komm mich bald mal besuchen, Schätzchen, okay?«

Sie gab Alfie einen Kuss und war verschwunden, noch bevor er nachhaken konnte, was sie damit gemeint hatte. Aber er sagte sich, dass er sie demnächst auf ihrer Farm besuchen würde. Dann konnte er das nachholen.

Alfie hatte darauf bestanden, dass Hayley ebenfalls zum Bankett zugelassen wurde, obwohl sie nicht auf der Gästeliste stand. Er hatte für sie einen Platz zwischen dem schwedischen König und einem weiteren Überraschungsgast gefunden – Hayleys Gran. Die alte Dame schwebte im siebten Königshimmel und wollte, dass Hayley nicht nur jeden Zentimeter des üppig gedeckten Tisches fotografierte, sondern auch Selfies mit den Gästen machte. Herne kam zu ihr getrottet und legte ihr den Kopf in den Schoß. Sie steckte ihm zum Dank für seine Mühe ein Stück Rehbraten zu.

Als Alfie auf seiner Begrüßungstour an ihren Plätzen vorbeikam, sprang Hayley auf und drückte ihm einen Kuss auf die Backe. »Gute Arbeit heute, Chef«, sagte sie.

Brian schlenderte vorbei und hüstelte kurz. »Hände weg vom König, bitte, Miss, sonst muss ich Sie leider in den Tower werfen.«

Kichernd kehrten Alfie und Hayley auf ihre Plätze zurück.

Der Einzige, der sich noch nicht hatte blicken lassen, war Richard. Das verwunderte Alfie nicht – sein Bruder kam mit fast allem zurecht, aber dass er in der allerletzten Minute wieder abgelöst worden war, das musste eine sehr schmerzhafte Erniedrigung gewesen sein. *Und wenn er mir nie wieder verzeihen kann?* Die vielen Aufgaben, die ihm das Doppelleben als König und Defender bescheren würde, jagten Alfie ohnehin schon mehr als genug Angst ein. Aber wenn er sich im Notfall nicht einmal mehr auf seinen Bruder verlassen und stützen konnte? Allein die Vorstellung reichte, um Alfie eine Gänsehaut zu verursachen.

Der Hofmarschall schlug mit einer Gabel an sein Glas, um die Aufmerksamkeit der Anwesenden zu bekommen. »Hochverehrte Majestäten und Hoheiten, meine Lordschaften, Damen und hochverehrte Gäste. Ich freue mich außerordentlich, Ihnen das Wiederaufleben eines lange vergessenen Brauches bekanntgeben zu können, eines Brauches, der, wie ich glaube, dem Anlass kaum angemessener sein könnte. Bitte erheben Sie sich und begrüßen Sie mit mir … den Recken des Königs!«

Die Türen schwangen auf, und ein majestätischer, schwarzer Hengst kam mit klappernden Hufen in den Saal getrabt. Im Sattel saß ein Ritter in schwerer Rüstung. Überraschte und ängstliche Schreie ertönten, wurden jedoch schnell von Gelächter und Jubelrufen abgelöst, nachdem der Ritter sein Visier geöffnet hatte. Es war Prinz Richard. Lächelnd wickelte er eine Schriftrolle aus und deklamierte mit lauter Stimme:

»So denn irgendeiner wolle bezweifeln, dass unser souveräner Herrscher, Lord Alfred, König des Vereinigten Königreichs von Großbritannien und Nordirland, sei der rechtmäßige Erbe der Herrscherkrone dieses Reiches, so steht hier sein Recke, der bezeugt, dass dieser Eine sei ein Lügner und ein Verräter, und der bereitsteht zum Kampfe mit ihm. Gott schütze den König!«

Die Gäste spendeten begeisterten Applaus und skandierten ebenfalls »Gott schütze den König!« Richard stieg von seinem Pferd, trat ans Kopfende des Tisches und ging vor seinem Bruder in die Knie. Alfie hätte am liebsten geweint vor Erleichterung und Freude. Aber dann dachte er, dass die Leute von einem neuen König wahrscheinlich etwas anderes erwarteten, als dass er wie ein Kleinkind anfing loszuplärren. Darum stand er auf, zog Richard auf die Füße und umarmte ihn. »Du trägst es mir nicht nach, Richie?«

»Machst du Witze? Ich glaube, du hast mir das Leben gerettet. Nur eins ... Kannst du es dir beim nächsten Mal vielleicht ein bisschen früher überlegen? Und ich hätte gerne meine Hose wieder ... Dad wäre heute mächtig stolz auf dich, Alfie.«

Dann wurden die Balkontüren geöffnet, und Alfie hörte den Jubelchor der Tausenden, die sich vor den Palasttoren auf der Prachtstraße versammelt hatten.

»Wir woll'n den König seh'n! Wir woll'n den König seh'n!«

Er konnte es nicht glauben. Galten diese Rufe tatsächlich ihm? Richard verpasste ihm einen freundschaftlichen Klaps und sagte, er sollte am besten schnell nach draußen gehen, bevor sie es sich anders überlegten. Aber zuerst musste Alfie mit dem Hofmarschall sprechen. Er nahm den alten Mann beiseite und flüsterte ihm zu: »Was ist mit Alfreds Krone? Wo ist sie?«

»In Sicherheit.«

»Und der Schwarze Drache? Professor Lock?«

»Er wird an einen Ort gebracht, wo er keinen Schaden anrichten kann.«

Zufrieden wandte Alfie sich wieder dem Balkon zu. Doch dann hielt er inne, von einer plötzlichen Panik ergriffen. »Was soll ich denn zu ihnen sagen?«

Der alte Mann überlegte kurz, dann lächelte er. »Etwas, das von Herzen kommt, Majestät.«

Alfie nickte, holte einmal tief Luft und trat dann nach draußen, um sein Volk zu grüßen.

30
Das Verräter-Tor

Unbemerkt glitt das kleine Ruderboot unter der London Bridge hindurch. Der Gefangene saß schweigend und mit gesenktem Kopf da, so wie immer, seitdem er genau sieben Tage nach dem Kampf in der Abbey das Bewusstsein wiedererlangt hatte. Nachdem die Yeoman Warders Professor Lock in ein streng geheimes Militärkrankenhaus geschafft hatten, war er von den Ärzten dort umfangreichen Tests unterzogen worden. Und die Ergebnisse waren allesamt im normalen Bereich gewesen. Das Monster, das von ihm Besitz ergriffen hatte, war verschwunden, ausgetrieben, so meinten die Ärzte, durch die traumatische Niederlage, die der Defender ihm zugefügt hatte, und durch den Verlust der Krone Alfreds des Großen, die seine Kraftquelle gewesen war.

Die schweren Fuß- und Handfesseln machten es ihm unmöglich, ans Ufer zu schwimmen. Und selbst, wenn er trotzdem einen Fluchtversuch unternommen hätte, die vierköpfige Eskorte der Yeoman Warders hätte ihn sofort im Keim erstickt.

»Du kannst dich glücklich schätzen, Freundchen«, sagte der Beefeater am Bug und wies mit einem Kopfnicken zur Brücke. »Noch vor ein paar hundert Jahren hätte dein Kopf jetzt da oben auf einem Speer gesteckt.«

»Da gehört er eigentlich auch hin, wenn du mich fragst«, kicherte einer seiner Kollegen an den Riemen.

Das Boot glitt zur North Bank und unter dem niedrigen Bogen des Traitor's Gate – des »Verräter-Tores« – hindurch. Lock kannte die Namen jedes Galgenvogels und jedes Messerstechers, die im Lauf der Jahrhunderte auf genau demselben Weg in den Tower von London geschafft worden waren. In gewisser Weise war er stolz darauf, jetzt zu ihnen zu zählen. Aber ihm war auch klar, dass er einer lebenslänglichen Strafe im tiefsten Verlies der Festung entgegensah. Niemand würde jemals herausfinden, wohin oder warum er so plötzlich verschwunden war. Professor Cameron Lock würde nicht einmal als Fußnote in den Geschichtsbüchern auftauchen.

Als das Boot innerhalb der Mauern des Tower festmachte, huschte eine kleine Welle über die Flussoberfläche und verzerrte den Mond, der sich darin spiegelte. Der Beefeater im Heck beugte sich über die Seite und spähte angestrengt ins Wasser. Er wusste, dass im Festungsgraben ein paar dicke Fische lebten. Vielleicht war es ja ein …

PLATSCH!

Ein gewaltiger schwarzer Schatten brach aus dem Wasser hervor und riss den Beefeater über Bord. Der Schwarze Drache wälzte sich ins Boot. Die übrigen Wachen waren für einen kurzen Moment wie erstarrt. Wie konnte das Monster denn hier sein? Lock selbst *war* doch der

Schwarze Drache! Das war unmöglich. Sie griffen nach ihren Waffen, aber sie waren zu langsam – ein Feuersturm schoss aus dem Maul des Drachen hervor und erfasste die Bootsmannschaft. Zwei von ihnen fielen schreiend ins Wasser. Der letzte, der Kapitän, stand zwar ebenfalls in Flammen, doch er griff die Bestie trotzdem mit seiner Lanze an. Begleitet von einem grässlichen Schmatzen durchbohrte die rasiermesserscharfe Spitze des Schuppenschwanzes seinen Leib, und er sackte tot auf das Bootsdeck.

Jetzt stand der Schwarze Drache vor Professor Lock. Sein mutierter Reptilienkörper glitzerte feucht. Der Stumpf des rechten Flügels, den der Defender ihm abgetrennt hatte, ragte immer noch aus seinem Rücken. Er durchschnitt mit einer seiner Krallen Locks Fesseln, so mühelos, als wären sie aus Papier. Lock sagte mit gleichmütiger, klarer Stimme, wie ein Vater zu seinem Kind: »Ich dachte schon, du würdest dich gar nicht mehr blicken lassen.«

»Sie haben in der Abbey meinen Platz eingenommen. Ich zahle meine Schulden zurück«, grollte das Ungeheuer.

Zumindest der Teil des Plans hat funktioniert, dachte Lock. Jeder glaubte, dass er der Schwarze Drache war. Er konnte es kaum erwarten, bis sie erkannten, wer in Wirklichkeit unter den Schuppen des Monsters steckte. Das Lächeln würde jedenfalls schlagartig aus dem Gesicht des jungen Königs verschwinden. Die Kreatur fauchte, packte Lock am Kragen und hob ihn in die Luft.

»Wieso bin ich immer noch so? Sie haben gesagt, das ist nur vorübergehend.«

»Die Macht der Krone hat das Blut des Drachen in dir eingeschlossen. Ich kann das rückgängig machen, aber zuerst müssen wir einen Krieg gewinnen. Du willst den Thron doch immer noch, oder etwa nicht?«

Mit einem Mal fing der Drache an zu husten und ließ Lock los. Er sank auf die Knie, krümmte sich, und dann begann unter Stöhnen und Ächzen seine Verwandlung. Knochen knackten und schrumpften, Klauen verwandelten sich wieder in Hände, Schuppen verschwanden und wurden durch rosafarbene Haut ersetzt. Schon nach wenigen Sekunden war der Drache wieder ganz Mensch, der nackt und frierend auf dem Deck des Bootes hockte. Seine Stimme war zwar heiser, aber fest.

»Ja, Herr Professor. Ich will immer noch das, was Sie mir versprochen haben. Was mir gehört.«

Der junge Mann hob sein Gesicht ins Licht des Mondes. Seine Haare waren schweißnass, und in seinen Augen brannte die Wut.

»Ich will den Thron«, sagte Prinz Richard.

Ende Teil eins

Du willst wissen, wie es weitergeht?
Das erfährst du in Band 2, der voraussichtlich
im Herbst 2017 erscheint!

Danksagungen

Wir danken unseren Eltern dafür, dass sie uns vorgelesen haben, dass sie unsere Wohnungen mit Büchern vollgestopft und uns nicht (allzu sehr) ausgelacht haben, als wir gesagt haben, dass wir vom Schreiben leben wollen. Besonderer Dank gebührt Linda Huckerby, weil sie ihrem Neffen das Lesen beigebracht hat.

Auch bei unseren Englisch- und Geschichtslehrern wollen wir uns bedanken, weil sie uns ermutigt haben, kreativ zu sein und uns für das Vergangene zu interessieren, insbesondere bei Jim McNicholas, Allen Ramsden, Hugh Clifton, Peter Knox, Richard Aldrich und Mr Prentice. Außerdem gilt unser Dank all den Angehörigen, Freunden und Kollegen, die sich die frühen Entwürfe unserer hanebüchenen Geschichte über Superhelden, Könige und Monster angehört und uns offen ihre Meinung gesagt haben. Immerhin war dies das erste Mal, dass wir versucht haben, etwas anderes als Drehbücher zu schreiben. Besonders Paula Rosenthal hat uns von Anfang an sehr unterstützt.

Riesiger Dank gebührt auch unserer immer positiven und unbeugsamen Agentin Cathy King sowie ihrem phantastischen Team bei der Independent Talent Group –

Ikenna Obiekwe, Alex Rusher und Sam Kingston-Jones –, die sich unermüdlich für uns ins Zeug gelegt haben. Ein Extra-Dankeschön geht an Anna Huckerby für ihre außergewöhnliche und schnelle erste Korrektur sowie dafür, dass sie ein paar Stellen schon vorab an ihrer Klasse ausprobiert hat. Ebenso herzlich wollen wir uns bei Peter Matthews, Emily Lamm und Jamie Gregory sowie dem gesamten Team bei Scholastic bedanken, die sich mit solcher Begeisterung und solcher Fachkenntnis in unsere Welt gestürzt haben. Unser immerwährender Dank gilt auch David Wyatt für die phantastische Cover-Illustration.

Doch über allem steht unser wahrer König und Defender, unser Lektor David Maybury, ohne dessen vollkommenes Vertrauen, wohltuenden Humor und stetige Skype-Nachrichten ihr dieses Buch nicht lesen würdet und wir nicht halb so viel Spaß beim Schreiben gehabt hätten.